Super Desapegada

Jaqueline de Marco

1ª edição

Editora Draco

São Paulo

2015

Jaqueline de Marco
nasceu no litoral paulista. Jornalista, também escreve ficção desde 2002. Autora dos romances *A Dona do Cabelo Laranja* e *Super Desapegada*, já publicou vários textos em antologias como *Elas Escrevem 2* (2011), *Meu Amor é um Mito* (2012), *Socorro, Minha Vida é uma Comédia* (2014), entre outras. Participa da comissão organizadora e corpo de jurados de diversos concursos literários na Baixada Santista. E atualmente está escrevendo seu terceiro livro.
SITE jaquelinedemarco.com.br

Publisher: Erick Santos Cardoso
Edição: Karen Alvares
Produção editorial: Janaina Chervezan
Capa: Ericksama

Dados Internacionais de Catalogação na Publicação (CIP)
Ana Lúcia Merege 4667/CRB7

M 321

de Marco, Jaqueline
Super Desapegada / Jaqueline de Marco. – São Paulo : Draco, 2015.

ISBN 978-85-8243-112-2

1. Ficção brasileira I. Título

CDD 028.5

Índices para catálogo sistemático:
1.Ficção : Literatura brasileira 869.93

1ª edição, 2015

Editora Draco
R. César Beccaria, 27 – casa 1
Jd. da Glória – São Paulo – SP
CEP 01547-060
editoradraco@gmail.com
www.editoradraco.com
www.facebook.com/editoradraco
Twitter e Instagram: @editoradraco

Super Desapegada

Para mamãe e papai. Por acreditarem.

Prólogo

– Eric, seu idiota!

Raquel sentiu as primeiras lágrimas se formarem, por isso se virou e correu para longe. Sabia que fugir daquela forma era uma atitude infantil, deveria ficar e enfrentar o problema, mas preferia ser chamada de covarde a chorona. *Eric não veria suas lágrimas!* Não daria o braço a torcer tão fácil assim. Ele ainda gritou desculpas, mas Raquel já estava longe para identificar suas palavras.

Sentindo-se isolada, escondida atrás de um carro no final da rua, Raquel deixou enfim as lágrimas correrem livremente por seu rosto. *Aquele dia estava sendo um pesadelo para ela.* Seu sonho de ter uma linda festa no seu aniversário de quinze anos estava indo por água abaixo. Primeiro, o aparelho de som pifou obrigando sua mãe a pedir emprestada uma velharia na última hora; depois foram aqueles quarenta minutos sem energia no bairro todo. Agora, para fechar a noite, um pedaço de bolo coberto de glacê de chocolate enfeitava seu lindo vestido branco.

– Raquel, você está bem? – a voz de Alan a ajudou a identificar o vulto embaçado que tinha enxergado através das lágrimas.

– Estou. Estou bem sim – disse, passando as mãos pelo rosto. – O que está fazendo aqui?

Alan se agachou, ficando à altura dela, apoiando-se na roda do carro. Ele vestia uma calça social e uma camisa azul claro. Raquel tinha ficado impressionada quando o viu chegar no início da noite, normalmente Alan sequer se penteava.

– Eu vi Eric derrubando um pedaço de bolo no seu vestido. Espero que não tenha sujado muito – seus olhos percorreram a roupa, parando na lateral da cintura dela, onde o doce estava espalhado pelo tecido. – É, o estrago foi feio.

Raquel voltou a chorar. Por mais estranho que pudesse parecer, sentir-se fragilizada ao lado dele não a incomodava como acontecia com Eric.

Alan a entendia. Do seu círculo de amizade, ele sempre foi a pessoa com quem tinha mais afinidade. Desde criança, Alan sempre a escolhia para jogar no seu time de queimada, mesmo sendo a única menina do grupo e, consequentemente, considerada a mais fraca. Era sempre ele também quem livrava todos das encrencas com seus planos mirabolantes ou simplesmente convencendo todo mundo que o melhor era confessar a travessura e arcar com a punição que viesse.

Ele colocou o braço sobre seu ombro, aproximando-se e reconfortando-a em seu peito. Aquele gesto era novidade, mas Raquel se sentiu mais calma. Além das palavras, os braços de Alan transmitiam segurança, fazendo-a se esquecer de todos os problemas daquela noite. O seu perfume era agradável e forte. Sua pele era quente e macia ao toque. Seu peito era rígido e o braço marcado por leves ondas de músculos que começavam a se definir. Alan era um garoto muito bonito.

Raquel pensou em como nunca tinha percebido aquilo antes. Ela sempre teve suas paqueras na escola, mas jamais sequer havia imaginado seus vizinhos daquela forma. Tinha crescido junto com a turma toda. Tinha visto Alan perder os dentes de leite e quebrar o braço mais de uma vez por causa do skate. Mas também tinha testemunhado o quanto ele tinha espichado no último verão. Alan passou do garoto magrelo do ano anterior para o adolescente alto e com corpo definido que a abraçava naquele momento.

– Raquel! – A voz ao longe de sua mãe a trouxe de volta à realidade. Ela deveria estar procurando a filha por toda festa e provavelmente estava furiosa pelo esforço.

– Minha mãe vai me matar – sussurrou nos braços de Alan.

Ele riu.

– Não vai não. Hoje é seu aniversário. Aniversariantes não podem levar bronca. É praticamente uma lei universal.

Raquel afastou seus corpos, ficando a um palmo de distância. A proximidade do rosto dele quase a fez perder o fôlego.

– Você não conhece bem a minha mãe. Além disso, quando ela me vir vai ter um ataque. Meu vestido novo está simplesmente arruinado e estou patética vestindo ele assim.

Ele a encarou com o olhar de quem estava se divertindo com a situação e Raquel decidiu que aquela seria sua expressão de Alan preferida, pois ele ficava lindo assim. Guardou cada detalhe em sua memória para lembrar mais tarde, quando estivesse sozinha. As covinhas que se formavam em sua bochecha quando ele sorria, o sinal de nascença que tinha na base do pescoço e os riscos caramelo que se destacavam em seus olhos castanhos. Tudo parecia divinamente harmonioso em Alan.

– Patética? Raquel, você está linda! E não é um pedaço de bolo de chocolate no seu vestido que vai fazer diferença.

Era possível estar apaixonada por um dos seus melhores amigos? Raquel não via explicação melhor, estava completamente caidinha por Alan. Ficar com ele parecia a coisa mais certa do mundo, como se no fundo não houvesse mais nenhum garoto que a entenderia melhor. E beijar aquela boca a levaria ao paraíso naquele momento.

Quase se jogou nos braços dele, mas, no último segundo, desistiu.

No final das contas decidiu que era mesmo uma covarde. Uma covarde chorona.

– Todo mundo deve estar procurando a aniversariante. Vamos voltar, eu te acompanho – Alan disse, preparando-se para se levantar.

– Espera! – Raquel gritou, segurando a mão do garoto. – Será que não podemos ficar aqui só mais um pouco? Não quero voltar pra lá com esse rosto vermelho de tanto chorar.

Alan sorriu, voltando a se acomodar no chão, seu braço novamente no ombro de Raquel.

– Claro. Leve o tempo que achar necessário.

Um vestido manchado e uma festa arruinada não eram nada. Mesmo depois de muitos anos, Raquel sempre pensava naquela noite como a melhor de sua vida. E foi naquele exato momento, encostada na roda de um carro velho, que ela percebeu que sempre amaria Alan. E que, um dia, eles seriam felizes para sempre.

Capítulo 1 – Quando sua chefe faz cara de coleguinha

[Nova postagem] [Blog Super Desapegada]

Título do post: *Coração viciado em amar errado*

[Editar em HTML]

Corpo do post:

Eu sou a favor da reeducação do coração feminino! Ou algum tipo de tratamento de choque que iniba os sintomas mais perigosos de uma paixonite aguda. Não é possível que com mais de sete bilhões de pessoas no mundo ninguém tenha inventado algum tipo de tratamento médico para isso. Uma pílula milagrosa, qualquer coisa!

Você, amiga, cresce, amadurece, muda e melhora. Então não pode continuar a cometer os mesmos erros. Entenda: vontade de "beijar na boca" ou "medo de ficar sozinha" não é amor. São coisas bem distintas! Não confunda, saiba perceber a diferença.

Não pense que estar solteira é o fim do mundo, muitas mulheres são felizes sozinhas. A felicidade não vem acompanhada, ou se é feliz ou não se é. Aprenda a não aceitar migalhas. Você não é uma pombinha de praça. Valorize-se! Você pode escolher, não precisar esperar para ser escolhida.

Ninguém precisa te ver chorar, nem saber dos teus sentimentos e sofrimentos. Por isso coloque sempre um sorriso no rosto e deixe que os outros morram de inveja da sua autoconfiança. Não interessa que você esteja se sentindo rasgada, deixe que a mudança comece de fora para dentro.

E se aquilo que você tanto queria não der certo, bola pra frente! A decepção não te mata. Quem te mata, amiga, é você mesma, que fica se remoendo, andando pra frente com o olhar por cima do ombro. Passado está lá atrás por algum motivo: ou porque não vale a pena nem tentar fazer dar certo ou porque simplesmente não era para ser. Não insista! Senão é bem capaz de você tropeçar na felicidade e deixá-la passar sem nem notar.

Desapegar não te faz menos sensível. Não. Somente te deixa

mais forte, menos suscetível às enrascadas que somente o coração, viciado em amar errado, pode te colocar. Não dá para arriscar quando tanto está em jogo. E neste caso, as cartas estão na mesa e o vencedor leva tudo.

Presta atenção, amiga! Pratique o desapego e seja feliz.

[Tags]

Marcadores: Amor, Desapego, Paixonite, Aprendendo a amar direito, Dicas

[Publicar postagem] [Salvar agora] [Visualizar]

Raquel terminou de escrever e revisou seu texto. Arrumou duas palavras, acrescentou uma vírgula onde achou necessário e clicou em "publicar". A sensação de dever cumprido a tomou. Ela adorava aquilo. Deu mais um gole na xícara que estava ao seu lado, fazendo uma careta ao perceber que o café já estava frio, e apertou "F5" para atualizar a página inicial de seu blog.

O Super Desapegada estava no ar há pouco mais de um ano e já tinha cerca de três mil seguidores e uma média de quatrocentos acessos diários. Leitores fiéis comentavam as postagens contando um pouco de suas histórias e pedindo conselhos para diversas áreas de suas vidas. O que começou como uma brincadeira tinha se tornado um grande blog com dicas e palavras de autoestima para mulheres de todo o mundo... pelo menos para aquelas com acesso à internet.

No rodapé da postagem, Raquel viu que já tinha comentários. Atualmente era assim, bastava publicar algo novo no blog para receber opiniões de diversas mulheres que muitas vezes a seguiam como a um guru. Eram pessoas divorciadas e desesperadas por um novo amor, jovens que passavam por suas primeiras decepções amorosas ou mesmo mulheres bem resolvidas que gostavam de compartilhar suas experiências no blog.

Clicou na área "leia mais" e acessou seus comentários:

"Adoro seus textos, sempre tão motivantes! Queria tanto ser tão bem resolvida como você. Sempre acabo quebrando a cara quando me apaixono. Mas aos poucos estou aprendendo a ser mais racional e menos emotiva. Um dia chego lá!" – Francielly S. M.

"Parabéns pela postagem! Está ótima como sempre! Todo dia passo por aqui para ver se tem coisa nova. Obrigada pelas palavras!" – Branca26

"Meu namorado terminou comigo ontem. Queria tanto aprender a desapegar dele, mas é tão difícil!" – Avril Girl

Toda aquela atenção às vezes assustava Raquel. Mas ela costumava pensar em suas leitoras como amigas e por que não ajudar uma amiga? Os problemas daquelas mulheres eram sempre muito semelhantes: amavam o cara errado e investiam todas as suas forças em uma relação que estava destinada a não dar certo. Em alguns momentos, Raquel achava aquilo tudo muito patético. Qual era a razão em investir em algo sem futuro? Elas precisavam de alguém para abrir seus olhos e Raquel gostava de pensar que ela seria aquela pessoa.

Apesar de toda a responsabilidade que tinha em mãos, Raquel adorava a sensação de ter pessoas ansiosas por suas dicas. Era bom saber que seus conselhos ajudavam tanta gente a ser mais feliz e a encontrar equilíbrio no amor.

Era revigorante!

Raquel deu uma última checada na caixa de e-mail e então desligou o computador. Já passava das sete horas e se não corresse acabaria chegando atrasada no serviço. Tomou uma ducha, vestiu uma calça jeans e uma camiseta branca, agradecendo aos céus por aquela ser mais uma *Casual Friday*. Colocou a comida de sua gata em um pote e deixou no chão, não estava no clima para lidar com ela naquele momento (chegar no serviço toda arranhada não fazia parte de seus planos matinais). Fechou o apartamento e, em menos de quinze minutos, estava a caminho da estação do metrô.

Tinha nascido e crescido na cidade de São Vicente, litoral de São Paulo, em um bairro tranquilo, onde cada morador conhecia um pouco da vida do outro e os vizinhos não somente se cumprimentavam socialmente, mas conversavam e interagiam de verdade. Raquel sentia falta disso. Morava há sete anos na grande São Paulo, onde todos sempre estavam correndo, já que se não se apressassem provavelmente chegariam atrasados a qualquer lugar por ficarem presos no tráfego.

Raquel subiu no vagão de metrô e respirou aliviada. Aquele era um dia especial, afinal não é sempre que se completa trinta anos. Diferente da maioria das mulheres, Raquel não tinha problemas com sua idade, ou pelo menos gostava de pensar desta forma. Era uma mulher bem resolvida, morava sozinha, estava conseguindo manter a celulite fora do seu corpo à base de muita dieta, tinha um bom emprego e amigos maravilhosos. Sabia que só lhe faltava uma coisa para sua vida ficar completa e isso seria resolvido naquele dia mesmo.

Já na saída do metrô ouviu o toque monofônico estridente do seu celular. Jamais aprendera a mexer naquele aparelho. Sua mãe tinha trazido de presente de uma de suas viagens. Tudo vinha escrito em uma língua desconhecida, por isso nunca alterara nenhuma configuração. Atendeu no terceiro toque nem se dando ao trabalho de olhar para o identificador de chamadas, afinal, não entenderia o que estava escrito nele de qualquer forma.

– Feliz aniversário, amiga! – A voz completamente afeminada era inconfundível.

Seu colega de trabalho, Ian Freitas, era um relações públicas lindo e altamente competente. Tinha um metro e oitenta, os cabelos castanhos mais sedosos que ela já tinha visto na vida, olhos cor de mel e, claro, era completamente gay.

– Obrigada, meu amor!

– A Gabriela está... Espera, mulher, calma! – Raquel ouviu um barulho estridente, como se o fone do outro lado da linha tivesse caído no chão. – Espera só um pouco, eu vou te colocar no viva voz.

– Parabéns, Raquel! – Foi a vez da voz abafada de Gabriela, sua amiga publicitária, sair do aparelho.

Ela sorriu e tentou não ser atropelada enquanto atravessava uma avenida.

– Adorei a lembrança, gente, mas sabendo que daqui a cinco minutos eu já estarei na agência com vocês, presumo que esta ligação tenha um motivo bem escuso. Andem, desembuchem, o que vocês querem? – Raquel disse, já passando pela portaria do prédio comercial.

– Nossa, que grosseria – Gabriela fingiu se ofender.

Depois de uns segundos em silêncio, Ian soltou um gritinho e voltou a falar.

– Eu não aguento, vou ter que contar! Hoje, depois de muito me preparar para vir trabalhar... Afinal, quem foi o maldito que inventou que sexta-feira é dia de vestir roupa casual?! Bom – Ian limpou a garganta – como eu dizia, cheguei aqui cedo e tive que praticamente abrir a agência. E vou te contar, este lugar vazio dá um medo danado. A Mônica bem que podia pensar em contratar um decorador para dar mais vida ao ambiente...

– Você ganhou um buquê de rosas! – Gabriela gritou.

– Ei, eu estava prestes a contar isso a ela.

Raquel saiu do elevador e depois de alguns passos já estava na porta de vidro escrito “Marco – Agência de Comunicação” em letras adesivas azuis. A empresa era responsável pela imagem de diversos produtos famosos, cuidando dos mínimos detalhes, desde o lançamento até a análise de recepção do público.

Chegando a sua sala, encontrou os amigos parados em frente ao aparelho telefônico.

– Do que vocês estão falan... – antes mesmo de terminar a frase, Raquel viu ao que seus amigos se referiam. Em cima de sua mesa estava o buquê de rosas vermelhas mais lindo que já tinha visto. – Ai, meu Deus!

As flores estavam embrulhadas com um celofane transparente preso por uma fita dourada. Um envelope branco, ainda lacrado, estava enfiado entre as folhagens. Raquel tinha certeza que o único motivo para os amigos ainda não terem lido o cartão era ele estar do lado de dentro do arranjo.

– Anda, veja logo quem te enviou isso.

Antes mesmo de abrir o envelope, Raquel já sabia qual era o remetente.

– Que estas rosas acrescentem ainda mais beleza a essa data maravilhosa. Feliz aniversário! Alan – leu em voz alta, quase cantando ao pronunciar o nome do amigo.

Aquilo era tão romântico!

Não era como se nunca tivesse lhe enviado flores. Ele tinha essa mania, enviou rosas na sua formatura e até quando tinha pego dengue no último ano. Mas nunca tinha recebido rosas vermelhas. Aquilo era um sinal. Especialmente porque Raquel estava decidida a se declarar para ele naquela noite, durante a comemoração de seu aniversário. Tudo estava saindo melhor que o planejado.

– Rosas vermelhas significam amor, não é? – Gabriela fez a pergunta que martelava na cabeça de Raquel. – Afinal, que amigo envia flores como estas de aniversário?

– Um amigo que gosta muito da Raquel – Ian assumiu um tom condescendente, como se tentasse confortar a amiga por algum motivo. – Não vamos confundir as coisas.

– Confundir? Ele mandou flores para ela, Santo Deus!

– Ele pode ter enviado isso sem qualquer tipo de malícia – ele voltou a encarar Raquel. – Amiga, só não quero te ver sofrendo novamente, okay? Lembra-se da última vez que você achou que ele se declararia? Foram duas semanas de choros e maratona de filmes com a Katherine Heigl. Não quero que passe por isso de novo.

Nos últimos anos, decidida que Alan era de fato seu grande amor, Raquel tinha soltado algumas indiretas ao amigo. Suas respostas, no entanto, sempre a deixava mais confusa com relação aos seus sentimentos. Alan jamais a desprezou, pelo contrário, lhe tratava como prioridade em sua vida, sempre pedindo sua opinião para tudo, acompanhando-a em seus compromissos que exigiam um acompanhante e até atendia seus telefonemas altas horas da noite, quando Raquel se sentia solitária. Alan jamais reclamou de nada, mas também jamais disse abertamente o que sentia por ela, o que a deixava extremamente frustrada na maior parte do tempo.

– Eu não vou sofrer, Ian. Na verdade, estou decidida a seguir em frente desta vez. – Raquel percebeu que ainda segurava o celular na altura do ouvido e então desligou o aparelho. – Vou abrir meu coração para novas possibilidades, caso ele me diga que não sente a mesma coisa que eu.

– Espera aí, você vai se declarar pra ele?

Raquel respondeu à pergunta do amigo com um aceno de cabeça e um sorriso nos lábios.

– Isso é tão romântico! – Gabriela soltou um grito antes de abraçar Raquel.

– Vou dizer a ele hoje à noite que sempre o amei e que estou disposta a levar nosso relacionamento a outro nível. – Raquel sentou-se à mesa e começou a folhear alguns relatórios. – Não consigo mais ficar nesta situação. Estou fazendo trinta anos, preciso colocar um rumo na minha vida. Quero casar com o Alan – tossiu e continuou a falar – aliás, quero casar e ter filhos. Não posso mais esperar.

– É isso aí, amiga. Não dá para ficar esperando ele tomar a iniciativa. Os homens são complicados demais.

– Não, os gays são complicados demais, os héteros, minha querida, são extremamente simples. Quando eles querem, eles correm atrás. Nem que seja somente para um caso de uma noite. Eles jamais fazem joguinhos ou escondem seus sentimentos por quinze anos, como certas mulheres que eu conheço.

Antes que Raquel pudesse responder, foi interrompida pelo pigarro de uma mulher parada ao seu lado. Mônica Rodrigues, sua chefe, estava vestindo seu habitual conjunto de casimira branco, que a deixava sempre mais gorda que o normal. Ela era a mulher mais formal e mal humorada que Raquel já conhecera, mas, sendo a dona da agência, esta opinião jamais foi expressa em voz alta... pelo menos não na frente dela.

– Bom dia. Antecipamos a festinha de final de ano da agência e eu não fiquei sabendo?

Rapidamente, Ian e Gabriela saíram da sala falando coisas como enviar planilhas ou tirar cópias de documentos. Raquel sabia que eles estavam indo para a copa continuar aquela conversa longe dos ouvidos de Mônica. *Sortudos!* Como estavam em sua sala, Raquel sabia que cabia a ela amansar a fera.

– Bom dia, Mônica. Estávamos só conversando sobre a nova campanha de produtos de beleza.

– Sim, claro, eu percebi. – Ela sentou-se na cadeira do outro lado da mesa e percorreu a sala com os olhos, analisando cada detalhe. Raquel odiava quando ela fazia isso. Era como se procurasse algo para usar como crítica contra ela no futuro. – Hum, ganhou flores? Alguma data especial?

– É meu aniversário – Raquel disse, tentando esconder disfarçadamente suas canetas coloridas de gel dentro da gaveta. Quem poderia saber o que Mônica diria caso as visse? Provavelmente que uma de suas assessoras de imprensa era mais infantil que uma garotinha, que assinava seus contratos em tinta rosa ou coisa pior. Era melhor não arriscar.

– Mesmo? Quantos anos está fazendo?

Que tipo de ser humano pergunta a idade a uma mulher? Mônica poderia simplesmente ter dado os parabéns a ela pela data, mas Raquel sabia que sua chefe jamais deixaria passar uma oportunidade.

– Trinta. Hoje completo trinta anos.

– Sério, ainda? Pensei que tinha mais. Na verdade estava mesmo agora me perguntando por que você não tem fotos de filhos e marido em cima da mesa. Mas vejo que você ainda tem um ou dois anos para resolver isso.

Raquel sabia que se não cortasse a conversa de alguma forma, o assunto seria prolongado até chegar ao ponto de uma tentativa de suicídio ou, quem sabe, de homicídio.

– Mônica, agradeço a preocupação, mas você queria falar comigo sobre alguma coisa?

– Sim, estava até me esquecendo – ela se ajeitou no assento antes de continuar. – A Sophia está de licença médica, como você deve saber, então preciso de assessores para tomarem conta de algumas contas dela. Pensei em conversar com você primeiro, já que acredito ter o perfil exato para alguns clientes.

Raquel não sabia se considerava aquilo um elogio ou não, mas sorriu.

– Claro, o que precisar.

Mônica levantou-se e começou a caminhar devagar pela sala, passando a mão pela mobília como uma mãe à procura de poeira. *Aquela mulher conseguia tirar Raquel do sério!*

– Já ouviu falar do Crazy Games?

Raquel concordou com um aceno. Era o maior evento de aficionados em videogame e tecnologia em geral do país. Era um evento que reunia diariamente cerca de 80 mil visitantes e durava todo um final de semana, movimentando as vendas de diversas empresas e anunciando lançamentos de jogos e equipamentos eletrônicos, que custariam uma verdadeira fortuna no mercado nacional. Raquel costumava pensar no evento como uma convenção de garotos que recém entraram na puberdade e de homens que nunca sairão dela. *Era um verdadeiro caos!*

– Que bom que conhece! Acabamos de assinar um contrato com os organizadores. Somos oficialmente responsáveis por toda a divulgação e atendimento à mídia em geral do evento – Mônica sorriu. – E quero que você, Raquel, assuma essa conta. Não é o máximo?!

Somado a todo o trabalho que já tinha, Raquel sabia que aquilo só poderia significar noites em claro e serviço extra durante finais de semana e feriados. *Perfeito!* E só de pensar em ter que conversar com adolescentes superinteligentes sobre assuntos que ela não dominava já lhe dava brotoejas.

– Fico feliz que a agência tenha conseguido esse contrato. Mesmo! Mas você não acha melhor passar essa conta para algum outro jornalista? Alguém mais, digamos, "antenado" com o assunto?

O rosto de Mônica assumiu a expressão que Raquel e os amigos costumavam chamar de "coleguinha". Ela sempre fazia isso. Sua chefe tentaria convencê-la de que aquela era a melhor tarefa do mundo e que Raquel tinha sido escolhida por ser a assessora de imprensa mais qualificada da agência.

– Eu não gosto de fazer distinção entre os meus funcionários, mas você sabe que tenho uma grande satisfação por seu trabalho – ela se aproximou, falando quase num sussurro. – Você se dedica ao que faz e isso me orgulha muito. Eu sei que se deixar esta conta na mão de outra pessoa o trabalho não sairá tão bom quanto se entregar a você. Este é o primeiro ano que trabalharemos com eles, quero que tudo dê certo. Precisamos manter esse cliente. É um contrato muito rentável, se é que me entende.

Era um caso perdido, Raquel já sabia.

– Okay, me passe os contatos necessários. Farei desse evento um sucesso. – Sabia que não adiantaria discutir e, quem sabe, até conseguisse alguém para ajudá-la a configurar seu celular no evento. O trabalho não seria de toda forma ruim, afinal.

Mônica saiu da sala falando algo sobre grandes expectativas e dedicação ao trabalho, mas Raquel não estava mais ouvindo. Ela se jogou na cadeira e encarou a tela desligada do computador. Já estava exausta e nem tinha marcado o ponto de entrada do serviço. Aquele dia prometia.

Ela olhou para o lado e encontrou o arranjo de rosas. Pegou uma das flores e levou à altura do rosto. O cheiro era muito agradável, fazendo-a se sentir mais calma. Suspirou algumas vezes antes de pegar o telefone e discar o número que já sabia de cor.

– Alô? – Ele atendeu no segundo toque. Ao ouvir sua voz, o coração de Raquel passou a bater tão forte que ela ficou com medo do amigo ouvir do outro lado da linha.

– Recebi suas flores. São lindas, adorei! Obrigada.

Raquel falava quase cantando. Alan riu no telefone.

– Fico feliz que tenha gostado. E como se sente com trinta anos?

– Mais madura. – A primeira resposta que veio à mente de Raquel era "mais velha", mas achou melhor não dizer isso. Especialmente para ele.

– Isso você sempre foi mesmo. Escute, estou com um paciente agora, não posso conversar muito. Nos vemos hoje à noite?

Ele tinha se lembrado da baladinha que Raquel tinha marcado em comemoração a seu aniversário! Seu coração parecia que sairia do peito a qualquer momento.

– Claro! Eu te espero lá, hein? Vê se não vai furar.

– Estarei lá. – A voz de Alan ficou séria de repente. – E, Raquel, hoje à noite preciso conversar com você. Tenho algo muito importante pra te dizer.

Ela ainda insistiu para que adiantasse o assunto, mas ele se negou e desligou. Alan parecia tão sério ao telefone, fazendo Raquel pensar sobre o assunto durante horas. O que ele tinha para dizer que precisava ser mais tarde, com mais calma? Raquel sentiu o sorriso desabrochar no seu rosto conforme a resposta se revelava: ele também estava apaixonado por ela! Só podia ser isto, afinal, por que mais ele enviaria rosas vermelhas em seu aniversário?

Raquel se sentia nas nuvens. Enfim aquele caso de amor seria resolvido. Depois de tantos anos ela poderia dizer a Alan todos os seus sentimentos e ele sorriria, a pegaria em seus braços e falaria "Eu também sempre te amei, Raquel". Ela correu até a porta de sua sala e a trancou. Tirou o telefone do gancho e ligou o computador. Não queria ser interrompida enquanto procurava na internet a roupa perfeita para usar mais tarde.

Afinal, uma noite especial merecia um vestido especial.

Capítulo 2 – Se beber, fique longe do PC

Nada estava saindo como planejado.

Raquel queria chegar ao bar antes de todo mundo, para segurar a mesa e recepcionar a todos com ar de surpresa, mas já passava das 22 horas e ela ainda não estava nem arrumada. Tinha ficado a manhã inteira planejando que roupa iria usar, mas a busca nas lojas da cidade tinha se mostrado completamente inútil. Nada do que tinha gostado nas *top models* da internet ficava bem no seu corpo.

– Eu odeio você, Bündchen, e sua cinturinha de boneca! – Raquel gritou furiosa depois de tentar fazer entrar a terceira calça jeans no provador da quarta loja.

No final do dia, Raquel foi para a casa com duas sacolas cheias de possibilidades, mas nenhuma certeza. Não fazia ideia de que roupa usaria. Em completo desespero, resolveu juntar todo o seu vestuário às roupas novas, tendo assim mais alternativas de combinações. Achou no fundo das gavetas blusas que achava estarem perdidas há séculos e saias que já tinham saído de moda há muito tempo.

Em uma das prateleiras do guarda-roupa, Raquel encontrou uma velha caixinha lilás onde costumava colocar fotos antigas da família e amigos. Mesmo atrasada para a comemoração do seu aniversário, deu-se ao luxo de perder alguns minutos relembrando vários momentos de sua infância.

Numa das fotografias, Raquel estava imunda após um campeonato de futebol. Estava posando ao lado da turma toda, segurando com orgulho o troféu feito de plástico dourado. Era a única menina no meio daquela garotada. Pensou que não era à toa Alan nunca ter lhe dado atenção na época, parecia um menino com aquele cabelo sempre preso em um rabo de cavalo e com aquelas roupas largas e sujas de terra.

Mas como se divertia. Podia não ser a garota mais cobiçada da época, mas era sem dúvida a mais feliz.

Pegou uma nova fotografia. Estava encostada no carro do pai de Eric. Aquele veículo tinha feito o maior sucesso na época, todo mundo queria tirar foto, e sempre que ele se oferecia para levar todos à escola era a felicidade geral.

E em outra imagem, já amarelada pelo tempo, Raquel viu a si

mesma em uma versão quinze anos mais jovem, posando com seu bolo de aniversário ao lado de Alan e Eric. Nenhum dos três parecia feliz na fotografia com aquelas caras amarradas. Raquel não lembrava, mas provavelmente tinham levado bronca de suas respectivas mães para que ficassem ajeitados para a foto. Raquel riu com a lembrança.

– Bons tempos – pensou em voz alta antes de fechar novamente a caixa e colocá-la de volta no lugar.

Depois de mais algumas tentativas, Raquel decidiu usar um vestido vermelho bem justo, meia calça fumê e um sapato preto de salto alto. Olhou-se no espelho e gostou do resultado. Agora só precisava ajeitar o cabelo, se maquiar e estaria pronta. Nada mais a atrasaria.

Então o celular tocou.

Raquel xingou alto e tentou equilibrar o aparelho no ouvido enquanto aplicava máscara nos cílios.

– Alô, filha? – Sua mãe sempre escolhia os piores momentos para telefonar. – Feliz aniversário, meu amor! Trinta anos, hein? Uma idade muito importante.

– Obrigada, mamãe, mas não posso conversar agora.

– Vai sair com os amigos, não é? Está certa, meu amor, divirta-se, veja gente. Quem sabe você não encontra alguém interessante nesse passeio.

Já tinha começado. Dona Elizabeth era a melhor mãe do mundo, mas era também, sem dúvidas, expert em tirar Raquel do sério. Conseguia ser pior que sua chefe. Ela sabia que a mãe conduziria aquela conversa a tal ponto que, dali a minutos, estariam falando sobre bebês e casamento.

– Mamãe, só estou saindo para beber com uns amigos, nada de mais. Até o Alan e o pessoal do serviço vão. Não estou indo com a intenção de voltar de lá com um namorado. – Uma pequena mentira, mas tudo bem, Deus perdoaria.

Raquel tentava, sem sucesso, aplicar o delineador. Suspeitava que se continuasse derramando mais produto nos olhos acabaria ficando cega.

– Com certeza! É isto mesmo, minha filha, se dê ao respeito. Mas se caso encontrar algum médico ou engenheiro por lá, vê se não fica dando uma de difícil.

– Mamãe!

– É verdade, Raquel. Eu com trinta anos já estava casada há tempos e você nem sequer está namorando – ela abaixou a voz, como se não quisesse que mais alguém ouvisse o que iria dizer. – Como acha que me sinto sendo uma das poucas daqui da rua a não ter netos, hein?

– Entendo, mamãe, e a melhor maneira de conseguir um marido é não dar uma de difícil se ele for um médico ou um engenheiro, certo? Grande plano! – Se Deus perdoa uma mentirinha para a mãe, também perdoaria um pouquinho de sarcasmo, pensou.

Como esperado, Dona Elizabeth tinha conduzido a conversa para onde queria. Raquel não entendia de onde a mãe tirava a ideia de que todo mundo estava casando menos ela. Pelo blog, Raquel acompanhava a dificuldade que as pessoas enfrentavam para encontrar o amor de suas vidas. Não era tão simples assim conseguir um casamento.

– Não seja ridícula, filha! Não estou falando para você ficar pecando por aí com médicos e engenheiros. – Raquel riu do comentário enquanto ajeitava o cabelo. Sua mãe era viúva há anos e, desde a morte do marido, nunca mais tinha colocado outro homem para dentro de casa. Pelo menos, Raquel achava que não. – Estou dizendo para conversar com eles e soltar um charminho.

Raquel se esforçou para não criar na mente a cena de sua mãe usando o tal “charminho” em seus bailes em Centros para Terceira Idade. Pensar na possibilidade de sua mãe sair por aí com a intenção de seduzir médicos e engenheiros lhe dava calafrios.

De longe, Raquel viu sua gata Penny se aproximar. Isso não era bom sinal.

– Mamãe, não posso conversar, preciso terminar de me arrumar – disse, tentando se afastar do animal.

– Por que sempre que toco neste assunto você desconversa?

– Não estou desconversando... – de sapato e tudo, Raquel subiu no sofá, tentando, sem sucesso, fugir de Penny. – É só que eu estou mesmo muito atrasada.

– Está certo, vá logo. Fique linda, minha filha. Amo você.

– Amo você também. Tchau.

Raquel desligou o telefone no exato momento em que Penny pulou nas suas pernas em busca de carinho. Ela conseguiu ouvir o barulho da meia calça sendo rasgada enquanto sentia a dor do arranhão causado pelas unhas da bichana. Não adiantava em nada gritar ou soltar um palavrão àquela altura, mas fez tudo isso mesmo assim.

– Não, Penny! Gatinha má! – com a meia completamente arruinada, Raquel levou a gata até a área de serviço. – Meu Deus, eu não acredito nisso!

Jogou os trapos que vestia dentro da lixeira e correu para o banheiro. Precisava se depilar agora.

Definitivamente iria se atrasar!

*

Raquel não foi a primeira a chegar ao bar. Encontrou alguns amigos sentados à mesa e agradeceu um a um a presença deles. Recebeu as lembrancinhas que ganhou com um sorriso nos lábios e uma expressão falsa de surpresa no rosto. Mas a real atenção de Raquel estava na entrada do bar, enquanto esperava ansiosamente a chegada de Alan.

– Perdeu alguma coisa ali, amiga? – Ian perguntou sarcasticamente, apontando a porta do estabelecimento.

– Não sei do que você está falando.

Raquel pediu mais uma margarita ao garçom e tentou se afastar do amigo, mas acabou cercada por Gabriela.

– E aí, ele já chegou?

Ela repetiria a resposta que tinha dado há pouco, mas Ian foi mais rápido.

– Ainda não. Dá uma olhada na ansiedade dela – e, antes de continuar puxou a mão de Raquel para perto. – Você está tremendo! Contenha-se, mulher!

O garçom chegou com a bebida, Raquel esvaziou o copo em um único gole e sinalizou para que ele trouxesse mais uma dose.

– Como você quer que eu me contenha? Hoje cedo ele disse que precisava me contar algo importante! – Raquel segurou a gola da blusa do amigo. Sentia-se ligeiramente entorpecida pelo álcool. – O que ele quer me contar? Será que ele também me ama?

– Ai, meu Deus! O doutor está apaixonado por você também!

– Espera, Gabriela, não sabemos ainda. – Às vezes, Raquel queria que Ian fosse heterossexual. Ele assumia uma postura tão firme quando queria fazer todos pensarem racionalmente. – E pare de chamá-lo de doutor, ele não é médico!

– Ei! Ele é veterinário! – Raquel defendeu.

– Amiga, não vou nem discutir isso contigo de novo, porque senão vou ser obrigado a brigar com você pela décima vez por ter comprado uma gata só para ter uma desculpa para procurá-lo toda hora. Gata que, por sinal, você morre de medo.

– Mentira! Eu e a Penny nos damos muito bem!

Raquel falava movimentando os braços, com gestos extravagantes e exagerados. Quando quase derrubou a bandeja que o garçom trazia, concluiu que estava bêbada. Talvez fosse isso mesmo que precisasse, pensou. Afinal ela teria que ter coragem para se declarar para Alan.

Ela nunca se considerou uma mulher recatada, muito menos puritana. Por muitos anos namorara vários rapazes e, durante sua época de faculdade, jamais voltara de uma balada sem ter ao menos beijado alguém. Mas depois de cada desilusão amorosa, depois de cada cafajeste que passava em sua vida, era Alan que estava lá para ajudá-la a se reestruturar. O amigo sempre cuidara de tudo para que ela se sentisse bem. E isso, no fundo, sempre atiçava a chama dos seus sentimentos por ele. Não importava por quantos caras Raquel se encantasse, era Alan quem sempre estava em seu coração.

Novos convidados chegaram, mas Raquel nem deu atenção a eles. Sabia que na segunda-feira teria que pedir desculpas a muita gente pela falta de educação, mas no momento não estava se importando. Eles não eram quem ela esperava.

Raquel pegou o celular dentro da bolsa e começou a discar.

– O que você pensa que está fazendo?

– Vou ligar para ele, Ian. Preciso saber por que ele está demorando.

– Você perdeu a cabeça, sua maluca?! Me dá aqui esse celular. – Ele puxou o aparelho de sua mão. Raquel ainda tentou recuperar o telefone, mas desistiu. Era difícil competir com alguém tão alto. – Você não vai ligar para ele coisa nenhuma! Vai dançar, beber e se divertir. Eu quero minha amiga sensata de volta!

– Gente – Gabriela chamou a atenção dos amigos – não precisamos mais ficar ansiosos. O doutor chegou.

Quando Raquel viu Alan era como se todo o resto do bar tivesse sido congelado. Nada mais se movimentava ou emitia som, como se estivessem esperando sua autorização para voltar à normalidade. Ele atraía toda a energia do ambiente para si. Estava vestindo uma calça jeans escura e uma blusa social preta com os três primeiros botões abertos. Raquel desconfiava que se continuasse a encará-lo tão fixamente corria o risco de ter um aneurisma cerebral. Mas não se importava. Ela só queria abraçá-lo, sentir seu cheiro masculino e dizer que estava feliz por ele ter vindo.

Antes que perdesse o controle de seu corpo e partisse em uma corrida cinematográfica em direção a Alan, jogando-se em seus braços e enlaçando sua cintura com as pernas, ela notou que ele não estava sozinho.

Alan entrou no bar acompanhado por uma loira. Ela tinha o cabelo na altura da cintura, era alta e magra. Raquel odiou como o vestido preto frente única que ela vestia marcava bem suas curvas dignas de uma modelo manequim. Ela sorria, e Alan apontava em sua direção. Por um instante Raquel pensou se seria capaz de inventar alguma desculpa e sumir daquele lugar sem chamar muita atenção, mas acabou desistindo da ideia.

Quando viu o casal se aproximar sentiu-se meio tonta e apoiou-se discretamente no ombro de Gabriela.

– Feliz aniversário, Raquel! – Alan a cumprimentou com um beijo no rosto e lhe entregou um embrulho prateado. – Espero que não repare, é só uma lembrancinha.

Raquel sentiu vontade de bater na cabeça dele com aquela "lembrancinha". *Como ele ousava trazer uma mulher para a noite em que ela declararia seu amor?* Sentiu a cabeça girar e apertou com mais força o ombro de Gabriela.

– Imagina, não precisava – respondeu rapidamente, sem nem sequer olhar o presente. – Estou vendo que você trouxe uma amiga.

Alan e a acompanhante trocaram sorrisos. Raquel quis esbofeteá-los.

– Raquel, você não se lembra da Bianca? – percebendo que a amiga não demonstrava reconhecimento, Alan continuou – Bianca Meirelles, nossa antiga vizinha.

E, como num estalo, Raquel se lembrou. Bianca, irmãzinha caçula de Eric. Ela sempre fora vários anos mais nova que a turma toda, por isso nunca participava de suas brincadeiras. Sempre andava limpinha e vestida de rosa. Era o exemplo de boa filha durante a infância.

Raquel suspirou aliviada. *Aquela era só a Bianquinha.*

– É claro que me lembro. Uau, quanto tempo! – Raquel se aproximou e cumprimentou com um beijo no rosto a sorridente Bianca. – Meu Deus, como você cresceu, menina!

A loira riu, como se tivesse achado graça do comentário.

– Menina? Imagina! Já tenho vinte e seis anos.

– Aproveita enquanto não chega aos trinta – Raquel disse amigavelmente. – Então você encontrou com o Alan? Que bom, porque assim pôde vir ao meu aniversário. Vamos todos relembrar os bons tempos!

Alan passou o braço sobre o ombro de Bianca e a trouxe para mais perto. Raquel sentiu todos os músculos de seu corpo se contraírem.

– Na verdade reencontrei Bianca há alguns meses. Lembra que hoje cedo disse que tinha algo para lhe contar? Pois bem, eu e a Bianca estamos juntos... – Alan beijou de leve os lábios da loira. – E vamos nos casar daqui a quatro meses. Não é o máximo?!

Raquel sentiu Gabriela e Ian apertando de forma protetora seu braço. Provavelmente eles achavam que ela faria um escândalo e começaria a agredir o casal ali mesmo, na frente de todo mundo. Mas, surpreendendo a todos, inclusive a ela mesma, Raquel abriu um sorriso e os abraçou.

– É o máximo mesmo, Alan. Meu Deus, estou tão feliz por vocês dois!

Todos sorriram e o aperto no braço de Raquel ficou mais ameno. Seus amigos perceberam que ela tinha tudo sob controle. Bianca a abraçou forte, e Raquel teve a certeza que se tivesse um chiclete em mãos o teria colado naquele cabelo loiro ridiculamente perfeito.

– Que bom que ficou feliz com a novidade! Estávamos preocupados que achasse que tinha sido muito rápido – Bianca falava com uma voz doce. – E você é a primeira pessoa a saber sobre o casamento.

– Pois é, não contamos nem mesmo para nossas famílias ainda – Alan completou.

– Mas que honra! – Raquel disse sarcasticamente, virando de uma só vez todo o conteúdo do copo de vodca que encontrou na mão de Ian.

– Vamos dar um jantar semana que vem para reunir as famílias. Você deveria ir – Bianca virou-se para Alan antes de continuar a falar animadamente. – Não é mesmo, amor?

O álcool estava se espalhando rapidamente pelo corpo de Raquel e por um momento ela desejou que aquilo a fizesse desmaiar.

– Claro! A Raquel é da família. Vamos reunir todo mundo lá na casa de minha mãe. Vai ser bom juntar a turma toda de novo.

Raquel concordou com a cabeça, mas não estava prestando atenção. Ela deu uma desculpa qualquer e se afastou, seguida por Ian e Gabriela. Distantes do casal, os amigos ainda perguntaram se Raquel estava bem, mas ela nem se deu ao trabalho de responder. Pegou uma garrafa de uísque de uma mesa e foi para o centro da pequena pista de dança em frente ao palco, onde uma banda tocava música ao vivo.

Sentiu as lágrimas tentando chegar aos olhos por várias vezes, mas conseguiu contê-las. Apesar de sentir que seu mundo estava desabando, ela não demonstraria seu sofrimento ali, na frente de todos. As mágoas seriam choradas mais tarde. Naquele momento ela só queria esquecer.

Dançou até seus pés ficarem dormentes e o caminho até sua casa foi marcado por poucos flashes de lucidez. Tinha a impressão de ter sido colocada na cama por Gabriela e Ian, mas quando conseguiu abrir os olhos estava sozinha no quarto.

Levantou-se da cama com dificuldade e tentou ligar o computador enquanto o mundo girava ao seu redor. Sua visão estava embaçada, mas, mesmo assim, conseguiu acessar o painel de controle do seu blog.

[Nova postagem] [Blog Super Desapegada]

Título do post: *Por que eles acham qque podem fazer isso com a gnte quandoo bem querem eu sou uma mlher qu*

[Editar em HTML]

Corpo do post:

e merece respeito e tem muit amorr pra dar m as quee não tem ningeum.

`reciso trocar de roupa to fedndo a cervjaa beijo

[Tags]

Marcadores: mooooooooooooorre fhaseeeeeeeeee

[Publicar postagem] [Salvar agora] [Visualizar]

Depois da terceira tentativa, Raquel conseguiu clicar no botão “publicar” pouco antes de desmaiar em cima do teclado.

Capítulo 3 – Ela não sabe como agir quando recebe uma cantada

Para Raquel, a dor de cabeça infernal era o de menos. E a mancha de saliva seca formada no teclado do computador poderia ser considerada tolerável. Agora a postagem no blog era um verdadeiro pesadelo.

Ela acordou naquela manhã com a sensação de que tinha sido atropelada por um caminhão. Todo seu corpo doía e sua mente estava funcionando em câmera lenta. Quando ajustou a visão à claridade que entrava pela fresta da janela do quarto, percebeu que tinha dormido desajustada na cadeira da mesinha do computador. Espreguiçou-se dolorosamente antes de notar que o aparelho ainda estava ligado.

A sua publicação no blog Super Desapegada na noite anterior já batia recordes de acesso e compartilhamento em redes sociais. Várias internautas que sempre acessavam o site estavam preocupadas com a postagem e outras até indignadas com o conteúdo.

Depois de uma manhã inteira de respostas e explicações, Raquel enfim conseguiu convencer todos de que o blog tinha sido hackeado, mudando o enfoque da discussão para as ações de proteção a crimes virtuais e a falta de legislação específica sobre o assunto.

Menos mal, pensou.

Raquel estava mentalmente perturbada. *Só podia ser isso!* Não via outra explicação (sem contar a grande quantidade ingerida de álcool, claro) que justificasse tal comportamento. Foram tantos meses para conseguir um considerável prestígio com o blog e que quase acabaram sendo perdidos por uma postagem maluca escrita enquanto estava bêbada.

Depois de cometer um longo *auto-bullying*, Raquel começou sua rotina de sábado, ainda sentindo muita dor muscular por ter dormido de mau jeito naquela noite. Debaixo do chuveiro, ela pensou o quanto era duro de acreditar que Alan fosse mesmo se casar. Ainda mais com uma ex-garotinha chorosa e chata.

Raquel permitiu que as lágrimas enfim rolassem de seus olhos, misturando-se às gotas que caiam da ducha. Jamais daria o braço a torcer caso Ian e Gabriela perguntassem, mas estava arrasada. Sentia como se seu coração tivesse sido cortado ao meio, e a ferida era irreparável.

Em algum lugar, no fundo de sua mente, Raquel ouvia seus próprios conselhos. Dicas e palavras de autoestima que tantas vezes compartilhou no blog. Uma voz que dizia que tudo ficaria bem, que o que estava acontecendo não era o fim do mundo e todos os problemas seriam resolvidos. Mas era praticamente impossível ouvi-la por causa de seu soluçar.

Ela queria se sentir valiosa, como se tivesse importância para alguém. Apesar de dizer a si mesma que teria que deixar Alan partir, que ele não era o cara certo, Raquel sabia que não era verdade. Não, Alan era sim o cara perfeito para ela. Ele era seu ombro: ouvia-lhe e procurava entendê-la, sempre presente nos momentos mais difíceis.

Ter sentimentos por Alan a fazia se sentir viva. Sem isso, era tudo tão triste. A paixão que sentia por ele funcionava como um combustível para o seu dia a dia. Todas as áreas de sua vida eram relacionadas a ele, e Raquel se sentia completamente perdida somente ao pensar que não teria mais o apoio do amigo.

Começou a chorar mais e se perguntou quando tinha se tornado tão dramática.

O toque monofônico do celular começou a tocar por todo o pequeno banheiro. Não queria falar com ninguém, por isso deixou que o irritante som ecoasse livremente nas paredes azulejadas.

Começou a se questionar o que Alan estaria fazendo naquele exato momento. *Será que estava sozinho?* Talvez estivesse em seu apartamento, avaliando como sua vida estava vazia, mesmo noivo de Bianca. E, quem sabe, ele não estivesse chegando à conclusão de que seus sentimentos por ela não fossem de fato tão fortes assim e que a ideia do casamento precisava ser revista?

O celular continuou a tocar e Raquel manteve sua decisão de ignorá-lo. Por ela, que caísse na caixa postal.

E se, depois de tudo, Alan começasse a analisar as pessoas que estavam ao seu redor? Afinal, ele era um homem muito bonito e de bom coração, pretendentes não lhe faltavam, embora Raquel conhecesse o amigo suficientemente bem para saber que ele jamais se envolveria em uma aventura sem sentimentos.

O telefone, que já marcava uma ligação perdida, voltou a tocar. Pelo jeito alguém precisava mesmo falar com ela.

E por que Alan não poderia se apaixonar pela melhor amiga? Raquel fora a única mulher que o acompanhara por todas as fases de sua vida, quem lhe dera força nos momentos difíceis e partilhara muitas de suas situações mais felizes. Raquel imaginou como seria maravilhoso se ele estivesse mesmo chegando àquela conclusão. Tudo seria perfeito.

E se fosse Alan ligando para se declarar naquele exato momento?!

O celular já estava no quinto toque quando Raquel correu para atendê-lo, escorregando no piso encharcado do box.

– Alô? – disse ofegante, mas com um sorriso nos lábios.

Mas a voz que ouviu do outro lado do aparelho não se parecia em nada com a do seu melhor amigo. Na verdade, elas eram opostas. Alan tinha uma voz grave, quase rouca, muito diferente da estridente do outro lado da linha.

– Raquel, querida, é a Mônica. Você pode falar?

Por alguns minutos, ela imaginou se poderia inventar uma desculpa para sua chefe. Pensou se não poderia alterar a voz e dizer que estava tremendamente doente. Com ebola, talvez. Mas, no fim, acabou cedendo.

– Oi, Mônica, posso falar sim. O que precisa?

– Desculpe por estar te incomodando na sua folga. Ainda mais no dia seguinte a uma grande festa de aniversário – ela mudou o tom de voz, e Raquel conseguia até visualizar a cara sarcástica que estava fazendo. – Pois é, fiquei sabendo que alguém saiu para comemorar ontem e nem me chamou, não é mesmo? Estou magoada.

Raquel se sentiu completamente ingênua por achar que poderia manter a comemoração em segredo. No bar tinham muitas pessoas da agência, é claro que Mônica ficaria sabendo de alguma forma. Raquel só não imaginou que seria tão rápido.

– Desculpa. Acabei não chamando porque íamos somente beber uma cervejinha, nada demais. Foi só na hora mesmo que acabei chamando algumas pessoas mais próximas – disse, fingindo pouco caso.

Depois de um pigarro, Mônica soltou: – Achei que fôssemos próximas.

Raquel se perguntou de onde ela tinha tirado aquela ideia. Ela odiava quando a chefe dava uma de coleguinha dos empregados.

– Claro, somos sim, Mônica. Foi só jeito de falar. – Pensando em não prolongar a conversa, Raquel decidiu mudar de assunto. – Mas você só me ligou pra isso? Parecia que você tinha alguma coisa pra me dizer.

– Sim, tem razão. Marquei uma hora pra você entrevistar os representantes da empresa que está organizando o Crazy Games. Eles vão falar um pouco sobre a edição deste ano. Quero releases diários sobre os preparativos, as futuras atrações e com as informações, Raquel. Ah, monte também alguns *press-kits* para os jornais e TVs do estado. Vamos ver se conseguimos bastante espaço nos veículos não especializados em tecnologia.

– Pode deixar. – Raquel analisava suas unhas. Precisava urgentemente ir à manicure. – Para quando você marcou a entrevista, Mônica?

– Para daqui a duas horas, no centro da cidade.

Seria praticamente impossível chegar no horário!

Raquel devia ter imaginado. E depois de não ter convidado sua chefe para seu aniversário só lhe restava concordar com os planos dela. Seria melhor assim. Depois de desligar o celular, Raquel correu para terminar o banho desejando muito um analgésico que fizesse aquela dor de cabeça passar.

*

Raquel não tinha nem sequer almoçado, mas pelo menos cumpria com sucesso o plano de chegar ao local da entrevista sem atrasos. Tinha hora marcada com o dono de uma renomada empresa nacional de desenvolvimento de jogos de videogames. Pouco antes de sair de casa tinha dado uma rápida pesquisada no Google e encontrara alguns artigos em colunas especializadas que apontavam a companhia como uma das mais promissoras na área. A empresa tinha parcerias com grandes nomes da indústria internacional na produção de jogos e na organização de grandes eventos como o Crazy Games.

A empresa ficava em um prédio numa área muito movimentada no centro de São Paulo. Raquel imaginou como seria difícil trabalhar ali todos os dias. Vagas de estacionamento eram praticamente impossíveis de se encontrar. Ela se sentiu com sorte por ter ido de metrô.

Anunciando-se na recepção, esperou até que uma jovem com aparência pouco formal a recebeu. Ela não devia ter mais que vinte anos e vestia uma camiseta com a foto de um homem de orelhas pontudas que fazia um gesto engraçado com a mão. Raquel não entendia muito, mas tinha quase certeza que aquele era um personagem famoso de uma série antiga de viagens estelares ou algo do tipo. Pensou, pela milésima vez no dia, o quanto queria estar em seu minúsculo apartamento naquele momento.

A moça, que logo se identificou ser "Daniela, a estagiária", conduziu-a até uma sala de espera. Ofereceu água e café, mas o anúncio não saiu nada natural, como se Daniela ainda não tivesse se acostumado a ser gentil ou, simplesmente, a interagir com outros seres humanos. Raquel se repreendeu pelo pensamento.

Depois de alguns minutos de espera, um homem na casa dos trinta apareceu à porta.

– Olá, você deve ser a Raquel, certo? – disse, estendendo a mão. – Sou Alberto, um dos donos da empresa. Mônica falou que você viria hoje.

Raquel retribuiu o aperto de mão com um sorriso. O homem à sua frente não poderia ser chamado de "um exemplo da beleza nacional", mas não era nem de longe o *nerd* feio que tinha imaginado. Ele vestia blusa e calça social, e o cabelo tinha um corte baixo, quase militar, que dava um ar exótico aos seus óculos com armações grossas.

– Pois é. Ela marcou a entrevista para falarmos um pouco sobre os preparativos do Crazy Games. Tem algum lugar onde possamos conversar com calma?

– Mas é claro, por aqui.

Raquel pensou ter visto Alberto olhar para suas pernas quando passou por ele para entrar na sala, mas descartou a ideia quase no mesmo momento. *Besteira, estava imaginando coisas novamente.*

A sala dele condizia com o perfil de um proprietário de uma empresa de jogos de videogame. Por toda a parte Raquel via bonecos em formatos diversos, que davam ao ambiente um ar juvenil.

Uma miniatura de dois pássaros chamou sua atenção. Eram engraçados com seus olhos esbugalhados e pernas gordinhas.

– Essa será uma das novidades que lançaremos na convenção – Alberto começou a falar ao notar o olhar de Raquel. – É um jogo novo para celular. Estamos expandindo nossos negócios – e indicando uma cadeira estofada em frente a uma ampla mesa, completou. – Sente-se, por favor.

Raquel manteve uma boa postura o tempo todo. Queria passar um ar profissional. A agência precisava manter aquela conta e tudo estava em suas mãos agora.

– Parece ser bem interessante seu trabalho. Você toma conta de tudo sozinho?

– Não, imagina. Somos uma dupla, eu e meu sócio. Enquanto ele é a mente brilhante que desenvolve e coordena a produção de nossos produtos, eu vendo. Simples assim.

– Parceria curiosa.

– Não posso reclamar. Já pedi para o avisarem que estamos aqui. Acho que será interessante para você conversar com meu sócio, não é?

Raquel concordou sem prestar muita atenção. Estava há alguns segundos travando uma guerra com o próprio celular. Aparelhos normais não deveriam mostrar resistência em gravar áudio, função muito útil durante uma entrevista. Mas não o de Raquel. Ele simplesmente se desligava conforme ela fuçava em suas ferramentas.

Àquela altura, ela se sentia como uma completa fraude. Dava dicas para mulheres apaixonadas, mas estava caidinha por seu melhor amigo comprometido. E, pra piorar, era uma blogueira que não sabia mexer em aparelhos tecnológicos. Não conseguia sequer lidar com o próprio celular.

Depois de mais algumas tentativas, acabou desistindo de gravar o áudio da conversa, optando por anotar tudo o que falassem em um caderninho.

– Bom, vamos começar então falando sobre os preparativos para a cobertura do Crazy Games. Na agência já estamos credenciando veículos de comunicação interessados em notícias sobre o evento. – Raquel tinha imprimido algumas planilhas com dados e informações aleatórias, somente para folhear enquanto falava, parecendo assim uma assessora de imprensa ocupada e cheia de ideias. – Estamos também_pensando em confeccionar pequenos brindes para os visitantes da convenção. Um tipo de miniatura de algum personagem que possa simbolizar o evento ou, sei lá, CDs com uma amostra do novo jogo da empresa. Precisamos discutir isso com mais calma.

Alberto ouvia tudo com atenção, e Raquel se parabenizou mentalmente por isso. Adorava quando seus clientes ficavam atentos ao que dizia, tinha uma falsa sensação de poder, de que seria capaz de convencer o cliente a fazer o que quisesse.

– Isso tudo parece fantástico – ele abaixou o olhar para a mesa à sua frente discretamente, e Raquel notou que seu rosto ruborizou de leve. Imaginou se ele não estaria começando a passar mal. Era só o que faltava. – É tanta coisa que você deve estar bem atarefada cuidando disso tudo sozinha.

Raquel sabia que o serviço, apesar de puxado, não fugia muito à rotina, mas resolveu valorizar seu trabalho:

– Realmente estou dedicada ao evento, mas não me importo. Na agência somos assim mesmo, muito empenhados ao que fazemos – e, colocando mais ênfase, completou – O bem estar dos clientes é a nossa prioridade. Faremos o que for preciso para que tudo saia perfeito na cobertura do Crazy Games.

– Disso tenho certeza, Raquel... Posso chamá-la assim? – Depois de um aceno dela, Alberto continuou: – Como dizia, Raquel, tenho total confiança no trabalho de vocês, por isso os contratamos. Só não precisa ficar assim, tão enlouquecida com o evento. Ficar trabalhando até tarde, ficar sem tempo para nada. Acho que seu namorado deve estar odiando tudo isso, não é mesmo?

– Não tenho namorado – Raquel respondeu com inocência.

– Não posso acreditar – Alberto ainda encarava o tampo da mesa. – Uma moça tão bonita como você sozinha?

Seria possível que o tal dono da empresa estava dando em cima dela? Raquel ficou durante vários segundos em silêncio, sem saber o que dizer. Imaginou se não estaria em um mundo paralelo onde nada fazia sentido. Nunca tinha recebido uma cantada de um cliente. Ainda mais um que nem olhava para ela enquanto falava. Não fazia ideia de como proceder naquela situação. Precisava comentar sobre o assunto mais tarde no blog.

Antes que pudesse responder, a porta às suas costas se abriu.

– Com licença, Alberto. Desculpa a demora, está cada vez mais difícil encontrar um lugar pra estacionar neste lugar.

Aquela voz masculina não lhe era estranha. Raquel achou que tinha algo de familiar nela, mas, em um primeiro momento, não soube identificar o que seria.

Alberto se levantou da cadeira de súbito, como uma criança que é pega no flagra pela mãe enquanto tenta roubar um biscoito na cozinha. Raquel achou a cena engraçada, mas conteve o riso.

– Ah, olá. Que bom que chegou. Esta é Raquel, a assessora de imprensa da Agência de Comunicação que contratamos para o Crazy Games. Raquel, este é Eric, meu sócio.

Raquel se levantou para cumprimentar o outro dono da empresa. Rapidamente fez uma nota mental para não se esquecer de também convencê-lo que a contratação da agência tinha sido uma excelente decisão. Virou-se, voltando à postura de grande profissional de Comunicação. Se tudo continuasse no mesmo ritmo, aquela conta estava no papo. Até discutiria com Mônica a possibilidade de um aumento, de salário, não de trabalho, claro.

Mas quando avistou o loiro alto parado à sua frente, Raquel ficou sem fala. Ele tinha grandes olhos azuis, uma pele rosada, lábios carnudos e um ombro tão largo que provavelmente tinha o dobro do dela.

Aquele homem tinha sido uma das crianças mais arteiras que Raquel já tinha conhecido. A mente maquiavélica de sua adolescência. Eric Meirelles, o garoto com quem sempre brincava na juventude. Seu ex-vizinho, irmão mais velho da noiva de Alan.

Seria possível o mundo ser tão minúsculo assim?

Sem saber como proceder, Raquel estendeu a mão para cumprimentá-lo formalmente. Estava imaginando se ele a teria reconhecido quando Eric mostrou os dentes em um sorriso sarcástico.

– Magrela?! Não acredito que seja você mesma!

Capítulo 4 – Uma felina estraga seus planos

Raquel simplesmente odiava aquele apelido de infância.

Se Alberto não era exatamente o que Raquel imaginava de um empresário, Eric, então, era exatamente o oposto. Ele vestia um jeans puído e uma camiseta preta com o desenho de uns fantasmas coloridos e a frase "*I see dead pixels*" escrita nela. Era a coisa mais ridícula que Raquel já tinha visto na vida! Como era possível Eric ter virado sócio de uma das empresas mais promissoras do país? E como era possível ela nunca ter ouvido falar sobre isso?

Raquel não via Eric há doze anos, época em que ela tinha saído de casa para estudar, e desde então não ouvia notícias dele. Bem, na verdade, ouvia sim, mas sua mãe não era a melhor fonte a ser levada em conta. Ela continuava sendo vizinha da família dele e sempre comentava coisas aleatórias como "Rose me contou que o filho está indo bem na faculdade, mas aposto que é mentira. Aquele rapaz nunca mostrou muito interesse nos estudos" ou "O filho da Rose saiu de casa para morar com uns amigos. Nossa, partiu o coração dela". Raquel sabia que sua mãe nunca fora muito fã de Eric.

– Caramba, ainda não acredito que seja você mesma! – ele beliscou o braço de Raquel, pegando-a de surpresa. Ela se perguntou quantos anos ele tinha. *Doze?*

Alberto parecia desconfortável entre os dois.

– É, bem, vocês se conhecem então?

Eric respondeu antes que Raquel pudesse dizer qualquer coisa.

– Mas é claro! A Raquel costumava nadar pelada na piscina da casa dos meus pais.

– ERIC!

– O quê?! – Alberto engasgou.

Raquel por um segundo se esqueceu de que estava ali a serviço e quase socou aquele loiro com um sorriso sarcástico nos lábios parado à sua frente. Só por um segundo. Então se ajeitou e a assessora de imprensa, altamente profissional, voltou à tona.

– Na verdade, Alberto, Eric e eu nos conhecemos desde criança. Nossas famílias são vizinhas lá no litoral e estudamos juntos até o ensino médio.

– E você... – o sócio de Eric ainda parecia desconcertado – você, bem, realmente nadava assim...?

– Não! Não. Somente quando eu era criança.

– Ah, com treze anos a pessoa não é mais tão criança assim! – As bordas dos lábios de Eric tremiam, como se ele estivesse segurando uma gargalhada.

– Aquilo foi uma aposta e você sabe disso! – Raquel respirou fundo e tentou disfarçar sua irritação mudando o tom de voz. – Bom, agora que estão todos aqui, será que podemos começar a entrevista?

Raquel se encaminhou para a mesa sem esperar resposta. Tudo que tinha planejado estava indo por água abaixo. Estava completamente sem moral naquela reunião. Primeiro, sem esperar, um dos sócios da empresa dá em cima dela. Depois, ela reencontra um velho amigo que diz já tê-la visto nadando nua numa piscina. Se aquilo caísse nos ouvidos de alguém da agência sua reputação estaria arruinada! Seria motivo de gozação por anos!

Alberto voltou a se sentar à sua frente, no lado oposto da mesa, e Eric encaminhou-se para um dos bancos laterais. Ele se acomodou como se estivesse no sofá de casa, colocando uma das pernas sobre outra cadeira. Raquel se pegou analisando o corpo de Eric; ele tinha mudado muito desde a última vez que o vira. Estava mais alto e definitivamente mais forte. Repreendeu-se pelo pensamento, uma boa assessora de imprensa jamais pensaria desta forma de um cliente!

– Para começar, quero fazer um perfil da empresa – Raquel falava com seriedade. – Minha intenção é destacar os detalhes da história da sua fundação, curiosidades e tudo que a levou a ser o que é hoje nesta primeira matéria. Aí partimos para as informações sobre o Crazy Games. – Raquel fez uma pausa e aceitou o silêncio como uma concordância. – Certo, então me contem, como vocês começaram?

Alberto olhou para Eric, como se perguntasse se ele queria contar a história, mas só recebeu um aceno amigável.

– Nós dois fomos estagiários na mesma empresa. O Eric na área de informática, eu na administrativa. Tínhamos talento e algumas economias guardadas, aí pensamos: por que não abrirmos uma empresa?

– Foram audaciosos – Raquel comentou.

– Mas eu sou assim mesmo. – Se ela ainda estava com dúvidas se o sócio de Eric estava tentando mesmo impressioná-la, já não tinha mais. Ficou envergonhada e olhou de esguelha para o amigo, mas ele não pareceu perceber o que estava acontecendo.

– E por que decidiram trabalhar com games?

– Eric é muito bom em programação de jogos em diversas plataformas, e eu, como administrador de empresas, vi que a área estava se expandindo no país. No início foi difícil, passamos por várias dificuldades, é evidente. Mas arriscamos, persistimos e nos demos bem.

Raquel ficou impressionada com o trabalho. Eric e o amigo eram verdadeiros empreendedores, que conseguiram enxergar as deficiências do mercado e aliá-las ao talento individual de cada um. O resultado era realmente impressionante.

– Nossa empresa é essencialmente uma desenvolvedora, mas também produzimos e fornecemos produtos para outras grandes empresas, a maior parte internacional – Eric disse casualmente.

– Será que eu poderia ver como é o processo de desenvolvimento de um jogo? – Raquel perguntou empolgada.

Era estranho, aquela história estava começando a fasciná-la. Era impressionante e inspiradora. Raquel sempre pensara em abrir uma assessoria de comunicação, mas o sonho sempre fora adiado por falta de verba e, principalmente, coragem. Mas a desculpa era sempre a mesma "Sou jovem e inexperiente demais". Ali, naquela sala, ouvindo o depoimento de dois empresários com praticamente sua idade, Raquel sentia que era sim possível fazer o mesmo, só bastava planejamento e força de vontade.

Eric e Alberto acharam ótima a ideia, e Raquel se encaminhou para a porta.

– Não vou poder te acompanhar – Alberto começou a dizer, ainda tentando evitar olhá-la nos olhos. – Mas Eric vai com você. Espero poder vê-la de novo.

Raquel concordou educadamente, mas sentiu-se aliviada quando se viu sozinha com Eric. Nunca sabia como reagir a certas abordagens masculinas, especialmente quando não sentia nada pela pessoa em questão.

A empresa se resumia a duas salas divididas por baias com diversas pessoas, em sua maioria jovens, extremamente compenetradas no que estavam fazendo.

– Aqui temos diversos tipos de profissionais, cada um responsável por uma área – Eric começou a explicar. – Temos programadores, designers, engenheiros de som... Todas as etapas do jogo são feitas aqui, desde o projeto no papel até a produção final.

De alguma forma Raquel percebeu que aqueles funcionários trabalhavam motivados. Provavelmente, pensou, porque atuavam fazendo o que gostavam. Afinal que garoto não é fissurado em game? *E imagina ganhar dinheiro com isso!* Raquel sentiu um pouco de inveja deles.

– Venha, quero lhe mostrar a próxima sala – Eric disse formalmente. Raquel notou que ele estava em seu "modo profissional".

O cômodo ao lado era repleto de televisores, com uma dezena de garotos jogando os mais variados videogames. Havia algumas garotas também. A mistura de sons e cores era surpreendente. Apesar de todos falarem ao mesmo tempo, o clima ainda era extremamente profissional. Ninguém gritava "Vai, chuta para o gol" ou "Dá um soco nele", mas questionavam sobre coisas técnicas como sons e possíveis defeitos no jogo.

– Estes são os nossos *testers*, ou seja, os funcionários que testam os jogos. São responsáveis pelo controle de qualidade dos games – Eric explicou.

Para Raquel tudo parecia surreal. Impressionante e inspiradoramente surreal. Um rapaz com uma camiseta do Homem-Aranha se aproximou deles.

– Oi, Eric. Preciso da sua ajuda – ele parecia preocupado. – Na terceira fase o jogo entra num *bug*. Já tentei mexer na programação, mas não tem jeito, cai num *loop* impossível de resolver.

Eric acompanhou o funcionário até um terminal ao lado de uma televisão que transmitia um jogo de guerra. Ele ficou durante alguns minutos discutindo sobre o tal código do programa e depois de fazer algumas mudanças, pareceu ter conseguido finalmente resolver o problema.

– Valeu, Eric. Nunca teria imaginado sozinho que o problema era esse.

Saíram daquela sala e seguiram pelo corredor em direção à recepção. Eric parecia mais leve, voltando à postura brincalhona de novo.

– E aí, gostou do que viu?

– É tudo fantástico – Raquel admitiu. – Verdade. Parabéns, Eric.

Ele sorriu antes de voltar a falar.

– Esses dias Alberto e eu estávamos discutindo a possibilidade de contratar sua agência não só para fazer a cobertura da convenção Crazy Games, mas também de toda a empresa. O que você acha da ideia?

Raquel sentiu vontade de abraçá-lo. Mais uma conta para a agência? E uma que estava sendo atendida por ela? *Seria perfeito!* Mônica teria que amá-la para sempre.

– Acho excelente! – Raquel resistiu à vontade de pegar os papéis aleatórios que tinha na bolsa, só para fingir mais profissionalismo. – E será ótimo para a agência também.

– Então está feito. Passando o evento, assino o contrato com sua chefe.

– Perfeito! – Raquel esfregou as mãos, mas na verdade estava mesmo era com vontade de sair pulando. – Confesso que estava até com medo de Alberto cancelar o atual contrato depois de tudo o que você contou pra ele sobre mim.

Eric riu.

– Não precisa se preocupar. Conheço meu amigo, ele gostou particularmente de você.

– É, eu percebi isso – Raquel tentou falar de forma casual, sem muito sucesso.

Eric parou de andar de súbito e começou a gargalhar. Aquilo estava começando a irritá-la.

– O que é desta vez?! – Sentiu o rosto começar a queimar de vergonha ao perceber que Eric estava atraindo a atenção de alguns funcionários ao redor. – Por que a risada? Eric!

Enxugando as lágrimas, Eric voltou a andar, mas inclinou um pouco o corpo, como se fosse confidenciar algo. Raquel não conseguiu evitar reparar o quanto os olhos azuis dele eram bonitos. Era uma beleza desperdiçada em um cara tão irritante.

– Ontem Alberto pediu alguns conselhos sobre como chegar nas garotas. Ele sempre foi tímido – Eric falava em um tom de voz baixo. – Aí eu dei pequenas dicas e disse que ele poderia testar as técnicas no dia seguinte com a representante da agência de comunicação que tínhamos contratado. – Os lábios de Eric se repuxaram em um sorriso. – Eu só nunca imaginei que seria você.

Perfeito! Mais uma coisa para culpar Eric. Já não bastava ter sido o responsável por diversos castigos na infância, especialmente pelo pedaço de bolo no vestido durante seu aniversário de quinze anos, agora essa?

– Ele ficou todo encantado por você, deu para perceber.

Eric ainda falava com uma voz carregada de sarcasmo, como se fosse a coisa mais engraçada do mundo. Raquel precisava mudar de assunto rapidamente.

– E aí, tem visto alguém da turma?

– Não, quase ninguém. Às vezes esbarro com um ou outro, como aconteceu contigo. – Eric parou para tirar uma dúvida de um dos funcionários. Raquel notou que ele ficava sério quando trabalhava. Depois de alguns minutos, voltou sua atenção para ela. – E você, tem visto o pessoal?

– Não, na verdade a única pessoa daquela época que continuo mantendo contato é o Alan. Ainda nos vemos sempre.

Raquel notou que Eric mudou a postura e seu rosto ganhou uma expressão mais séria após o comentário.

– Algum problema?

– Não acredito que você ainda tem amizade com aquele idiota – Eric falou de forma ríspida, recebendo um som de protesto de Raquel. – Fala sério, o cara sempre foi um metido à besta. Sempre se achou superior a todo mundo.

– Se não estou enganada, ele te tirou de enrascadas várias vezes.

– E me meteu em inúmeras outras, me entregando pra todo mundo do bairro – Eric resmungou, como se estivesse falando consigo mesmo. – E agora, pra piorar, vai se casar com minha irmã caçula. A Bianca não tem juízo.

– Ah, você está sabendo também...

Eric parou de caminhar e virou-se na direção de Raquel, ficando de frente para ela.

– Minha mãe me ligou hoje cedo contando a novidade. Só não sabia que tinha sido o último a ser avisado.

Raquel sentiu uma irritação crescer somente pelo assunto ter sido tocado. Tudo o que ela mais queria era simplesmente esquecer aquilo.

– Não sei se foi o último, mas ontem os dois foram ao meu aniversário e comentaram sobre o noivado. – Raquel suspirou inconscientemente. – Eu nem sabia que eles namoravam.

Os dois voltaram a caminhar, seguindo em direção ao elevador.

– É, eu soube há pouco tempo. Parece que a Bianca ficou com medo da minha reação e pediu pra nossa mãe não comentar nada. Sinceramente, não sei o que minha irmã viu naquele babaca.

Raquel sabia. Alan era o homem perfeito. Inteligente, carinhoso, companheiro, adorava animais e, para completar o pacote, era lindo de morrer. Raquel definitivamente sabia o que Bianca tinha visto nele.

Quando chegaram ao elevador, Eric apertou o botão e seu braço encostou no ombro de Raquel. O perfume que ele usava era realmente muito bom, ela pensou. Em outras situações perguntaria qual era a fragrância.

– Então vamos nos ver novamente, não é? – O bom humor e o sorriso sarcástico de Eric tinham retornado.

– É o que parece. Ainda preciso acertar alguns detalhes com vocês antes da convenção. Mas qualquer coisa vamos nos falando por telefone.

– Alberto vai sentir sua falta.

– Não seja idiota! – Raquel disse, antes que pudesse evitar. Apesar de Eric ser seu cliente, e o cliente sempre ter razão, ele não pareceu ter se importado com o xingamento. Na verdade, Raquel percebeu que ele até achou engraçada a reação. – Envio os textos para vocês por e-mail entre segunda e terça-feira.

O elevador chegou, e Raquel se despediu de Eric formalmente antes de passar pelas portas de metal. Finalmente aquele encontro estava tinha acabado.

Antes de a cabine ser fechada, Eric ainda gritou:

– Foi bom revê-la. E feliz aniversário atrasado, Magrela!

*

Raquel não conseguia parar de pensar no que tinha conversado com Eric. Então agora era oficial, todo mundo sabia sobre o casamento de Bianca e Alan. Aquilo estava embrulhando seu estômago. Aquilo ou as duas taças de vinho que tinha tomado desde que tinha chegado em casa. Precisava comer alguma coisa, mas a fome tinha passado há horas. Além disso, Raquel não tinha cabeça para cozinhar nada. Nem mesmo para esquentar algo no micro-ondas.

Encarava o teto, montando desenhos com as sombras formadas pelas luzes que entravam pela janela aberta. Morava num apartamento de três andares com entrada pela lateral de uma loja de calçados numa área comercial do bairro do Tucuruvi. Jogada no sofá da sala, Raquel conseguia ouvir o barulho de carros passando na rua e de pessoas que conversavam sobre coisas banais de suas vidas. Ela até gostava daquela bagunça toda, o silêncio pode ser incômodo às vezes.

Raquel acreditava que todos esses sons iam distraí-la dos seus problemas, como muitas vezes acontecia, mas não estava funcionando daquela vez. Sabia que precisava resolver a situação. Precisava fazer seu coração entender que a batalha estava perdida, que Alan não era o homem da sua vida. Simples assim.

Por mais que sofresse, o que mais queria era a felicidade dele. E Alan parecia feliz ao lado de Bianca. *Não parecia?* E era isso que importava. Raquel sabia, de alguma forma, que precisava olhar outros homens e abrir seu coração para relacionamentos mais maduros. Só assim esqueceria Alan. Quem sabe até não daria uma chance para aquele sócio esquisito de Eric na próxima vez.

Era isso. Independentemente de como faria, Raquel estava decidida a se esquecer de Alan. Não o procuraria mais, evitaria estar em contato com tudo o que fizesse lembrá-lo e jamais voltaria a pensar nele como o amor da sua vida. Almas às vezes nasciam para estar juntas, o que não era o caso de Alan e Raquel.

Estava decidido!

Raquel deu um último gole no vinho e se levantou. Precisava dar comida para Penny e caçar alguma coisa na geladeira para comer também. Sentia-se mais motivada. Não podia passar o resto da noite daquele jeito.

Pegou embaixo da pia uma das latinhas com a comida, virou todo o conteúdo em um pires e começou a chamar a gata. O cheiro de atum a enjoava, mas Penny adorava aquilo. Pelo menos alguém naquela casa teria uma excelente noite, afinal.

– Penny, venha aqui, querida. É a sua comida preferida. – Raquel começou a caminhar pela casa com cuidado. Sabia que a gata poderia aparecer do nada e pular inesperadamente em cima dela, como sempre fazia. – Penny, venha aqui. Está na hora do seu jantar. Peeeny?

Depois de procurar pelo quarto, pela sala e até no banheiro, Raquel foi à área de serviço e encontrou a gata deitada no piso de cerâmica. Ela sempre fazia isso quando sentia calor. Raquel colocou o pires no chão e se aproximou de Penny. E foi aí que notou que ela fazia um chiado estranho e seus olhos estavam quase fechados, como se estivesse sonolenta.

Raquel se desesperou. Penny nunca tinha estado daquela forma! Ela pegou a gata no colo, enrolou-a numa toalha macia e começou a embalá-la como a um neném.

– E agora, o que vou fazer? – Raquel falava consigo mesma, como se buscasse uma resposta do além. – Ai meu Deus, o que eu faço?!

Ela só poderia fazer uma coisa e sabia disso. Correu com Penny nos braços até a sala. Pegou o telefone e discou o número de Alan.

Não tinha jeito, como sempre, precisava dele.

Capítulo 5 – No ponto de vista masculino

Eric assistiu às portas do elevador serem fechadas pensando na grande coincidência que acabava de acontecer. Há algumas horas tinha se pegado lembrando-se de Raquel Alencar e pronto: lá estava ela, prestando serviço para sua empresa. O mundo era mesmo muito pequeno.

Naquela manhã tinha passado um bom tempo relembrando a infância e adolescência. Pensara em diversos momentos daquela época e, estranhamente, Raquel estava presente em praticamente todos. Ela nunca tinha medo de nada e topava participar de qualquer armação. Eric adorava Raquel; ela sempre se impunha e jamais tivera o que ele costumava chamar de "frescura de menininha".

As lembranças tinham começado por causa daquele telefonema. Eric acordara com o toque incessante do celular aquele sábado; já sabia quem era antes mesmo de atender. Somente Dona Rose seria tão insistente daquele jeito. Ela parecia ansiosa e narrara todos os detalhes sobre o casamento de Bianca, sem prestar atenção nos protestos de Eric do outro lado da linha.

Para ele, a irmã estava cometendo uma loucura só por pensar em se casar com Alan. Odiava a ideia e sabia que Bianca acabaria sofrendo, mas infelizmente não tinha poderes para impedir aquilo.

A irmã era completamente diferente do noivo. Bianca era uma das melhores pessoas que Eric conhecia, uma garota doce que se tornara uma mulher de bom coração. Alan, por outro lado, sempre fora a criança com mais condições financeiras da turma e gostava de deixar isso bem claro para todo mundo. Tirando os animais de estimação, Eric nunca vira Alan tratar com carinho ninguém sem ser por algum tipo de interesse.

Quando Eric voltou para a sala de Alberto encontrou o sócio olhando pela janela. Achou engraçada a cena e deu uma sonora risada, atraindo a atenção dele.

– O que você está olhando? – Eric se sentou, colocando a perna sobre outro assento.

– Estou só observando a rua, nada de mais.

A forma defensiva do amigo chamou sua atenção. Por que ele estava mentindo? Levantou-se e, depois de empurrar Alberto quando ele tentou impedi-lo, conseguiu alcançar a janela a tempo de ver Raquel deixar o prédio e caminhar na direção da estação de metrô.

Sentiu um estranho frio na barriga com a situação.

– Então você gostou mesmo da Raquel? – perguntou em tom casual.

Alberto sentou pesadamente na cadeira, com o olhar perdido. Eric nunca tinha visto o amigo daquela forma. Ele sempre fora extremamente tímido e atrapalhado quando o assunto era mulher. Eric já o tinha visto sofrer por vários amores não correspondidos, o que acontecia constantemente, já que o amigo se apaixonava a todo o momento. Atribuía isso a carência; o amigo vivia sozinho e jamais saía com garota nenhuma. Isso sem contar os foras que levava nas baladas. Eric sempre dizia que Alberto precisava mesmo era de uma namorada séria.

– Ela é linda! Inteligente, bonita, bem articulada – e como se tivesse acabado de se lembrar de algo, levantou-se e caminhou na direção de Eric. – Você é amigo dela, podia falar bem de mim, não?

Eric começou a rir. Aquela situação era surreal.

– Ah, Beto, tenha dó.

– Tô falando sério – disse, terminando de contornar a mesa. – Como quem não quer nada, bem que você podia dizer a ela como sou bom na administração da empresa. Que fui o primeiro da minha turma da faculdade. E aproveita e conta sobre meus dotes culinários.

Eric explodiu em risos dessa vez. Alberto estava fora de si.

– Dotes culinários?! É verdade, você sabe esquentar uma lasanha congelada que é uma beleza.

– Minta! Todo mundo diz que parte de um relacionamento é baseado em mentira mesmo.

– Você tem um fundo de razão. Isso funcionou com meus pais – Eric brincou, enquanto analisava a situação. Alberto sempre demonstrava grande interesse por qualquer mulher bonita que lhe desse o mínimo de atenção. Fazia sentido. E neste caso, além de Raquel ter dado atenção ao que ele dizia, afinal isso faz parte do seu trabalho, ela tinha se tornado uma mulher realmente atraente. Eric tinha que admitir que ela estava longe de ser a "magrelinha" por quem tivera uma quedinha na adolescência.

– Agora, me conta um pouco sobre ela. Do que gosta? O que ela costuma fazer?

– Calma aí – Eric voltou a se sentar, manuseando um boneco em miniatura que encontrou na mesa. – Eu não vejo a Raquel há anos. Não sei muito sobre ela atualmente.

– Mas e quando vocês eram jovens, como ela era?

– Ah, Beto, sei lá. Normal – Eric planejava mudar de assunto, mas o sócio puxou uma cadeira e sentou-se a alguns centímetros de distância. – A Raquel era a única menina do nosso grupo. Era a irmãzona de todos, sempre preocupada com nossa segurança. Ela cuidava de todo mundo, mas comprava briga com qualquer um se achasse que estava certa em algo. E não tinha pra ninguém na bolinha de gude. A danada era boa nisso.

– Ela parece ser ótima – Alberto tinha um olhar sonhador.

Eric se surpreendeu. O amigo estava mesmo falando sério. Como era possível ele estar todo empolgado por uma pessoa que tinha acabado de conhecer?

– Isso é ridículo, Alberto. Ela presta serviços pra nossa empresa, pelo amor de Deus! – Eric não entendia o motivo, mas aquela história absurda estava começando a tirá-lo do sério. – Quando disse para treinar as dicas de sedução hoje quis dizer sutilmente, para deixá-la lisonjeada, não assustada.

– Você acha melhor então contratarmos outra agência de comunicação? – Alberto perguntou com aparente inocência.

Aquilo já tinha passado dos limites. Eric estava completamente arrependido por ter dado aqueles conselhos para Alberto. O amigo tinha distorcido todas as dicas e agora estava encantado por sua melhor amiga da infância. Ele sempre entendia tudo errado mesmo.

– Quer saber? Eu vou para a minha sala, que tenho mais o que fazer.

Deixou o sócio falando sozinho, não estava no clima para entrar em discussão com ele. Especialmente por um assunto tão sem sentido. Chegou à conclusão de que não valia a pena esquentar a cabeça, Alberto se desapaixonava com a mesma velocidade pela qual se encantava por alguém.

Para Eric, a principal preocupação era como isto poderia afetar os negócios. Estavam prestes a realizar uma das maiores convenções mundiais na área de jogos e entretenimento *on-line*. Não podia deixar que Alberto misturasse as coisas daquela forma.

Ele riu com o pensamento contraditório. Eric, apesar de muito racional e analítico, sempre fora o mais impulsivo em todas as atividades que se envolvia, se jogando de cabeça em qualquer nova boa ideia, dependendo às vezes do juízo das pessoas ao redor para conseguir encontrar algum equilíbrio. Mas a maturidade tinha trazido também um pouco de bom senso e calma. Apesar de ainda ter a fama de mulherengo e até de irresponsável, Eric não se considerava assim. Mas ele também não contestava, afinal a "fama de mau", como costumava dizer, lhe caía bem.

Na sua sala, Eric se sentia em casa. Costumava pensar no local como seu templo secreto, onde as ideias fluíam e conseguia trabalhar em paz. Ligou o notebook e ficou pensando nos acontecimentos do dia. Tinha acordado naquela manhã achando que teria um dia normal, nunca imaginaria que descobriria que sua irmã caçula estava para se casar com seu inimigo de infância, que reencontraria sua amiga mais antiga depois de uma década e que seria convidado a agir como um cupido para seu sócio. Aquele dia estava mesmo se tornando muito estranho.

Como sempre, antes mesmo de começar a analisar códigos fontes de jogos, Eric acessou sua conta no Facebook. Achou estranho não ter Raquel entre seus amigos do site. Eric tentou lembrar quando suas vidas tinham se tornado tão distintas para que perdessem contato daquela forma, afinal sempre foram muito amigos na infância e adolescência. Concluiu que tarefas diárias, opções profissionais diferentes e mudanças de endereço e personalidade eram somente alguns dos fatores para isso.

Por curiosidade, na área de pesquisa digitou o nome de Raquel e esperou o resultado. Uma morena muito bonita apareceu na tela. Definitivamente era ela.

Seu perfil não tinha exatamente o que Eric chamaria de “interessante”. Raquel gostava de MPB e só postava fotografias de eventos coorporativos.

– Nossa, como ela ficou chata – Eric não conseguiu evitar o comentário.

Raquel tinha vários amigos, tinha que admitir. Além disso, seus comentários eram inteligentes, mas Eric tinha outra imagem de Raquel. A imagem de uma mulher espirituosa, ativa, amante de aventura, forte... Exatamente como costumava ser quando mais jovem. Realmente ele não a conhecia mais.

Eric adicionou Raquel entre seus amigos e, antes de fechar o site, ouviu o celular apitar. Nova mensagem. Por um motivo qualquer chegou a pensar se não seria de Raquel, questionando sobre o mau comportamento dele durante a reunião. Irritá-la se mostrou ainda ser uma atividade realmente agradável.

Assim que pegou o celular percebeu que a realidade era diferente da expectativa. Já imaginando o assunto da conversa, Eric apertou o botão de confirmação bufando de impaciência.

Jantar amanhã na casa de mamãe. Preciso conversar com vocês sobre o casamento. Te espero lá. Bjs, Bianca.

Eric se sentiu tentado a responder que nem em sonho participaria daquele evento, mas conseguiu se controlar a tempo. Ela podia ser ingênua e ter um péssimo gosto amoroso, mas ainda era sua irmãzinha caçula, e ele se sentia completamente impotente por não ter como impedir que cometesse aquele erro. Sabia que se tivesse uma única chance de fazê-la perceber que aquela decisão era completamente insana, faria.

Digitou “Estarei lá” no teclado minúsculo do telefone e clicou em “enviar”.

Capítulo 6 – Decidindo arregaçar as mangas

Uma pessoa desavisada poderia pensar que Raquel era uma mãe preocupada, que embalava seu bebê naquele início de sábado à noite. Isso se ela não estivesse parada em frente a uma clínica veterinária e se o suposto bebê não chiasse como um gato agonizante.

Raquel estava ficando cada vez mais preocupada; Penny piorava e nada que fizesse parecia melhorar seu estado. Dez minutos antes, Raquel tinha ligado desesperada para Alan. O amigo, como de costume, a tinha acalmado e pedira para que ela corresse até sua clínica, afirmando que chegaria logo em seguida. Mas assim que desligou o telefone, Raquel voltou a se desesperar. Precisava de ajuda.

Ela sabia que aos sábados Alan fechava a clínica pela manhã. A situação a deixou ainda mais desconfortável, pois Raquel só conseguia pensar que àquela hora, provavelmente, ele estaria se agarrando com a noiva em algum motel qualquer. A imagem a atormentava, e o barulho que Penny fazia no seu colo só piorava as coisas.

Ouviu um carro chegando ao longe e ao se aproximar, logo percebeu que definitivamente só podia ser o carro esportivo de Alan. Ele tinha dois veículos, um *sedan*, que costumava usar à noite e em festas, e aquele cinza que sempre dirigia para trabalhar. Alan estaria com o "modo veterinário compenetrado" ligado, com certeza.

– Oi, Raquel. Desculpa a demora – ela tentou afastar da cabeça as imagens que se formaram. Ele provavelmente tinha demorado a chegar porque estava com a noivinha fazendo sabe-se lá o quê.

– Não tem problema – limitou-se a responder, embalando Penny com mais vigor.

Alan pegou a gata nos braços e abriu o consultório às pressas. Como Raquel previu, ele parecia muito profissional. Depois de todas as luzes serem acesas, Alan colocou Penny sobre uma mesa de metal semelhante a uma maca pequena. A gata ainda respirava com dificuldade e se contorcia na mesa. Alan começou a alisar a barriga do animal.

– Desde quando ela está assim?

Ele apanhou um estetoscópio em uma estante e começou a examinar a gata. Se não estivesse tão assustada, Raquel poderia até achar aquela cena tocante.

– Eu saí hoje à tarde e quando cheguei ela estava assim. – Raquel estava a ponto de começar a chorar. – Penny vai ficar bem, certo?

– Calma, não se preocupe, Raquel.

Aquela voz era o suficiente para afastar todos os seus medos. Ela sabia que Alan faria o possível para que tudo ficasse bem. Raquel queria abraçá-lo naquele momento.

Alan virou Penny, deixando-a deitada de costas na maca. Com uma das mãos, ele começou a fazer massagem na barriguinha e com a outra remexia no focinho. Raquel ia questionar o que ele estava fazendo até que entendeu. Ele procurava algo na boca de Penny. Ele enfiou os dedos em direção à garganta do animal e puxou um pedaço do que parecia ser um pano bem fino. Penny se contorceu e se levantou na mesa metálica no mesmo instante, como se esperasse somente isso para voltar ao normal, e ainda a encarava como se dissesse "podemos ir para casa agora?".

– Prontinho, achamos o problema.

Raquel quis enfiar a cabeça debaixo da terra quando, em um primeiro momento, pensara que a gata tinha atacado sua gaveta de calcinhas. Mas se sentiu extremamente aliviada depois de avaliar melhor o material e concluir que se tratava de um pedaço de sua meia-calça, a mesma que ela usaria no dia de seu aniversário, aquela que a própria Penny tinha arruinado minutos antes do horário de sair de casa. *Gatinha má!*

– Falei para não se preocupar – Alan pegou uma tigela e, depois de colocá-la sobre a maca, encheu-a de água. Penny bebeu o líquido em sonoros goles. – Vou dar mais uma avaliada nela, só por precaução mesmo. Depois você já pode levá-la para casa.

Raquel sentia um misto de sentimentos. Alívio por saber que Penny estava bem. Raiva por não ter percebido que o problema era algo tão simples. Vergonha por ter agido como uma mãe maluca. E, principalmente, admiração por Alan. O amigo tinha resolvido a situação com muito profissionalismo e em momento algum demonstrara perturbação, nem tinha se abalado pelo comportamento desequilibrado de Raquel. Aquilo não ajudava em nada sua meta de deixar de amá-lo.

– Muito obrigada, Alan. Desculpe te alarmar desta forma. É que eu me desesperei completamente quando a encontrei passando mal mais cedo.

– Raquel, não tem pelo o que se desculpar – Alan falava calmamente, enquanto acariciava a gata. – Você agiu de forma corretíssima ao me chamar. Ela poderia morrer engasgada se não tirássemos este pedaço de pano da garganta. Devia se orgulhar em ser uma dona preocupada.

Raquel sentiu seu rosto corar. Sabia que Alan não tinha dito aquilo com nenhum significado além de suas palavras, mas inconscientemente não pôde evitar pensar que talvez, só talvez, aquilo pudesse ser um sinal de que algo dentro dele estava mudando. Quem sabe certas atitudes de Raquel não fizessem com que ele percebesse que ela era a mulher certa para a sua vida e que o casamento com Bianca seria a maior burrada que faria?

Repreendendo-se mentalmente pelo pensamento, Raquel somente retribuiu com um sorriso amigável. Ficou com raiva de si mesma por pensar essas coisas, afinal, apenas algumas horas antes estava decidida a esquecer Alan. Precisava superar seus sentimentos.

– Obrigada. – Raquel tirou a bolsa dos ombros e colocou-a sobre a maca, fazendo um barulho quando sua chave encostou-se ao metal. – Alan, eu saí correndo de casa e nem peguei muita coisa, mas me diga quanto essa consulta custou que eu te faço um cheque...

– Imagina. Não teve custo algum.

Raquel tentou argumentar, mas Alan foi enfático ao negar o pagamento. Chegou a se aproximar dela e segurar seus ombros quando tentou tirar o talão da bolsa. O cheiro do perfume de Alan era tão gostoso, que ela quase esqueceu porque estavam discutindo.

– Raquel, você não me deve nada. Foi um prazer ajudar – ela reparou como os olhos dele brilhavam àquela luz. *Eram lindos!* – Afinal, é pra isso que servem os amigos, não é?

Amigos. Certo. Era exatamente isso que eles eram e sempre seriam. Amigos.

Raquel se recompôs e tentou discretamente se afastar de Alan. Precisava recolocar juízo na sua cabeça. Ele era seu melhor amigo e se casaria dali a quatro meses. Não podia se permitir voltar a gostar dele. Raquel quase riu por causa do pensamento. *Afinal, por acaso tinha deixado de gostar de Alan?!*

Tentando se distrair enquanto ele checava os reflexos da gata, Raquel passou os olhos pelo consultório. Só tinha entrado ali duas vezes durante as aplicações de vacina de Penny, mas sempre tinha que ficar aguardando o atendimento terminar na sala de espera enquanto Alan cuidava do bichinho. O local era amplo e repleto de aparelhos brilhantes. A sala tinha um pé-direito baixo, mas o cômodo não possuía divisórias e as paredes tinham duas grandes janelas, dando a impressão de o lugar ser maior do que era na realidade. A parede lateral estava coberta por prateleiras cheias de livros médicos com nomes em português, inglês e outras línguas que Raquel não fazia nem ideia quais eram.

– Adorei o que você fez aqui – disse, voltando a encarar o amigo. – Seu consultório está realmente ótimo, Alan. Parabéns.

– Aos poucos fui tentando aprimorá-lo. Tenho conseguido muitos clientes, não posso reclamar – disse sorrindo e então fez uma pausa por um momento, com o olhar perdido, antes de voltar a falar. – Vou sentir falta daqui.

Raquel demorou alguns segundos antes de entender as palavras do amigo, então começou a sentir um frio na barriga.

– Sentir falta? O que você quer dizer com isso?

– Sentirei saudade de trabalhar aqui depois de fechar a clínica.

Ela sabia que o amigo estava respondendo de forma sucinta para tentar desviar a atenção do assunto. Raquel não queria pressioná-lo, mas a falta de informações a deixava angustiada. Porém, antes mesmo que pudesse perguntar mais alguma coisa, Alan suspirou resignado, segurou sua mão e a encaminhou até um sofá bege de três lugares próximo à entrada da sala de consultas.

– Você lembra quando comentei sobre meu mestrado, Raquel?

– Lembro – mentiu.

– Pois bem. Como você sabe, comecei meus estudos há alguns meses na área de Patologia Animal. Acontece que já tenho muita dificuldade em conciliar meu tempo de estudo e de trabalho aqui. Tenho pensado muito em fechar a clínica por um tempo, especialmente agora, com tanta coisa para acontecer.

O casamento. É claro. Justamente o assunto que Raquel mais queria evitar. Provavelmente Bianca estaria pegando no pé dele, querendo mais atenção e não se importando com a carreira do noivo. *Que vaca egoísta!*

– Alan, você tem que pensar no seu futuro – Raquel tentou falar num tom suave, sem muito sucesso. – Não pode deixar que certos acontecimentos façam com que desista do seu sonho. Caramba, você batalhou tanto para montar essa clínica! Não pode desistir assim!

Formando uma covinha na bochecha que Raquel tanto gostava, Alan riu antes de voltar a falar.

– Não vou desistir de nada. É só que vai ser impossível manter o local aberto quando não estiver aqui.

Era isso, Raquel estava à beira de um ataque de nervos.

– Como é que é?!

– Olha, isso ainda é um segredo. Ninguém pode ficar sabendo, está certo? – Alan falava animadamente. – Minha pesquisa vai entrar na área de estudo de caso. No meu trabalho, precisarei realizar vários testes utilizando métodos sorológicos e moleculares em cervos-do-pantanal. Eu e Bianca nos mudaremos depois do casamento. Vamos emendar a mudança com a lua-de-mel. Por isso preciso fechar a clínica por tempo indeterminado.

Que diabos ele estava dizendo?! Raquel enxergava a boca de Alan abrir e fechar, mas não conseguia absorver o que dizia. A sala pareceu ficar mais escura e até o ar ficou mais difícil de respirar.

– Não estou entendendo...

– Depois do casamento – Alan falava devagar, quase como se explicasse algo a uma criança – eu vou me mudar com a Bianca para poder continuar meu mestrado sobre cervos-do-pantanal.

– Ai, meu Deus! E vai estudar cervos-do-pantanal onde?!

Alan a encarou como se, do nada, tivesse nascido uma segunda cabeça em Raquel.

– No Pantanal.

Aquilo só poderia ser brincadeira. Como era possível Alan estar se mudando assim, do nada? Ele não podia estar em seu juízo perfeito. Raquel segurou o impulso de apertá-lo pelos ombros e obrigá-lo a admitir que tudo aquilo não passava de uma piada de mau gosto. Estava prestes a berrar com o amigo.

– Pantanal, hã? Meio intenso, não acha?!

– Muito intenso, na verdade. – Alan parecia não notar o desconforto de Raquel. Ele falava cheio de entusiasmo enquanto narrava os detalhes da mudança. – Já está tudo certo para a minha transferência. Vou estudar no campus da universidade federal de lá. A apresentação da tese deve acontecer daqui a uns dois anos. Enquanto isso, eu e a Bianca vamos alugar uma casa numa cidade pantaneira. Já andamos até vendo alguns alugueis que caibam no nosso orçamento.

Raquel tentou achar algo para dizer, mas não conseguiu. Tudo parecia surreal. Há algumas horas, Alan era uma paixão próxima e possível. Agora ele estava compromissado e moraria a quilômetros de distância. O universo estava mexendo seus pauzinhos para a infelicidade dela, com certeza.

– Mas e a Bianca? – Raquel arriscou. – O que ela está achando disso tudo?

– Ela ficou meio receosa no começo, mas agora está tão animada quanto eu. Embora com tantos detalhes para ajustarmos, acredito que a ficha ainda não tenha caído completamente para nenhum dos dois. – Alan sorriu e segurou firmemente as mãos da amiga. – É um grande passo, entende?

Raquel suspirou. Não era justo reclamar, brigar ou discutir. Alan estava feliz e era isso o que importava. Sua felicidade era nítida e nada que ele fizesse lhe traria mais prazer e reconhecimento profissional como aquela mudança. Só restava a Raquel apoiá-lo.

Por outro lado, sentia como se tudo estivesse fora do lugar. Afinal, ela era a mulher que deveria estar ao lado dele quando se mudasse para o Pantanal. Era ela quem deveria apoiá-lo na mudança, sendo seu ombro amigo quando ele se sentisse solitário longe de todos os amigos e familiares. Era Raquel que deveria estar ao lado dele dando todo o amor necessário para que tivesse forças para continuar sua pesquisa quando tudo parecesse impossível.

Ela não sentia mais necessidade de afastá-lo de sua vida. Raquel precisava dele. Não queria abrir mão de seus sentimentos. Algo dentro dela dizia que o certo era lutar por seu amor. Precisava fazê-lo enxergar que ela sim era a mulher que o ajudaria em todas as etapas de sua vida. Ela era a certa, não Bianca.

Raquel parabenizou Alan pela pesquisa, jurando não contar a ninguém a novidade. Com calma, pensaria em maneiras eficientes de argumentar no futuro.

– Fique de olho na Penny nas próximas doze horas – Alan disse, quando já estavam no portão da clínica veterinária. – Qualquer reação estranha no comportamento dela é só me avisar.

– Pode deixar, aviso sim. Muito obrigada mesmo por tudo.

– Imagina, não tem o que agradecer. – Ele sorriu e então levou a mão à testa, como se estivesse lembrando algo. – Ah, já ia me esquecendo. Eu e Bianca vamos dar um jantar na casa de minha mãe na sexta-feira para oficializarmos o noivado. Coisa simples. Mas gostaríamos muito que você participasse.

– Vai ser um prazer.

Uma ova, Alan! Na verdade, um jantar com as famílias de Alan e Bianca falando o tempo todo sobre o casamento não seria um prazer e sim um verdadeiro pesadelo. Mas se distanciar do casal àquela altura seria burrice. Ela precisava encontrar pontos fracos na relação e, para isso, era necessário se envolver.

Ele afagou os pelos de Penny e se despediu de Raquel com um beijo no rosto. No caminho de casa, ela foi pensando no que poderia fazer para acabar com aquele casamento. Ainda não sabia o que seria, mas tinha a convicção de que precisava agir rápido.

Ela não desistiria de Alan sem lutar!

[Nova postagem] [Blog Super Desapegaca]

Título do post: *É hora de erguer as mangas!*

[Editar em HTML]

Corpo do post:

Chorar por um amor perdido é fácil. Quero ver quem é que tem coragem de levantar a cabeça depois de um fracasso e correr atrás do que quer. De assumir seus erros e utilizá-los como aprendizado na tarefa de fazer "o diferente". De lutar pelo que acha certo, independente do que as pessoas ao redor possam dizer. De procurar a felicidade, mesmo que ela pareça distante e inalcançável.

Persistir é a palavra chave agora. Como saber se dará certo, se será o caminho mais feliz, se você nunca tentar seguir por ele? Todo mundo quer alguém para caminhar ombro a ombro, mas ninguém quer suportar os tropeços do início do trajeto.

O medo de não dar certo vai passar assim que começar a dar os primeiros passos. A dor da dúvida também vai, eu sei!

É hora de erguer as mangas e ir à luta. Correr atrás do prejuízo, porque a única pessoa que pode fazer sua felicidade acontecer é você mesmo!

Temos que ter em mente que nascemos para vencer. E se uma pedra aparecer no nosso caminho para tentar nos impedir... ah, a gente passa por cima!

[Tags]

Marcadores: Amor, Motivacao, Forca de vontade, Relacionamento, Dicas

[Publicar postagem] [Salvar agora] [Visualizar]

Capítulo 7 – Um delicioso e nada amigável jantarzinho

Raquel pensou como era possível que o local onde passou sua infância e adolescência não tivesse mudado praticamente nada em mais de uma década. São Vicente, a cidade onde sua mãe morava, ficava a cerca de cinquenta minutos da capital. O bairro onde tinha crescido era afastado, com ruas repletas de sobrados geminados. A rua tinha um ar bucólico, com casas com o mesmo padrão de construção.

Tinha chegado ao local no início da noite com a camiseta colada de suor e o cabelo preso em um rabo de cavalo mal feito, por isso decidiu passar na casa de sua mãe primeiro. Jamais iria para o jantar naquele estado; precisava causar boa impressão, sempre. Especialmente em frente a Alan e sua família.

Emily, mãe de Alan, sempre fora sua fã número um. Há anos ela costumava dizer que Raquel e seu filho formavam um casal lindo, mesmo nunca tendo acontecido nada entre eles. Raquel sempre retrucava, mas no fundo adorava os comentários. *Sentia-se tão apoiada!*

Já em casa, Raquel notou que estava sozinha. Concluiu que sua mãe já deveria estar no jantar, afinal, já passavam das dezoito horas. Tomou um banho rápido e colocou o vestido que tinha passado a semana inteira paquerando (e que passaria o resto do ano pagando).

Lidar com sua mãe e com amigos antigos que, ao contrário dela, provavelmente já estariam casados, não era nada comparado a lidar com o "Casal 20" do momento e fingir não se importar. Seria dureza discutir com Alan e Bianca seus planos para o casamento.

Antes de ir à casa vizinha, Raquel ficou pensando nos acontecimentos recentes. Como poderia tudo estar mudando tão bruscamente? Mas, apesar do redemoinho de acontecimentos e sentimentos, de uma coisa Raquel estava certa: não desistiria. Não sem lutar, pelo menos.

Mas a decisão não agradava muito a seus amigos, especialmente a Ian. Tinha passado aquela tarde toda na companhia dele e de Gabriela. O assunto, é claro, era o jantar de noivado.

– Amiga, você está louca?! – Ian tinha perguntado mais cedo, quando Raquel afirmara estar decidida a lutar pelo amor de Alan. – Correr atrás deste bofe de novo? Depois de tudo o que conversamos? Meu Deus, mulher, tenha amor próprio!

– Ah, já eu acho que ela está certíssima em correr atrás do que quer – Gabriela disse, com seu olhar sonhador. As palavras da amiga geralmente eram encorajadoras.

Ian, por outro lado, sempre fora o mais racional do trio. Raquel ouvia com frequência os conselhos do amigo, mas dessa vez ela queria agir por conta própria. Estava disposta a aceitar o que estava por vire encarar o que precisasse.

– Sei que corro o risco de sofrer ainda mais. Tenho consciência do que tô fazendo. Mas sei também que se não arriscar vou me arrepender pelo resto da vida. Sempre vou ter uma dúvida na minha cabeça, entende? Até o dia da minha morte vou pensar que talvez, somente talvez, algo que eu não tenha feito foi o motivo para não estarmos juntos. Vou sempre me perguntar "e se eu tivesse tentado?" ou "e se a minha omissão foi o que me levou a perdê-lo?", sabe?! São esses "e ses" que vão acabar comigo. Não sei se conseguiria lidar com essa dúvida. – Os amigos pareceram refletir sobre a frase, pois não questionaram mais sua decisão. E Raquel estava sendo sincera, sabia que mexer com sentimentos tão antigos era algo arriscado, mas estava disposta a tentar.

Entrou pelo pequeno portão de madeira da casa vizinha relembrando alguns momentos passados naqueles tempos. Tudo trazia à memória cenas de acontecimentos antigos. Travessuras e situações engraçadas, que fizeram com que ela tivesse a melhor infância e adolescência que alguém poderia ter.

A porta da frente estava aberta e Raquel entrou, tentando não chamar muita atenção. A casa estava cheia de gente e assim que colocou os pés na soleira sentiu o delicioso aroma de frango assado. Ninguém jantava ainda, mas Raquel viu que todos na sala tomavam uma bebida rosada em taças estilizadas.

– Boa noite – cumprimentou sem jeito, chamando a atenção de todos.

De início não reconheceu todo mundo, mas aos poucos os rostos lhe pareceram familiares. Estavam lá alguns primos e tios de Alan, assim como alguns amigos de infância e, ao que pareciam, seus maridos e esposas. Pessoas que não via há anos.

Cumprimentou sua mãe com um beijo, mas logo arrumou uma desculpa para se afastar antes que ela começasse a criticar sua roupa, cabelo...

– Ai, meu Deus. É você mesmo, Raquel? – ela sentiu um abraço sem nem ao menos conseguir distinguir de quem vinha aquela demonstração de afeto.

– É, sou eu mesma. Mas me deixa ver quem é você – tentou brincar enquanto quase se sufocava no tecido da camiseta daquele carinhoso desconhecido.

Quando se separaram, Raquel se viu em frente a um homem barbudo, careca e bastante acima do peso. De imediato não o reconheceu, mas depois de alguns segundos analisando aquele sorriso não teve mais dúvidas.

– Tomate?! – gritou, abraçando novamente o amigo de infância. – Caramba, há quanto tempo não te vejo!

– Faz mesmo uma eternidade! Menina, você está ótima! O que anda fazendo? Fiquei sabendo que se formou em Jornalismo.

– Pois é. Trabalho com Assessoria de Imprensa agora. Mas e você? Você está tão... – Raquel não achou a palavra certa. O amigo estava completamente diferente desde a última vez que o vira. Durante a adolescência Tomate, apelido de Willian, era um jovem atlético, que sempre aparecia com uma nova namorada. Tinha ganhado aquele apelido porque, tão branco que era, quando ficava com vergonha ruborizava tanto que lembrava um tomate. Jamais poderia comentar que o galãzinho de anos atrás tinha se tornado um homem tão comum – ...tão alto.

– Alto? – Tomate não pareceu se importar com o comentário, ou mesmo entendê-lo. Ainda com o sorriso solto continuou conversando. – Tenho minha própria loja. Vendo artigos de pesca, sabia?

– Mesmo? – Raquel olhava ao redor. Queria encontrar Alan, mas aparentemente ele não estava à vista.

– E tem dado muito lucro, modéstia à parte. Ah, ia me esquecendo. Eu me casei! Faz um ano e... Lá está ela. Amor! – Uma grávida começou a se aproximar deles. – Quero que conheça minha esposa, Mariana. Amor, esta é a Raquel, minha amiga de infância.

A barriga de Mariana pareceria que explodiria a qualquer momento. *Ela estaria com o quê, uns oito ou nove meses?* Se fosse possível, Raquel arriscaria dizer que ela estava até passando do prazo de ganhar aquele bebê.

– E daqui a algumas semanas, meu primeiro herdeiro vem ao mundo – disse, beijando a barriga da esposa.

Raquel se sentiu desconfortável com a cena. Seria possível todos os seus amigos estarem se casando e tendo filhos, menos ela?

– Foi ótimo te rever, mas vou dar uma circulada. Preciso dar os parabéns aos noivos.

Antes que pudesse fugir, se viu novamente presa nos braços dele num novo abraço.

– Tomate, meu velho, deixa-a respirar – o tom sarcástico de Eric era inconfundível. – Ela pode não ser mais tão Magrela, mas ainda pode quebrar nesse abraço.

Tomate riu e largou Raquel, que quase cambaleou antes de se endireitar completamente.

– É a saudade –comentou sorridente e, antes de sair acompanhado da esposa, fez Raquel prometer que não perderiam mais contato.

– Agora ele está ainda mais parecido com um tomate, não é mesmo? – Eric comentou em um tom de voz que somente Raquel conseguiria ouvir. – Vermelho, redondo e careca.

Raquel riu, não conseguiu resistir. Eric disse em voz alta o que ela pensava desde que tinha botado os olhos no amigo. Ele continuou: – E a esposa está parecendo a Senhora Tomate. Que barriga é aquela, Jesus? Estava com medo dela, tava parecendo que poderia explodir a qualquer momento na sua cara.

– Não seja tão malvado – Raquel disse se recompondo, contendo a vontade de continuar a rir.

– Só estou constatando um fato.

Eric estava vestindo uma calça jeans surrada, um par de tênis encardido e uma camiseta preta com os dizeres "*What The Frak*" em vermelho. Raquel tinha que admitir que era melhor do que a última. Mas, em sua opinião, continuava sendo ridícula. *E aquele cabelo despenteado?!* Eric parecia ter acabado de acordar, saído da cama e botado a primeira peça que encontrara no quarto.

– Já pensou em usar roupa social de vez em quando? Não sempre, sabe, só em ocasiões especiais como, por exemplo, o noivado da sua irmã – disse caminhando até a cozinha.

– Pra quê? A mulherada adora o meu estilo.

– Imagino que sim.

– Não tenho entendido a sua hostilidade desde que nos reencontramos. – Ele pegou duas taças cheias do líquido rosado em cima de uma mesa e entregou uma a ela. – Você costumava ser gentil com os amigos, Raquel.

– E quem disse que você é meu amigo, Eric? – perguntou sem encará-lo. Enquanto conversavam, ela procurava Alan pela casa.

Ele riu alto.

– Isso tudo só por que eu disse pro Alberto que você nadava pelada na piscina de casa?

– Você é um imbecil, sabia? Por que você não cresce, Eric? Um homem já e ainda com esta mentalidade de adolescente. Mentalidade e visual, aliás. Que roupinha ridícula – disse analisando de cima abaixo o visual do loiro. Concluiu que, com algumas mudanças, Eric ficaria realmente bonito, especialmente devido à sua altura e porte físico.

– Não deveria ficar tão magoada, Alberto continua caidinho por você. – Os lábios de Eric se esticaram num sorriso sarcástico. – E aposto que o papo da nudez na piscina ajudou muito nisso. Você devia passar na empresa mais vezes.

– Ah, é? E você devia ir tomar no...

– Raquel?! – Antes que ela pudesse dizer algo a mais, viu Bianca correndo na sua direção. – Que bom que veio! Eu e Alan estávamos sentindo a sua falta. Não queríamos começar o jantar sem você.

– Pois é, aqui estou – cantarolou, tomando um grande gole de sua taça, descobrindo que o líquido rosado não passava de suco de maçã. Daria qualquer coisa por álcool naquele momento.

– Você parece meio tensa, querida. Aconteceu alguma coisa?

– Deve ser TPM – Eric comentou.

Raquel quase cuspiu o suco da boca antes de dar uma sonora cotovelada nas costelas do loiro.

– Vamos, Raquel, quero que sente do meu lado durante o jantar.

Antes que percebesse, Bianca já a conduzia pela casa. Caminhar por onde passara diversos momentos agradáveis de sua infância ao lado de sua atual arqui-inimiga era completamente surreal. Raquel queria encarar Bianca e dizer a ela poucas e boas simplesmente por ter se metido nos seus planos, mas sabia que não podia. Naquele momento, ela era a intrusa na relação.

Até a mãe de Alan a tratava como uma filha, quase não prestando atenção em Raquel.

– Bianca, minha querida, você colocaria esta travessa na mesa para mim, por favor? – ela pediu com a voz melosa. – Ah, Raquel, você está aqui. Não tinha te visto.

Raquel estava ficando cada vez mais irritada. *Aquilo já estava passando dos limites!* Tudo parecia em completa desordem. Aquela vida deveria ser sua, não de Bianca. Sabia que precisava arrumar uma forma de reverter o quadro... e logo! Respirou fundo para não transparecer sua irritação e continuou a sorrir. Talvez estivesse mesmo de TPM, afinal.

Somente sentada à mesa que Raquel viu Alan. Ele era exatamente o oposto de Eric. Enquanto o loiro parecia um adolescente *nerd*, Alan estava extremamente sexy com uma camisa social branca com a manga meticulosamente dobrada na altura do cotovelo e presa dentro da calça preta de brim. Além disso, seu cabelo castanho penteado cuidadosamente com gel fazia com que Raquel inevitavelmente o comparasse com o príncipe da Cinderela, que tanto assistia quando criança.

– Raquel, que bom que veio. – Alan a abraçou forte, na cadeira mesmo, fazendo com que ela não quisesse soltá-lo nunca mais. Ainda com Raquel nos braços, falou no seu ouvido: – Não seria a mesma coisa se você não estivesse aqui. Obrigado.

Raquel achava que poderia flutuar. Sentia-se leve e com vontade de rir à toa. Estar nos braços de Alan e ouvir sua voz ao pé do ouvido era o seu lugar, era onde pertencia.

Ele a soltou com delicadeza, e Raquel se sentiu vazia no mesmo instante, como se apartá-la daquele abraço resultasse no fim de seu mundo. Alan ainda deu um sorriso e se sentou ao lado de Bianca, ficando a uma cadeira de distância.

Alguns amigos começaram a se ajeitar em seus lugares também. No lado oposto da mesa, Raquel viu sua mãe. Ela falava animadamente com dona Rose, mãe de Bianca. De onde estava, Raquel conseguia pegar alguns detalhes da conversa.

– E o buffet, já se decidiram por algum?

– A filha da Maria, aquela que casou ano passado, disse que pagou super barato na comida e salão. Vamos pegar o telefone com ela amanhã. – Dona Rose acrescentou um tom dramático à conversa: – Tenho certeza que eles vão cobrar o dobro do valor, já que o casamento será realizado daqui a quatro meses. Já estamos atrasados.

– Fica tranqüila, Rose, vai dar tudo certo – a mãe de Raquel falava com delicadeza. – Já sabe que a igreja não vai ser problema, tenho certeza que o padre Claudio vai ajudar no que puder.

– Assim espero.

– Poxa, deve ser uma delícia cuidar dos detalhes do casamento de uma filha. Não faço nem ideia de quando será minha vez.

Raquel sentia seu estômago embrulhar. *Sua mãe era impossível!* Não devia ter ido àquele noivado.

Eric chegou à sala de jantar em silêncio, quase não sendo notado. Todos mantinham conversas paralelas. Ele se sentou ao lado de sua mãe, ficando exatamente em frente a Alan. Posição que não pareceu lhe agradar muito, Raquel notou, levando em consideração a careta de desgosto do loiro.

Com todos à mesa, o jantar foi servido, diminuindo um pouco a intensidade das conversas. A comida de dona Emily continuava tão boa quanto se lembrava. Ela, com certeza, seria uma excelente sogra, daquelas que vale a pena visitar nos finais de semana. Especialmente na hora do almoço ou jantar.

– Como andam os preparativos para o casamento, Bianca? – Tomate perguntou de repente, na outra ponta da mesa.

– Ainda não vimos muita coisa, na verdade. Estamos começando a cuidar de tudo agora.

– Sabemos que estamos correndo contra o tempo – Alan comentou em um tom bem-humorado, enquanto segurava a mão de Bianca sobre a mesa.

– Correndo contra o tempo mesmo, afinal o casamento é pra amanhã, praticamente – Eric falava num tom de voz sarcástico, mas bem diferente do que costumava usar com Raquel. Parecia mais agressivo. – E isso é uma coisa que eu não entendo. Tão jovens, com a vida toda pela frente, e com tanta pressa para casar. Por acaso, Alan, você engravidou a minha irmã?

O pedaço de frango que Raquel estava comendo entalou por um momento em sua garganta. Raquel não tinha pensado na possibilidade de Bianca estar esperando um filho. E se fosse mesmo verdade?

– Você está bem, querida? – A avó de Alan perguntou ao seu lado, quando terminou de tossir. Raquel concordou com a cabeça, tomando um gole do suco de maçã, enquanto se recompunha para voltar a ouvir a discussão em andamento.

– ...e se tivesse não seria problema seu, Eric – Bianca dizia.

– Meu amor, seu irmão só está preocupado. Não tem problema.

– Sim, claro, Alan, como sempre você vai fazer com que eu saia como o vilão da história, não é? Acabamos de terminar de pagar a faculdade dela. Minha irmã acabou de se formar, tem um futuro enorme pela frente, que provavelmente será atrapalhado por este casamento. Vocês, por acaso, já viram onde vão morar?

Pelo breve silêncio que se seguiu à mesa, Raquel concluiu que somente Eric não sabia sobre a mudança. Todos pareciam sadicamente ansiosos para ver o caminho que aquela discussão seguiria. Incluindo ela mesma.

– Na verdade, esse é um assunto que precisamos conversar com calma depois, meu irmão.

– Eric, – Dona Rose tentava advertir o filho – é um assunto que precisamos falar em particular.

– Por quê? O que estão escondendo?

– É que... – antes que Bianca pudesse concluir, Alan segurou mais forte sua mão, como se pedisse permissão para falar em seu lugar.

– Bom, preferíamos conversar sobre esse assunto com você mais tarde, quando estivéssemos a sós, mas acho que não podemos mais adiá-lo – Alan parecia determinado, mas um pouco nervoso. – Eric, surgiu para mim uma oportunidade de mestrado. E Bianca tem me apoiado demais. Depois de muito conversarmos, decidimos juntos que, depois do casamento, nos mudaremos para o Centro-Oeste do país para que eu possa concluir o meu mestrado.

Raquel não ousava sequer piscar os olhos. Não queria perder nada daquela conversa.

– Que história é essa?

– Eric, sei que você pode até não concordar, mas nos próximos meses vou me mudar com o Alan para o Pantanal – Bianca falava em um tom de voz doce. – Sinto muito não ter te contado antes, mas já estamos até vendo casas para alugar por lá.

Apesar de Bianca ter sido a última a falar, Eric não parava de encarar Alan.

– É mesmo? E como vai ser, Alan? Você vai afastar a minha irmã caçula de sua família e amigos? Vai sustentá-la e obrigá-la a ser dona de casa a vida inteira?

– Eu nunca impus nada a Bianca. Sua irmã é uma mulher feita e sabe muito bem o que quer da vida.

– Verdade?! – Raquel notou que Eric estava começando a perder o controle. – Ela está apaixonada, Alan, é claro que fará qualquer coisa que você achar importante. Mas um homem de verdade avaliaria o que é melhor para ambos e não só para você. Este mestrado não pode esperar, precisa ser feito agora? Já pensou o que uma *design* de moda recém-formada vai fazer no Pantanal? Você sequer pensou nela quando decidiu se mudar?

– Eric, a decisão não é sua! – Bianca estava visivelmente irritada.

– Tem razão, não é minha. Mas é sua?

Ele se levantou, deixando todos atônitos à mesa.

Alan abraçou Bianca, e Dona Rose quebrou o silêncio dizendo que era hora da sobremesa. Os presentes tentaram disfarçar o resto da noite, como se não tivessem se importado com o que tinham presenciado, mas não se podia negar que ficara no ar um certo "climão".

Raquel sabia que Eric nunca fora exatamente fã de Alan. Os dois costumavam brigar muito quando jovens, e sempre pelos motivos mais variados. Eram completamente o oposto um do outro. Enquanto Alan fora o mais quieto e sensato do grupo, Eric era o mais arteiro. Mas o que Raquel nunca imaginara era que esta estranheza fosse séria, capaz de perdurar até a fase adulta. E a história do casamento e da mudança não pareciam ajudar em nada em uma possível reconciliação.

Enquanto todos pareciam torcer por uma trégua entre o noivo e o irmão da noiva, Raquel saboreava a ideia de que finalmente tinha um aliado. Eric não queria que aquele casamento acontecesse. Tanto quanto ela.

Finalmente, Raquel sabia o que fazer para separar Bianca e Alan.

Capítulo 8 – É mostrado mais do que era necessário

Eric acordou cedo. Nunca conseguia dormir muito quando tinha companhia na cama. Era uma mania estranha, ele sabia, mas sempre sentia como se o colchão ficasse mais rígido nestas situações e as cobertas nunca sobrassem o suficiente. De uma forma geral, considerava-se um solteiro convicto... mas um que gostava de partilhar a cama (e sofás e cadeiras) em ocasiões especiais.

A loira estava deitada de bruços e nem pareceu se incomodar quando ele se levantou e se encaminhou até o banheiro. Eric a tinha conhecido na noite anterior, quando tinha saído com alguns amigos do serviço para um *happy hour*. Depois de três garrafas de cerveja, não saberia dizer ao certo o nome da moça. Michele ou Milena. Algo do tipo. Só sabia que a mulher era interessante e que a madrugada tinha sido agradável.

Depois de escovar os dentes, Eric passou alguns minutos se encarando no espelho. Não era nem de longe um homem do estilo metrossexual, na verdade era considerado exatamente o oposto por algumas pessoas, mas gostava de se sentir bonito. E aquela barba mal-feita-não-propositalmente lhe dava uma ligeira aparência de sujo. Como tinha conseguido trazer uma mulher para sua cama com aquela cara era algo praticamente inexplicável.

Mas nos últimos anos isso vinha acontecendo com certa frequência. Do seu círculo de amizade, era sempre quem mais conseguia encontros. Talvez fosse sua inteligência ou sua habilidade em conversar com as pessoas. Mas o fato era que sua altura e porte físico também ajudavam.

Apesar disso, mesmo não querendo admitir, Eric estava se cansando dessa rotina. Já tinha trinta anos, um bom emprego, ótimos amigos, mas não uma garota legal em sua vida. Na verdade, nunca tivera. Mas não estava no clima para isso. Namorar dava trabalho, e no momento não tinha tempo para isso.

Saiu do banheiro e olhou ao redor, buscando suas roupas. Realmente tinham feito uma grande bagunça na noite passada. Encontrou sua camiseta largada próxima da entrada, a alguns metros de onde estava o resto de suas roupas e o vestido da tal loira. Eric o pegou e colocou com cuidado na mesa de cabeceira, ao lado de onde a moça ainda dormia um sono pesado. *Quem sabe vendo aquilo ela não se aprontasse logo para ir embora?*

Não é como se Eric não quisesse repetir a noite passada. Só não estava no ânimo para bater papo como preliminares. Pelo menos não sem nenhum teor de álcool no sangue, e não costumava beber de manhã.

Encarando Michele/Milena à luz do dia, Eric pôde avaliá-la melhor. Ela não tinha exatamente um corpo incrível, na verdade lembrava uma modelo de passarela, alta e com poucas curvas, mas tinha tudo no lugar. Talvez se estivesse sóbrio na noite anterior ela não teria sido sua primeira escolha.

Eric pegou na bancada da cozinha seu *smartphone* e os fones de ouvido. Vestiu uma bermuda e uma camiseta larga antes de calçar os tênis. Procurou sua carteira nos bolsos do jeans que usara na noite anterior e consultou se, com toda agitação, a loira já havia acordado, concluindo que ela ainda dormia como um bebê. Eric ligou a cafeteira, deixou o recado "Sirva-se à vontade" ao lado do aparelho e saiu.

Morava próximo do parque Ibirapuera, o mais popular da cidade e, por isso, costumava tirar uma ou duas horas todas as manhãs para correr pelo local. Era um lugar ótimo para se esquecer dos problemas e refletir sobre tudo o que pretendia fazer durante o dia. Ligou o celular e colocou para tocar a seleção de músicas do aparelho, começando por *That Green Gentleman*, do *Panic! At the disco*, enquanto percorria o lugar a passos constantes.

Naquela manhã queria simplesmente esquecer tudo o que o vinha incomodando nos últimos dias, mas sabia que não conseguiria. Há dois dias tinha descoberto não só que sua irmã caçula iria se casar com o cara mais antipático que conhecia, mas também que largaria sua carreira e família para morar com ele a quilômetros de distância.

Aquilo não estava certo.

Desde a morte de seu pai, há dezoito anos, Eric se tornara o homem da casa. E, com a instabilidade de sua mãe, também o chefe da família. Não era tarefa fácil, mas o fato de ser uma pessoa extremamente racional o tinha ajudado. Eric analisava tudo com muita clareza e de forma distanciada, mas isso nunca foi o suficiente para resolver seus problemas pessoais. A ironia e o sarcasmo do dia a dia escondiam uma personalidade analítica e extremamente centrada nas tarefas que tinha para realizar.

Na adolescência, Bianca buscara em Eric o pai que não tinha mais. E foi assim também que ele tinha passado a se sentir em relação a ela. Buscara-a nas festas, interrogara seus pretendentes, pagara sua faculdade e até tinha valsado todo orgulhoso na sua formatura. Tinha grandes expectativas com a irmã. Ela era inteligente e tinha o coração do tamanho do mundo.

Eric sabia que não era impossível ela seguir muito bem sua vida ao lado de Alan, mas algo lhe dizia que isso não iria acontecer. Ela jamais contrariaria suas ordens e ele, com certeza, faria o que quisesse por conta disso, resultando no desmoronamento do casamento.

E o mais frustrante era não poder fazer nada para mudar isso. Bianca já era uma mulher, Eric não podia deixá-la de castigo como antes. Ele tinha que simplesmente aceitar e torcer para que estivesse errado sobre a infelicidade daquele relacionamento.

Uma hora e meia depois, no caminho de volta, Eric tirou a camiseta encharcada e a enrolou no pulso. A atividade física não tinha sido muito útil para se esquecer dos problemas, mas, pelo menos, o livrara do álcool que tinha ingerido na noite anterior.

Ouviu um bip no seu *smartphone*. Diminuindo o ritmo, Eric conferiu sua caixa de *e-mails* e viu uma nova mensagem de um dos patrocinadores do Crazy Games. Isso o fez se lembrar de todo o trabalho que ainda tinha pela frente. Estava desenvolvendo um novo jogo, simples, mas que tinha tudo para ser a mais nova febre entre os *gamers*. Especialmente por ser um aplicativo gratuito de celular. O plano de Eric era alavancar o nome de sua empresa através do jogo, conseguindo um bom retorno em empreendimentos futuros e faturar com a venda dos acessórios. Mas tudo isso só aconteceria se ele conseguisse terminar o aplicativo antes do lançamento do evento. Realmente o tempo não estava a seu favor.

Chegando à portaria de seu prédio, viu ao longe uma morena de perfil, parada em frente ao portão. Eric conteve o riso quando reconheceu Raquel. *O que aquela maluca estava fazendo em seu apartamento àquela hora*? Sem dúvida aquela manhã não seria tão ruim quanto imaginava, afinal irritá-la estava se tornando uma tarefa muito agradável nos últimos dias.

Ela encarava o interfone como se esperasse o aparelho soltar fogos de artifício a qualquer momento. Eric não fazia ideia do quê ela estava fazendo. Pensando se apertava algum botão ou não, quem sabe. O fato é que ela literalmente saltou no lugar quando notou a presença de Eric ao seu lado.

– Está, por acaso, me perseguindo, Magrela? Ou foi só saudade?

– Que susto, Eric! – disse, levando a mão ao peito. – Você não devia chegar tão de mansinho assim nas pessoas.

– Sim, claro, na próxima vez que te encontrar na portaria do meu prédio eu prometo que grito de longe para você logo me notar.

Somente naquele momento Raquel pareceu prestar atenção nele. Poderia ser sua imaginação, mas Eric notou que ela levou um bom tempo encarando seu peitoral, que depois da corrida matinal estava brilhando de suor.

– Gosta do que vê? – Eric perguntou com um sorriso sarcástico.

Raquel se recompôs no mesmo instante.

– É claro que não! – retrucou, mais ultrajada do que seria normal. – Na verdade você está bem nojento, isso sim.

Eric riu do comentário. Estava bem óbvio que Raquel não queria admitir que o achava bonito. Ele fez uma nota mental para usar aquela tática novamente para irritá-la no futuro.

Raquel estava vestindo uma calça jeans com um cinto vermelho, a mesma cor da sua regata. Eric notou que o tom combinava com sua pele morena e seu cabelo escuro, dando uma sensualidade natural ao conjunto. Cada vez mais, Eric começava a enxergá-la de forma diferente da menininha com quem brincava quando criança. Não que gostasse de Raquel, nem de longe iria querer a complicação de fazer sexo com alguém tão ligado a sua família, mas não podia negar que ela tinha se tornado uma mulher bem... *jeitosa*. Eric riu sozinho, sua mãe é que falava assim.

– Então, veio até aqui só para ficar encarando o interfone?

Ela voltou a ficar séria. Eric sabia que o assunto devia ser importante. Caso contrário, Raquel jamais daria o braço a torcer, procurando-o em seu apartamento.

– Precisava falar com você, aí sua mãe me deu seu endereço. Espero que não se importe – ela se ajeitou, mudando o peso do corpo para outra perna. – Será que podíamos conversar lá dentro? O assunto é particular.

Eric concordou e abriu o portão. Manteve o semblante leve, mas na verdade estava preocupado. O que Raquel poderia ter de tão importante para conversar com ele em particular? Eric concluiu que só poderia ser algo de trabalho. Provavelmente ela estava insatisfeita com alguma coisa no contrato e preferia conversar a sós com ele sobre o assunto. Ou, quem sabe, algo estava errado nos preparativos do Crazy Games. Eric pensou até na possibilidade de Alberto ter feito alguma coisa que tivesse magoado Raquel. Seu sócio provavelmente não faria nada de propósito, mas sabe-se lá o que poderia ter dito a ela, mesmo não intencionalmente. *Que idiota!* Eric teria uma conversa muito séria com Alberto caso isso tivesse mesmo acontecido.

– Ah... você tá bem? Algum problema? – Eric perguntou já dentro do elevador, tentando disfarçar a preocupação.

– Bom, na verdade está mais para uma proposta.

– Indecente? – Eric sorriu maliciosamente, enquanto apertava o botão que indicava o terceiro andar. Analisava que tipo de proposta Raquel poderia lhe fazer. Chegou à conclusão que só poderia ser profissional.

– Você nunca leva nada a sério?!
– A vida já é séria o suficiente.
A porta se abriu, e Eric deixou Raquel sair do elevador antes dele.
– Nem por isso você precisa compensar sendo um babaca o tempo todo.
– Você precisa se divertir mais, ser menos careta. Não cansa de ser tão sem sal o tempo todo?
Eric só percebeu que ela tinha parado no meio do corredor após alguns passos.
– O que quer dizer com "sem sal"?
Por um breve instante, Eric se arrependeu do que tinha dito. Não achava Raquel realmente "sem sal". Na verdade até a considerava bem "temperada". Tinha dito como uma forma de provocação, mas percebeu pela expressão de seu rosto que ela tinha levado aquilo muito a sério.
Era tão mais fácil lidar com a Raquel criança. Ela crescera e agora era como todas as mulheres, sensível demais.
Naquele momento, a porta do apartamento de Eric se abriu, e a loira com quem tinha passado a noite anterior saiu carregando os sapatos nas mãos. Ela pareceu surpresa quando o viu acompanhado, mas logo mostrou os dentes em um sorriso forçado naquela boca recém-pintada de batom.
– Bom dia, Eric. Não sabia se voltaria logo.
– Bom dia... – *Michele ou Milena. É Mi alguma coisa* – ...Mi. Bom dia, Mi. Você estava dormindo tão gostoso que não quis te acordar. Saí para correr um pouco.
– Tudo bem, não precisa se explicar. Tomei um pouco do seu café, se não se importa. – E, depois de olhar Raquel dos pés a cabeça, lançou: – E quem é essa aí?
Eric quis rir. O sentimento de posse feminino era sempre previsível.
– Mi, esta é uma amiga minha, Raquel. E, Raquel, esta é minha amiga, Mi.
– Não sou amiga dele como você – Raquel se adiantou, apertando a mão da loira. – São dois tipos de amizades diferentes, que fique claro.
Eric novamente conteve o riso.
A loira pareceu não se importar: – Tanto faz. Eric, a gente podia continuar o que começamos ontem à noite – ela passou os braços pelos ombros dele, enlaçando-os. – O que acha, gatinho?
Gatinho?! Eric tentou se lembrar se o que tinham feito na noite anterior valeria tamanho grau de intimidade. Mas até onde se recordava não tinha passado do convencional. Até tinha sido uma noitada bem fraquinha, na sua opinião.
– Não vai dar, gatinha. – A palavra saiu um pouco forçada, mas

jamais admitiria na frente de Raquel que não queria mais a moça em seu apartamento. – Tenho alguns detalhes de trabalho para acertar com a Raquel.

A loira deu um sorriso malicioso, então o beijou obscenamente. Aquilo foi o suficiente para colocar Eric no clima de novo, mas se conteve assim que ela o largou. Talvez a noite não tivesse sido tão ruim, afinal.

– Me liga.

Eric pensou onde é que tinha anotado o telefone dela, se é que naquela correria tinha anotado alguma coisa. Só voltou à realidade quando ouviu Raquel pigarrear. Abrindo a porta, ele se afastou para que ela pudesse entrar.

– *Mi casa es su casa.*

Quando entraram, Eric se arrependeu do fato de ter deixado Raquel entrar sem que tivesse chance de recolher as roupas do chão. Se ela resolvesse contar o estado em que encontrara o apartamento para sua mãe na próxima reunião entre famílias, Eric sabia que ouviria um sermão. Dona Rose passara no local apenas duas vezes, e sempre com visita pré-agendada. Jamais encontrou a casa nem com metade daquela bagunça.

Além do sanitário, o apartamento tinha um único cômodo separado por uma bancada que Eric usava para fazer suas refeições. A cama ficava no centro do espaço, ladeada por um armário com um estéreo, uma televisão e, claro, seus videogames, que iam desde o Xbox One até o Atari.

Raquel se abaixou ao lado da cama e, com a baqueta da bateria do Rock Band, ergueu uma calcinha cor de rosa amassada do chão com uma expressão enojada no rosto.

– Parece que se divertiu muito ontem com a Mi – Raquel carregou no "i" quando pronunciou o nome.

Eric deu de ombros, jogando a peça íntima para longe.

– Com tanta gente no mundo, solidão é uma questão de escolha – disse, enchendo para ele uma xícara de café e entregando outra para Raquel, sem perguntar se ela queria. – E às vezes de necessidade.

– Ah, entendi. Você é um desses caras...

– Que caras?

– Desses que não conseguem ficar sozinhos. Que dependem de mulher pra tudo e que não vivem sem um rabo de saia em sua vida.

Raquel passava a mão pelos móveis enquanto caminhava, como se estivesse avaliando o nível de poeira do local. Pela primeira vez desde que a reencontrara, ele sentiu vontade de discutir de verdade. Ela conseguia ser a personificação da arrogância quando queria.

– Muito pelo contrário. Não preciso de ninguém para me sentir completo e sei viver muito bem sozinho. A questão é que as pessoas costumam falar sobre a solidão como se ela fosse uma vilã, quando na verdade vezes é um presente. E muito estimado, por sinal. Você escolhe quando estar sozinho, especialmente nos momentos em que quer e precisa estar sem ninguém à sua volta. Tem coisa mais preciosa que o silêncio ou o vazio em um mundo tão cheio de barulho e coisas dispensáveis?

– Mas às vezes você quer estar com alguém, mas não consegue.

– Besteira! – Eric afastou-se do balcão onde estava encostado, ficando a alguns palmos de Raquel. – As pessoas escolhem demais, eliminando possibilidades, e depois reclamam da vida. Elas não deixam o destino agir. Por isso digo que, com tanta gente no mundo, solidão é uma questão de escolha.

Raquel pareceu analisar as palavras. Depois de alguns segundos sem que nenhuma palavra fosse trocada, Eric colocou a xícara sobre a pia e seguiu para o banheiro. Ao perceber sua intenção, Raquel disparou:

– Você vai tomar banho? Eu preciso falar com você!

– Pode conversar comigo enquanto me lavo. Deixo a porta aberta. – Com um sorriso sarcástico, completou: – Só não vale dar aquela espiadinha.

Eric ouviu Raquel chamá-lo de "idiota" antes de entrar no banheiro. Como prometido, ele tinha deixado a porta semiaberta. Confiava nela, sabia que Raquel não era do tipo que espiava atrás da porta. Embora não pudesse afirmar que faria o mesmo caso estivesse em posição contrária.

Tirou as roupas molhadas pela corrida matinal e, assim que ligou o chuveiro, quebrou o silêncio:

– Disse que queria me fazer uma proposta. No que posso ajudá-la, Magrela?

– Tem certeza que quer conversar assim? – Raquel gritou de volta.

– Você aguenta esperar?

Durante alguns minutos o único som que se ouvia era da água caindo do chuveiro. Eric achou engraçada a situação. Raquel era adoravelmente ingênua e a maneira como o tratava, com xingamentos e palavras atravessadas, era de uma sinceridade quase infantil. Eric gostava disso nela.

– Então, Eric – ela começou, do lado de fora. – No dia do noivado da Bianca e do Alan pude perceber que você não está exatamente contente com o relacionamento dos dois. Pelo que eu notei, você não quer que eles se casem. Acredita que isso seja um erro, não é?

– Verdade – Eric disse, desligando a ducha e agarrando a toalha branca que estava ao lado do boxe. – E você provavelmente vai querer me convencer de que estou sendo tirano ou egoísta. E que o amor vence tudo. E que eles foram feitos para ficarem juntos.

– Não, não, eu te entendo! – ela se exasperou por um momento. As frases que se seguiram saíram de Raquel como se tivessem sido ensaiadas. – Na verdade, quero que perceba que não estou aqui para te criticar. Muito pelo contrário. Também acho que o Alan e Bianca estão cometendo o maior erro da vida deles. Como dois jovens tão inteligentes podem estar seguindo por um caminho tão louco? Será que não percebem que vão acabar com suas vidas? Alguém precisa abrir seus olhos, mostrar que esse lance de casamento e de mudança de estado é um erro. Alguém que coloque um pouco de juízo naquelas cabecinhas.

– Não me ouviriam. Nem perco meu tempo – ele disse enquanto secava o cabelo na toalha.

– Ah, você sozinho, é claro que não. Mas talvez ouvissem alguém de fora, uma pessoa com pouca relação direta ao casal. Alguém como... eu.

– Dê o conselho que achar melhor a Bianca, Raquel. Mas já vou avisando que será completa perda de tempo. A garota está completamente apaixonada por aquele cretino.

– Ninguém se importa com conselhos hoje em dia. São atitudes e um pouco de mensagem subliminar o que as pessoas realmente prestam atenção. Só que eu não poderia fazer isso sozinha. Seria estranho.

Para Eric, aquela conversa já tinha passado do limite da normalidade há muito tempo. *Que papo louco de mensagem subliminar era aquele?!*

– Raquel, me deixa ver se entendi. Você quer que eu te ajude a mostrar para a Bianca, de uma forma que ela não perceba as nossas intenções, que essa história de se mudar para o Pantanal é um erro?

– Não, não é isso – ela falou, ainda do lado de fora. – Quero que você me ajude a acabar com o relacionamento deles.

Acabar com o relacionamento deles?! Eric ficou sem reação por alguns segundos, tentando entender o real significado daquela situação. *Raquel não pode estar falando sério!* Ele não estava contente com o casamento da irmã, mas nunca tinha imaginado tomar uma atitude tão drástica assim.

Ainda pensando nas últimas palavras de Raquel, Eric largou a toalha que usava para secar o cabelo e acabou saindo do banheiro sem perceber que estava completamente nu.

Capítulo 9 – Refletindo sobre a solidão

– Você tá louca?

Raquel sentiu grande parte do seu sangue subir para o rosto em questão de segundos assim que viu Eric sair do banheiro. Ele estava sem nenhuma roupa sobre o corpo. Completamente nu e levemente molhado pelo banho. *Aquilo não podia estar acontecendo!*

Ela virou o corpo, ficando de costas para Eric enquanto ele falava.

– Como assim acabar com o relacionamento deles? Por que eu te ajudaria a fazer isso? Ou melhor, por que você quer fazer isso?

– Eric... – pigarreou. – Eu terei o maior prazer em te explicar tudo, mas depois que você se cobrir. Caso não tenha percebido, você está pelado.

Ele murmurou algo desconexo e, pelo barulho que se seguiu, Raquel concluiu que tinha voltado para o banheiro. Por alguns segundos ela tentou voltar ao ritmo normal da respiração e acalmar seu batimento cardíaco. Não queria que Eric confundisse seu susto com uma atitude cheia de conotação sexual.

Mas Raquel sabia que o fato era que há muito tempo não via um homem nu e, pensando bem, achava que nunca tinha visto um com um corpo tão perfeito como o de Eric. Pelo menos não ao vivo. Ela se perguntou o que ele fazia para ficar assim tão bonito levando a vida de um fanático por videogame. Provavelmente a corrida matinal devia ajudar. Quem sabe ela não deveria começar a fazer o mesmo para manter a forma. Economizaria horrores em academia.

De costas para o banheiro, Raquel se viu encarando a enorme cama ladeada de armários e diversos aparelhos eletrônicos amontoados. Alguns ela conseguiu distinguir, por serem extremamente óbvios, como televisão e computadores. Mas algumas coisas naquele apartamento pareciam ter vindo de outro planeta, um completamente mais avançado que a Terra. Eric devia mesmo ser um completo fissurado não só em games, mas também em tecnologia em geral, embora não se parecesse em nada com o perfil de caras assim. Pelo menos, não do tipo que apareciam nos seriados e filmes que Raquel assistia.

– Melhor?

Vagarosamente, Raquel se virou e encontrou Eric vestido com

uma calça jeans e uma camiseta branca. Por um segundo pensou em responder que ele não estava melhor, afinal, depois de vê-lo como veio ao mundo, nenhuma roupa, por mais bonita que fosse, superaria aquela imagem. Mas se conteve a tempo.

– Bem melhor. Obrigada. Não tinha intenção nenhuma de conversar com um hippie.

Eric gargalhou com sinceridade e manteve o sorriso no rosto enquanto encostava-se ao batente do banheiro.

– Tenho certeza disso. Mas acho que posso dizer que você desfrutou da visão, ou não?

Como ele é idiota! Raquel se arrependeu no mesmo instante por todos os pensamentos que teve ao ver Eric nu. Ele era um completo imbecil arrogante! Um cretino com um corpo de deus grego, mas, mesmo assim, um completo estúpido!

Ela estava tão furiosa que não conseguiu pensar em uma resposta coerente, deixando o comentário dele no ar. O sorriso de Eric ficou ainda mais sarcástico quando percebeu que não teria uma resposta de Raquel.

– Bom, vamos deixar o lazer para depois, Magrela, e falar sobre o que realmente interessa. O que você quis dizer quando comentou que queria acabar com o relacionamento da minha irmã?

Raquel mordeu seu lábio inferior de raiva. Tinha deixado uma brecha e Eric não perdera a oportunidade de usá-la em uma de suas piadas. Pensou em algumas respostas inteligentes para fazer, mas o momento tinha passado. Teria que guardá-las para os próximos comentários cretinos de Eric.

– Ah, sim, sobre isso – ela trocou o peso do corpo para outra perna, sentindo-se desconfortável. Estava tentando ganhar tempo e pensar melhor sobre o assunto. Tinha ensaiado tudo o que falaria para Eric até aquele momento, mas não fazia ideia do que faria para convencê-lo a ajudar naquela loucura. – Não quer se sentar?

Eric seguiu até a cama e sentou-se. Com a intenção visível de atormentá-la, ele deu tapinhas no espaço ao seu lado, como se estivesse convidando-a a se sentar no lugar indicado. Raquel bufou e se encaminhou até a banqueta em frente ao balcão onde ficava a cafeteira, bem longe dele. Eric riu com a atitude dela.

– Certo. Ambos confortavelmente ajeitados. Agora conte o que está acontecendo.

– Eric, vou ser muito sincera. Não quero que este casamento aconteça, tanto quanto você.

– Eu duvido, mas continue.

Raquel respirou fundo. Jamais tinha falado sobre o assunto com alguém que fosse diretamente relacionado com os envolvidos, mas não tinha mais como voltar atrás.

– Tenho certeza de que o casamento está fadado ao fracasso. Eles não combinam em nada e têm objetivos de vida completamente diferentes um do outro! Este relacionamento vai fazer com que sofram muito no futuro.

O rosto de Eric endureceu; estava no "modo negócios", como Raquel passou a nomear quando ele assumia aquela expressão.

– Eles não combinam?

– Não. Alan é um médico veterinário completamente apaixonado pelo trabalho. Ele trocaria uma vida de luxos por uma vida simples, morando no mato ao lado de animais necessitados de seus serviços. Desde que o conheço ele é assim, se preocupa com os outros, deixando até sua vida em segundo plano se for preciso. Ele é um cavalheiro das antigas.

– Está querendo dizer que Bianca não se importa com os problemas dos outros? – Eric parecia sinceramente intrigado.

– É claro que não quero dizer isso. Nem sequer tenho contato com ela para poder afirmar uma coisa assim. O que quero dizer é que Bianca me parece ser uma garota da cidade grande. Moderna. Ela estudou moda, é antenada sobre as novidades do que está rolando na área. Duvido que ela se interesse pelas mesmas coisas que Alan.

– Qual é seu ponto, Raquel?

– Meu ponto é que eles não nasceram para ficarem juntos. Para fazer o relacionamento dar certo, um dos dois terá que ceder para deixar o outro feliz, mas isso, com certeza, vai resultar na infelicidade do outro. Uma atração física ou uma paixão breve não podem ser o suficiente para uma mudança de vida tão drástica. Eles não devem ficar juntos.

Eric se levantou da cama e caminhou pelo cômodo como se estivesse analisando com cuidado suas palavras. Provavelmente porque o tinha visto nu há poucos minutos, Raquel não conseguia mais enxergá-lo como um *nerd* implicante. Ele era bonito, alto e forte, e era assim a maneira como ela o via agora.

– Eu até concordo com tudo o que disse até agora – falou, depois de alguns segundos de silêncio. – Mas tem algo que está me deixando curioso.

Raquel já sabia do que se tratava: – O que é?

– Por que toda esta preocupação? Pelo o que fiquei sabendo, você continuou amiga de Alan todos esses anos, mas não sei se isso é motivo suficiente para esta determinação toda em separá-lo de minha irmã. O que está rolando?

Ela pensou em como poderia responder àquela pergunta sem se comprometer. A única explicação plausível era a verdade: que Alan a completava como ninguém mais poderia, que ela amava seu melhor amigo desde os quinze anos de idade e que sonhava com ele todas as noites. Como poderia explicar aquilo tudo sem parecer piegas e completamente insana aos olhos de Eric?

Mas a formulação de possibilidades de respostas de Raquel foi por água abaixo quando Eric enfim perguntou:

– Já entendi. Você gosta do babaca do Alan, não é mesmo?

Gostar parecia uma palavra errada para descrever o tipo de sentimento que Raquel tinha. Sempre que imaginava seu futuro, Raquel só conseguia pensar em Alan. Ele sempre estava em seus planos de vida de alguma forma. A simples possibilidade de perder contato com ele parecia o princípio do fim para ela. *Como poderia classificar aquilo como "gostar"?*

– Tenho sentimentos por ele sim. Não posso negar. Mas esse não é o real motivo de eu estar fazer isso.

– E o que seria, então?

– Quero vê-lo feliz, mais do que tudo nessa vida. E sei que ele não será com Bianca. Ela até pode ser uma garota legal, tenho certeza, mas não é a pessoa certa para ele, como Alan também não é o homem para ela. Você deve pensar do mesmo jeito, não?

Raquel sabia que tinha tocado em um ponto fraco. Eric queria muito a felicidade de sua irmã caçula. Caso tivesse dúvidas sobre isso, depois do jantar de noivado teve certeza. Ele era completamente louco por Bianca e faria qualquer coisa para vê-la no caminho certo. E devia ser exatamente sobre isso que ele deliberava naquele momento.

– O que você está pensando em fazer?

Ela quase gritou de orgulho de si mesma. Estava começando a convencer Eric a ajudá-la.

– Pensei em me aproximar dela. Ficar amiga mesmo. E mostrar pra Bianca tudo o que ela tem a perder. É claro que ela já ouviu várias coisas de você. Mas você é o irmão mais velho, sempre terá comentários tendenciosos. Ela precisa chegar a certas conclusões sozinha. Ou pelo menos achar que foi desta forma.

– E como fará isso? – Ele parecia inseguro, mas interessado.

– Não posso procurá-la do nada oferecendo conselhos. Preciso que isso parta dela. – Sem perceber, Raquel estava, assim como Eric, caminhando pelo cômodo. – Além disso, ela sabe que estamos andando juntos novamente por causa do trabalho. Se eu começar a mostrar a mesma opinião que você, pode parecer que estamos em um complô.

– E estamos – ele comentou com ironia.

– Em termos. E nossa intenção é boa. – Ela parou de caminhar e voltou a se encostar no balcão, sendo acompanhada em seguida por Eric. Ambos olhavam para frente, afastados por centímetros.

– O inferno está repleto de boas intenções, Raquel.

Estava tão acostumada a ouvi-lo se referir a ela como "Magrela" que o som de seu nome na voz de Eric soou estranho, quase inapropriado.

– Você vai ter que convencê-la que mudou de opinião sobre o casamento. – Raquel sentiu que Eric a encava agora, mas ela continuou a olhar para um ponto fixo à frente. – Precisa procurar Bianca e pedir desculpas por suas atitudes recentes. Vai ter que dizer que vai apoiá-la em tudo.

– E por que isso?

– Ela não pode desconfiar de nossas intenções. E eu preciso de você para convencê-la a me procurar para ajudá-la nos preparativos do casamento. Preciso ter mais contato com ela.

– Isso não vai ser muito difícil – ele comentou quase com descontração.

Raquel virou, encarando-o. Estavam mais próximos do que há alguns minutos. Podia sentir a fragrância agradável de banho recém-tomado que emanava de seu corpo.

– Por que diz isso?

– Bianca sempre foi louca por você na infância. Tinha você como um exemplo, praticamente.

Aquela afirmação a surpreendeu. Raquel conseguia contar nos dedos as vezes que conversara com Bianca diretamente. Geralmente as palavras que trocava com a menina eram "Seu irmão está em casa?" quando procurava por Eric.

– Impossível, quase não tínhamos contato naquela época.

– Eu não ficaria tão espantado se fosse você. Raquel, você era a única garota do nosso grupo. E por causa da sua personalidade chamava a atenção de qualquer um. Todos os garotos te ouviam, queriam sua aprovação. Já Bianca era a caçula da rua, não tinha amigos. Não é à toa que ela se espelhava em você. Bianca queria ser como você, tenho certeza.

Bianca, a bonequinha do bairro, o exemplo de filha, queria ser como ela. *Como era possível?* Mesmo não gostando de admitir, ainda mais agora que ela tinha se tornado sua rival, Raquel sempre quis ser como Bianca. Ela era a garota que recebia os elogios, os cumprimentos, diferente de Raquel, que sempre estava suja e esfarrapada demais para qualquer tipo de feminilidade ou "coisas de menina".

– Que seja, isso não vem ao caso agora – Raquel cortou. – Você vai me ajudar ou não?

Aquele era o ponto crucial da conversa. Se tivesse ajuda de Eric, tudo o que vinha planejando se encaixaria perfeitamente. Poderia usá-lo para dar credibilidade ao que pretendia fazer e, muito em breve, tinha certeza, eles separariam o casal. Mas caso Eric não aceitasse participar daquela armação... Raquel corria o risco de ter todo plano revelado e ainda perderia de vez qualquer tipo de chance com Alan.

Raquel estava nas mãos de Eric.

Depois de vários segundos em silêncio, ele comentou com o olhar perdido:

– Sinceramente, não entendo o que vocês vêem naquele babaca. Ele está longe de ser tudo isso o que todo mundo fala. De perfeito o senhor perfeito não tem nada.

Raquel poderia argumentar, mas sabia que não era o momento, por isso permaneceu calada.

– Não acho certo agir pelas costas da minha irmã. Ela é adulta, responsável por seus atos. Mas eu sinceramente não sei como lidar quando tenho certeza de que alguém que gosto muito está prestes a cometer uma burrada. Quero ajudar, Raquel, mas isso é passar demais dos limites.

Desde que conheceu Eric, *e isso tinha sido há muito tempo*, Raquel jamais o vira dessa forma. Ele ainda transpirava virilidade, força, mas, ao mesmo tempo, uma necessidade de apoio. Por um breve instante, Raquel teve vontade de abraçá-lo, mas se conteve antes que fizesse qualquer coisa inconsequente que pudesse vir a se arrepender depois. *Que pensamentos eram aqueles?!*

– Eu entendo, Eric. Peço desculpas por te colocar nesta situação – Raquel pegou sua bolsa e caminhou desastradamente em direção à porta.

Estava completamente perdida, pois tinha convicção que Eric contaria para todo mundo sobre suas intenções. *Burra!* Analisou o que poderia fazer a seguir: quem sabe mudar de estado ou de país? O que sabia era que não poderia mais se reunir com os amigos de infância e suas famílias. Com que cara olharia para Alan a partir daquele momento? Estava tudo acabado.

Quando alcançou a maçaneta, sentiu o braço de Eric a rodear. Ele prendeu seu corpo na porta colocando as mãos na lateral de sua cintura.

– Aonde você vai, Magrela?

– Mas você disse...

– Eu disse que te ajudar seria passar dos limites. – Ele virou o corpo de Raquel, fazendo com que ela o encarasse. O sorriso sarcástico de Eric estava de volta em seu rosto. Raquel quis abraçá-lo de felicidade. – Adoro passar dos limites.

*

Depois de mais uma hora de conversa, ficou acertado que Eric convidaria a irmã para almoçar naquela tarde e pediria desculpas por sua atitude no noivado. Para Raquel, esta reconciliação dos dois seria crucial para o início dos seus planos. E, a partir dali, ela iniciaria sua aproximação.

Pela primeira vez em dias, Raquel estava confiante. Ela conseguiria colocar as coisas em ordem de novo. Tudo voltaria ao normal, Bianca encontraria seu verdadeiro amor e Alan estaria livre novamente.

Raquel não conseguia parar de sorrir com a ideia.

Ela chegou faminta ao seu apartamento. Não tinha comido nada naquela manhã e tinha se recusado a aceitar tudo o que Eric tinha oferecido, com exceção do café. Foi recebida na porta por Penny que, desde sua visita a clínica veterinária, estava em uma boa fase, quase não provocando arranhões muito graves em sua perna. Acariciou a gata e seguiu para a cozinha.

Tinha muita coisa em mente para poder cozinhar um prato requintado demais. Por isso, optou por preparar um macarrão instantâneo. Nunca fora um gênio na cozinha e incrementar muito sempre resultaram em riscos gastronômicos. Era melhor ficar no trivial.

Na hora de temperar a comida, Raquel lembrou-se do comentário que Eric tinha feito mais cedo: *sem sal.*

Nunca se tinha se achado a mulher mais interessante do mundo. Tinha inúmeros defeitos, sabia disso. Mas também jamais se considerara uma pessoa sem atrativos, vazia, ou sem conteúdo para uma conversa. E isso sempre a orgulhara muito.

Talvez precisasse reavaliar algumas coisas.

Concluiu que, já que Alan tinha se interessado por Bianca, uma designer de moda, talvez ele buscasse mulheres mais elegantes, que soubessem qual é a tendência de comportamento no momento. Raquel fez uma nota mental para lembrar-se de procurar mais sobre o assunto na internet mais tarde.

Não podia continuar sendo *sem sal.*

[Nova postagem] [Blog Super Desapegada]

Título do post: Solidão superestimada

[Editar em HTML]

Corpo do post:

Ouvi algo interessante de um amigo hoje, que me fez refletir sobre algumas coisas. Especialmente sobre a necessidade ocasional de estar sozinha.

Confesso que sou da turma dos apaixonados. Pratico o desapego para me sentir mais independente dos sentimentos, para saber que eu mando neles e não o contrário, mas admito que gosto da sensação de gostar de alguém.

Apesar disso, também confesso: adoro me isolar de vez em quando. Escolher estar sozinha, muitas vezes, é uma excelente opção. Auxilia a colocar as ideias no lugar, acalma e abre nossos horizontes para enxergar melhor as coisas ao redor.

Ter seu espaço individual é importante. Ajuda a se descobrir.

Vivemos em um mundo repleto de pessoas, umas boas, outras ruins e, na grande maioria, medíocres, seguindo suas vidas. E com tanta gente no mundo a solidão é uma questão de escolha. Nem todo mundo consegue estar rodeado de pessoas o tempo todo. E, o mais importante, a escolha por estar sozinho em momentos cruciais não é algo ruim. Muitas vezes é o que realmente precisamos.

Eu me sinto assim às vezes. E me isolar ajuda muito... até certo ponto.

Só não dá para deixar virar costume.

PS: Tudo em excesso é ruim, seja apego ou solidão.

[Tags]

Marcadores: Amor, Solidao, Devaneios

[Publicar postagem] [Salvar agora] [Visualizar]

Raquel ouviu o bipe do celular no exato momento em que publicou o post no blog. Tirou o aparelho da bolsa com curiosidade. Era uma mensagem de texto.

Tudo certo, Magrela. Ela te liga hj p/ combinar uma saída. Boa sorte c/ sua nova melhor amiga.

E não é que Eric agia rápido?

Capítulo 10 – A mais nova mau-caráter

Há mais de uma hora Raquel tentava manter a mesma expressão facial, concentrada, mas estava difícil fingir que prestava atenção no que acontecia na reunião. Mônica Rodrigues falava sobre problemas e propostas de aperfeiçoamento do trabalho com todos os funcionários da agência. A ideia na teoria era ótima, ouvir opinião de todos e pensar em conjunto ações de melhoria da Comunicação, mas, na prática, a história era outra.

Mônica não deixava ninguém falar e depois de várias tentativas frustradas todos desistiram de sequer tentar. E, para piorar, nos últimos vinte minutos a conversa tinha seguido para cortes absurdos no orçamento, expostos em planilhas e gráficos coloridos malfeitos em um *data show*.

– E o uso do papel higiênico? Excessivo!

Raquel já tinha contado três vezes o número de faixas na persiana da sala de reuniões. Vinte e seis. E já estava prestes a recomeçar a contagem quando foi surpreendida com um pedaço de papel dobrado lançado em sua direção. Automaticamente olhou para sua chefe, mas Mônica ainda avaliava possibilidades de economia de produtos de higiene na agência.

Com cuidado, Raquel desdobrou o papel no colo, que se revelou ser um bilhete escrito na grafia de Ian.

Não está se sentindo culpada? Como pode? Não sabia que tinha uma amiga tão mau-caráter assim.

Raquel se arrependera de ter contado para Ian e Gabriela sua aliança com Eric assim que terminara de relatar os acontecimentos do dia anterior. Ian já a tinha chamado de mau-caráter pelo menos quatro vezes desde então.

Virando a folha ao contrário, Raquel rabiscou discretamente:

Estou correndo atrás da minha felicidade. E partindo da teoria de que Alan é minha alma gêmea, vou deixar Bianca livre para procurar seu verdadeiro amor.

Lançou o papel e Ian pegou o bilhete na ponta oposta da mesa quando Mônica não estava vendo. Raquel fingiu olhar para a apresentação patética no slide à sua frente, mas na verdade estava mesmo esperando a reação de Ian. Ele abriu o papel, sem a descrição anterior de Raquel, e revirou os olhos quando terminou de ler o bilhete.

Tudo o que Raquel queria quando contara seus planos mais cedo era o apoio incondicional dos seus amigos. Precisava se sentir incentivada porque, *para ser sincera*, ela não estava mais tão certa assim de sua decisão. Raquel sabia que Alan era seu homem ideal, estava convencida de que ela poderia fazê-lo muito feliz, mas o método escolhido estava longe de ser o que esperava.

Raquel não costumava ser do tipo que magoava alguém. No geral, ela era quem saía magoada das situações. Mas, desta vez, a vítima seria Bianca, que tinha cometido uma única falha nessa história toda: se apaixonar pelo homem errado.

O remorso de Raquel começara na noite anterior, quando Bianca ligou no seu celular. Ela tinha contado que Eric comentara sobre a habilidade de Raquel em organizar eventos e como isso poderia ser útil para o casamento. Ela estava pedindo sua ajuda... E aparentava estar muito feliz com o pedido.

Raquel estava péssima! E, por isso, se questionava se talvez não fosse mesmo uma mau-caráter.

– Raquel? Está me ouvindo?

Droga! Ela não estava prestando atenção. Mônica escolhia os piores momentos para puxar conversa.

– Estava ouvindo, claro. E eu sou a favor de economizarmos papel higiênico. Pra que desperdiçar, certo?

Algumas pessoas na sala tentaram segurar a risada.

– Fico feliz com o seu apoio – Mônica falava com seriedade. – Mas na verdade eu perguntei como estão os preparativos para o Crazy Games. O evento já começa na semana que vem, não é? – Raquel queria se esconder de tanta vergonha.

A vantagem de estar coordenando a divulgação do maior evento de jogos eletrônicos e tecnologia do país era ocupar sua mente. Constantemente, Raquel se obrigava a esquecer sua situação com Alan por causa dos preparativos do encontro de *gamers*.

Dormir? *Bobagem! Pra quê?!* Comer, então, estava se tornando tarefa com hora marcada, pois caso contrário não conseguiria achar tempo para isso.

– Está tudo certo. Já temos mais de quinze veículos de imprensa cadastrados para a cobertura e os patrocinadores já nos enviaram os brindes para montarmos os *press-kits*. Além disso, disparamos semanalmente para nosso *mailing* informações atualizadas sobre o evento, como quem são os expositores, o espaço do local, lançamentos que serão realizados, entre outros dados.

Mônica parecia impressionada. Raquel a conhecia bem, tinha dito tudo o que ela queria ouvir (mesmo que nem tudo fosse exatamente verdade). E, além disso, ainda tinha usado seu tom de voz "jornalista profissional e dedicada" enquanto falava. Mônica balançou a cabeça em concordância.

– Bom. Bom – disse, antes de se dirigir para outro jornalista com uma pergunta totalmente fora do contexto.

Raquel respirou aliviada. Sabia que Mônica estava procurando algum erro para criticá-la. Precisava tomar cuidado.

Estava começando a prestar atenção na reunião novamente, se inteirando do novo tópico da discussão, quando foi atingida por uma bolinha de papel. Soltou um pequeno grito devido ao susto, mas no instante em que Mônica a encarou, fingiu ser um soluço. *Mas que diabos?!*

Na bolinha de papel tinha um novo bilhete. Agora de Gabriela.

Vai almoçar com a gente?

Raquel adoraria. Tudo o que mais queria era a companhia de seus amigos para conversarem sobre qualquer coisa. Precisava se distrair. Mas não podia, já tinha planejado outra coisa. No dia anterior tinha combinado de almoçar com Bianca; seria o início do plano que Eric irritantemente insistia em chamar de "missão sementinha do mal". Raquel se perguntava se ele estava mesmo levando aquilo tudo a sério ou se era somente mais uma brincadeira para ele.

Movendo os lábios sem emitir som, Raquel respondeu para Gabriela que tinha outros planos para o almoço.

Do lado oposto da mesa, Ian também movia os lábios. Raquel não era boa com leitura labial, mas conseguiu identificar a expressão "mau-caráter" no meio da frase do amigo.

Aquele dia prometia.

*

Mesmo ainda não estando muito certa se seus atos seriam a melhor forma de lidar com a situação, de uma coisa Raquel tinha certeza: não seria fácil aprontar com Bianca sem sentir algum tipo de remorso. Ela era irritantemente adorável. E não era falsidade. O abraço de Bianca parecia genuíno quando se encontraram em frente à cantina preferida de Raquel no Bixiga, bairro italiano da cidade.

– Que bom que você pôde vir almoçar comigo hoje – Bianca falava no seu ouvido, enquanto se cumprimentavam com um abraço. – Eric me contou como você anda ocupada. Fiquei com medo de estar te atrapalhando.

E, de certa forma, estava mesmo. Raquel tinha adiado duas entrevistas marcadas para aquela tarde, mas jamais diria isso para a loira.

– De forma alguma! Estava livre.

Elas se afastaram, mas, mesmo de longe, Raquel sentia o cheiro floral do perfume de Bianca. Ela não pôde deixar de pensar se Alan gostava do aroma, ou se tinha sido ele quem a presenteara com o produto. Tentou afastar o pensamento, caso contrário acabaria pirando. Analisar cada detalhe daquele relacionamento estava se tornando uma obsessão.

O garçom as acompanhou até a mesa que Raquel tinha reservado. Enquanto Bianca se ajeitava na cadeira à sua frente, elogiando pela terceira vez a escolha do restaurante, Raquel voltou a analisá-la. Era inevitável. Bianca era exatamente tudo o que ela sempre fora cobrada para ser. Jovem, bonita, educada, meiga e diversas outras qualidades que Raquel não gostava nem de pensar. Enquanto ela crescera sendo a "Maria Moleque", Bianca era a princesa encantada que, no fim, tinha conquistado o grande prêmio daquele conto de fadas moderno. Raquel quase se bateu quando se deu conta de quão brega era aquele pensamento.

– Adorei este lugar! – Bianca comentou pela quarta vez enquanto pendurava com cuidado seu terno rosa bebê no encosto da cadeira. Raquel ficou envergonhada quando percebeu que, diferentemente de sua acompanhante, tinha jogado sua jaqueta de qualquer jeito sobre o colo.

– E eu adorei sua roupa. Está muito bonita, Bianca.

– Obrigada! Você também! Este terno, na verdade, é uma peça única. – Se aproximando, como se quisesse contar um segredo, ela continuou a falar. – Eu mesma que fiz. É uma coleção minha.

Mesmo não querendo admitir, Raquel sabia que aquilo era impressionante. O trabalho realmente tinha qualidade.

– Não sabia que já estava trabalhando assim.

– Na verdade foi algo que fiz na faculdade. Mas tenho uma coleção completa já. Adoro trabalhar com *design*. Amo mexer com cores, tecidos e tendências. É uma paixão – finalizou com um suspiro.

– Uma paixão como esta não pode ser colocada de lado. Você tem talento, Bianca, devia investir.

Ela se remexeu na cadeira, parecendo desconfortável com o assunto.

– E eu pretendo, sabe? Quero muito um dia trabalhar para uma grande grife e, quem sabe, montar uma linha de acessórios só minha. – Ela pigarreou antes de continuar. – Mas nem todos os nossos sonhos têm que ser realizados ao mesmo tempo. Tem certas coisas que precisam esperar até que outras sejam concluídas, não é mesmo?

Aquele era exatamente o ponto que ela queria chegar. Bianca estava abrindo mão de seus sonhos em nome dos de Alan. Era uma forma muito altruísta de seguir com o relacionamento, ela sabia, mas também um meio completamente arriscado. Que mulher conseguiria lidar com aquela situação? E por quanto tempo?

O garçom retornou para anotar os pedidos. Raquel adorava o *conchiglioni* recheado daquele lugar, mas depois que Bianca se decidiu por uma salada com molho *caesar*, ela escolheu o mesmo. Sentia-se estúpida por pedir algo tão saudável em uma cantina italiana, mas era isso ou se sentir gorda perto do pedido de sua rival. *Não podia ficar por baixo.*

– Sabe como é, não quero engordar para o casamento.

– E falando nisso, Bianca, como estão os preparativos? O grande dia está chegando. Nervosa?

– Se estou nervosa?! Menina, você não faz ideia. Acho que vou entrar em colapso a qualquer momento! – Pela primeira vez, Raquel a viu perder a sua tão característica compostura. Bianca inclinou-se para frente e começou a falar muito rápido. – São tantos detalhes! Eu e o Alan queríamos somente uma recepção com bolo e champanhe para poucos convidados depois da cerimônia, mas você bem conhece nossas famílias. Jamais aceitariam isso. E para evitar mais conflitos acabamos topando fazer uma grande festa. Mas, confesso, já estou completamente maluca! Somente hoje ainda tenho que resolver detalhes do salão e das lembrancinhas. Sabe o que é discutir com o *buffet* quase uma hora sobre as vantagens e desvantagens de entregar aos convidados "bem casados" no final da festa? – Ela riu com nervosismo. – Eu te digo, é uma loucura organizar um casamento.

Raquel quase sentiu pena de Bianca. Mas então lembrou que ela se casaria com o amor de sua vida nas próximas semanas e logo o sentimento passou.

– E o pior de tudo – ela continuava a falar – é que minha vida passou a girar em torno disso, entende? Hoje em dia só penso e falo sobre o assunto. Como agora. Está vendo só? Desculpe ficar te enchendo a paciência com minhas reclamações.

– Imagina, Bianca, fui eu que te perguntei sobre o assunto. Na verdade, estou me colocando à disposição para ajudar no que precisar. Conta comigo. Alan sempre foi um grande amigo e gosto muito de você.

As palavras saíram automaticamente da boca de Raquel, todas ensaiadas durante a noite na frente do espelho. Queria parecer natural e, aparentemente, tinha dado certo, pois a ponta do nariz de Bianca ficou rosada e seus olhos azuis ficaram marejados assim que ela terminou de falar. A loira contornou a mesa com tamanha rapidez que

Raquel só percebeu o que ela iria fazer quando já estava prestes a abraçá-la.

– Você não faz ideia do quanto fico feliz em ouvir isso!

Raquel era uma mistura de sentimentos. Estava envergonhada, pois todo o restaurante parecia achar extremamente engraçado uma maluca aos prantos abraçando uma mulher pateticamente parada, sem reação. Estava assustada, afinal Bianca tinha mesmo começado a chorar... *e muito*. E, para piorar, seu remorso tinha crescido para um nível *hard* com aquela cena. Raquel estava quase querendo ajudá-la de verdade com o casamento, só para aliviar o peso em sua consciência.

Talvez Ian estivesse errado ao questionar seu caráter.

– Desculpe. Mil perdões – Bianca dizia enquanto retornava para seu lugar.

Raquel tentou parecer indiferente enquanto entregava para a loira um maço de guardanapos para que ela pudesse enxugar seu rosto. Mesmo com a maquiagem ligeiramente borrada, Bianca ainda tinha uma beleza exuberante.

– Ando muito sensível esses dias.

– É estresse. Isso é normal.

– Não, na verdade não é só isso. Ando preocupada sim, mas sinto falta deste apoio, entende? Todo mundo fica me questionando sobre tudo, como se tivesse o direito de palpitar na minha vida. Ninguém tem mostrado compreensão. Ou simplesmente oferecido uma ajuda. – Ela terminou de secar uma lágrima e estendeu o braço, colocando carinhosamente sua mão sobre a de Raquel. – Por isso fiquei muito emocionada com o que disse.

Raquel não sabia o que falar, por isso ficou extremamente agradecida quando o garçom se aproximou carregando suas saladas. Antes que o assunto pudesse ser retomado, ela encheu sua boca de alface, apontando para o prato como se elogiasse o sabor da comida.

Bianca sorriu.

– Sabia que sempre quis passar momentos assim com você? Quando era criança, queria muito ser sua amiga. Eu queria ser como você, Raquel.

– Fala sério! – Raquel disse com a boca cheia.

– É verdade! – a outra riu. – Você era tão espontânea e esperta. Tinha sempre uma resposta na ponta da língua quando alguém te questionava. E era a única pessoa que conseguia convencer meu irmão a fazer qualquer coisa, me lembro bem.

– E era também a mais maloqueira da rua.

– Mas você se divertia, entende o que quero dizer? Estava sempre rodeada de amigos. Sentia inveja disso.

Raquel lembrou-se do comentário de Eric no dia anterior. Então, de fato, Bianca gostava dela desde a infância. Nunca tinha imaginado isso. Poucas vezes tinham conversado e jamais pensou que talvez pudessem ter algum tipo de assunto em comum. Raquel jamais dera qualquer tipo de atenção à loira. Sua antipatia tinha começado após descobrir que Bianca era a noiva de Alan.

Analisando a época em que morou com sua mãe, Raquel concluiu que tivera realmente uma infância e uma adolescência maravilhosas. Passava horas jogando queimada, pique-esconde, pega-pega, bola de fogo, rouba bandeira, entre outras brincadeiras com a garotada. E em nenhuma destas lembranças Raquel conseguia visualizar Bianca, sempre muito pequena para despertar qualquer interesse como companhia na época.

O resto do almoço seguiu mais descontraído, com Bianca narrando suas diversas discussões com sua mãe sobre o comprimento da cauda de seu vestido de noiva, sua odisséia para escolher a dama de honra e a difícil escolha entre rosas e lírios para a decoração da igreja. Raquel interagia algumas vezes, palpitando sobre alguns assuntos, tentando parecer interessada no que Bianca falava.

Ao terminarem de comer, ambas racharam a conta e seguiram em direção à saída. Mesmo com alguns inconvenientes, Raquel sabia que a companhia de Bianca durante o almoço não tinha sido das piores. Não era algo que gostaria de repetir, mas não tinha sido um programa ruim, afinal.

– Precisamos marcar de almoçar outras vezes – Raquel se viu dizendo, sem ter coisa melhor para comentar.

– Com certeza! Adorei hoje. Vou deixar com você o número do meu celular. Sinta-se à vontade para ligar a hora que quiser.

Bianca anotou o telefone em um pedaço de papel decorado. Depois de entregá-lo para Raquel, ainda caminhou mais alguns passos ao seu lado até a porta. Quando Raquel se preparava para se despedir de Bianca, ela a encarou com uma expressão séria no rosto.

– Posso te perguntar uma coisa? – Raquel assentiu com a cabeça antes de Bianca continuar. – Estava pensando sobre aquilo que disse antes, sobre não desistir dos meus sonhos. Você acha que estou tomando a decisão errada ao adiar meus planos profissionais por causa do meu casamento com o Alan?

Depois daquela tarde, Raquel sabia que deveria dizer que não. Que ambos arrumariam uma maneira de fazer tudo aquilo dar certo. Que o amor deles poderia vencer barreiras. Que nenhum dos dois precisaria desistir de nada se trabalhassem como um casal. E que sonhos eram adaptados quando eram compartilhados com alguém que valesse a pena. Mas seu sentimento por Alan falou mais forte, e Raquel "incorporou" a blogueira Super Desapegada antes de voltar a falar.

– Sinceramente? Acho que você tem que se valorizar, Bianca. Se seu sonho é ser uma estilista importante, que mantém contato com grandes nomes da moda, tem que lutar para que isso aconteça. Eu adoro o Alan e acho que ele é perfeitamente capaz de fazer qualquer mulher feliz, mas será que ele vai continuar gostando de você se mudar dessa forma? Ele provavelmente se apaixonou pela Bianca agitada, batalhadora, que corre atrás do que quer. Desculpa falar desta forma, mas acho que você precisa começar a pensar um pouco em você se quer fazer esse relacionamento dar certo.

Bianca ficou com o olhar perdido por alguns segundos. Seu semblante era de pura tristeza, e Raquel se arrependeu de suas palavras na mesma hora. Mas antes que pudesse falar mais alguma coisa, Bianca ajeitou a bolsa no ombro, novamente com um sorriso nos lábios.

– Talvez tenha razão – disse, já recomposta. – Vou pensar junto com o Alan algumas possibilidades. Não é certo mesmo desistir de tudo assim, não é? Agora preciso ir, Raquel. Fiquei de encontrar com o pessoal do salão daqui a meia hora. Tenho que correr se quiser chegar a tempo.

Ambas se despediram amigavelmente.

Raquel viu Bianca caminhar até a praça do outro lado da rua, onde pegaria um táxi. Ela não se parecia mais com a garotinha frágil da qual se lembrava da infância. Mesmo assim, de uma forma estranha, Raquel se sentia quase responsável por ela. Era mais velha, supostamente mais vivida, e, pior, sabia que estava agindo de má fé com ela.

Pela primeira vez em meses Raquel se questionou sobre seus ensinamentos e incentivo à prática do desapego. Não sabia até que ponto realmente acreditava naquilo que pregava. Ela sentiu um aperto no peito ao pensar nisso. Bianca, a Bianquinha da rua, não fazia nem ideia, mas estava confiando em alguém que queria muito que seu casamento não desse certo.

Capítulo 11 – Aquele com o cara que cuida dos alcoolizados

Por que diabos as mulheres nunca chegavam no horário combinado aos lugares?

Meia hora e dois *chopps* após o combinado, e Raquel ainda não tinha chegado. Eric tinha marcado de em um bar naquela sexta-feira à noite para conversarem sobre seus planos da "missão sementinha do mal". Ele estava começando a desconfiar que sua antiga vizinha tinha se esquecido do compromisso.

O lugar era um clube grande, que estava diferente desde a única vez que Eric o visitara. Ficava a quatro quadras do serviço, mas completamente na contramão de seu caminho habitual, por isso, fazia pelo menos uns três meses que não aparecia por ali. O local tinha dois ambientes, um bar e uma área de shows, tudo com uma decoração retrô, com diversos itens dos anos 80 enfeitando as paredes e uma música ambiente com canções de qualidade. Eric sabia que dali a alguns minutos uma banda tocaria pop/rock ao vivo para os clientes, que a cada instante chegavam em grupos maiores. Logo seria impossível encontrar um lugar vazio para sentar, por isso ainda estava à espera de Raquel. Odiava ter que aguardar sozinho na mesa, mas, todo momento em que pensava em desistir e ir embora, imaginava que poderia ser ela a próxima mulher a entrar no bar. Prometeu esperar somente mais dez minutos e então partiria.

Eric sabia que poderia ter trazido Alberto com ele, afinal já tinha deixado o amigo relativamente a par do trato que fizera com Raquel, mas não o convidara de propósito. Sabia que seria muito chato vê-lo todo deslumbrado pela moça e, pior, levando respostas atravessadas dela a noite toda. Pelo menos era isso que ele esperava que acontecesse, já que aparentemente Raquel não tinha qualquer interesse em seu sócio.

Mas sempre havia a possibilidade de ela estar carente, especialmente por causa dos preparativos para o casamento de Alan, e resolver dar uma chance para Alberto. Eric não queria estar no meio de mais complicações. Era melhor mesmo, por ora, mantê-la longe do amigo.

Por tudo isso, Eric se via sozinho em uma pequena mesa de um bar quase lotado, com um copo de *chopp* parcialmente vazio, ouvindo *playback* de Seu Jorge. Ele gostava da música, mas a situação toda era deprimente demais.

Mais dez minutos. Só dez minutos!

O lugar estava cheio de mulheres jovens e bonitas. Ele sabia que, se Raquel tivesse mesmo esquecido o encontro, sempre havia a possibilidade de tentar conhecer alguém e, quem sabe, não voltar sozinho para casa aquela noite. Mas Eric não estava no ânimo para isso. As semanas tinham sido corridas, com mais serviço que o comum, e o cansaço além de físico era também mental. Caso não desse certo sua noite amigável com Raquel, o plano B seria ir para casa, jogar uma ou duas partidas de futebol *on-line* e depois ir dormir.

Os componentes da banda começaram a ajeitar o palco, carregando alguns instrumentos para o local. Eric consultou o relógio antes de decidir pedir a conta. Já tinham se passado 42 minutos do horário combinado. Mas antes que pudesse erguer a mão para chamar a atenção do garçom, viu Raquel entrar no bar.

Desde que a tinha reencontrado, Eric notara o quanto sua aparência tinha melhorado. Não que a achasse feia durante a adolescência, mas agora, como mulher, Raquel mostrava uma beleza mais madura. Mas naquela noite ele precisava admitir que ela tinha se superado. Enquanto caminhava desconcertada até sua mesa, Eric notou como era charmoso o movimento que seu cabelo castanho fazia quando batia nos seus ombros, balançando de um lado para o outro. Ela usava salto alto e vestia uma blusa preta decotada, que realçava o seu colo, e uma saia jeans justa, pouco acima do joelho. As pernas tinham um leve brilho, mesmo na penumbra do ambiente, como se ela tivesse passado alguma coisa perfumada ali.

Raquel era diferente da maioria das mulheres que Eric conhecia. Tinha uma beleza simples. Naquela noite ela não estava com muita maquiagem e não usava nenhuma joia além de um par de brincos, mas mesmo assim era, sem dúvida, a mulher mais bonita do bar. Ela não precisava de recursos ou acessórios para ficar bem.

– Mil desculpas pelo atraso. Não conseguia táxi em canto algum! – Raquel se inclinou para cumprimentá-lo com um beijo na lateral do rosto antes que ele pudesse se levantar da cadeira para recebê-la. Ela usava um leve e gostoso perfume cítrico. – Você chegou faz muito tempo?

Eric pensou em responder sarcasticamente: "cheguei no horário marcado, ou seja, há muito tempo", como normalmente faria com qualquer pessoa, mas por algum motivo desistiu no último instante.

– Não muito. Mas já comecei sem você – ele ergueu o copo vazio.

Raquel sorriu e respondeu que não tinha problema. Ela levantou a mão e pediu o cardápio para o garçom.

Enquanto ela escolhia sua bebida no menu e tagarelava sobre a dificuldade que tinha encontrado para sair de casa naquela noite, Eric voltou a analisar sua aparência. Raquel era do tipo franzina, pequena e magra, mas com curvas delicadas e bem definidas. Ela o fazia se lembrar de uma atriz ucraniana que andava fazendo muito sucesso em Hollywood por causa de uma cena lésbica entre duas bailarinas. Era péssimo para lembrar nome de artistas, mesmo as mais gatas.

Raquel terminou seu monólogo com o comentário "trânsito louco de São Paulo" e fechou o cardápio. Eric quase riu ao perceber que durante o último minuto, ela não o tinha deixado dizer uma palavra. *Ô, mulher que fala!*

– Então, já escolheu alguma coisa? – perguntou divertido, antes que ela voltasse a abrir a boca.

– Acho que vou começar com uma caipirinha.

– Não sabia que tinha virado uma pé-de-cana, Magrela.

– Com o dia que eu tive, estou merecendo – ela parou de falar e, com um sorriso aberto, apontou para o peito de Eric antes de comentar agitada: – Esse eu conheço. Pacman!

Ele gargalhou. Eric tinha escolhido aquela camiseta com estampa de Pacman pensando nela. Sabia que ela adorava aquele jogo, conhecido como "come-come". Quando eram crianças, passavam horas na frente da tevê tentando fazer aquela bolinha amarela fugir dos fantasmas.

– Você lembra!

– Mas é claro! Nossa, a gente deixava até de fazer a lição de casa só para ficar brincando de come-come.

– E minha mãe falava que videogame não dava futuro. Adoro lembrá-la disso toda vez que comento como a minha empresa está indo bem.

Apesar do tom de brincadeira, a afirmação de Eric era real. Mesmo se divertindo com jogos eletrônicos na infância, aquilo sempre o fascinou mais do que o normal. Enquanto os outros garotos de sua idade se distraiam com as corridas e lutas, Eric costumava analisar os recursos, o design e, com o tempo, o padrão gráfico e a linguagem de programação. Nunca foi somente uma brincadeira para ele.

Mas isso não significava que Eric não passava bons momentos com seus amigos em frente ao videogame. Raquel sempre foi de longe a mais competitiva da turma. Sempre desafiando todos e, muitas vezes, vencendo todo mundo. Apesar de ser a única menina do grupo, Raquel sempre desbancara os garotos nos jogos, fossem eletrônicos ou de rua.

– Lembra aquela vez que fizemos um campeonato de come-come na quarta-série? – ela perguntou.

– Aquele em que você socou o Tomate durante a final?

– Ei, ele mereceu! Ele ficava me cutucando pra eu errar!

Eric riu alto, inclinando o corpo para trás com um movimento da cadeira.

– O que foi?

– Era eu que ficava te cutucando pra te atrapalhar durante o jogo!

A boca de Raquel formou um "o".

– Seu imbecil! Agora me sinto culpada por ter batido no coitado.

– Mas ele mereceu aquele soco por todas as vezes que olhou suas cartas quando jogávamos truco e você nem percebeu.

Ela riu.

– É. Vocês tinham este costume mesmo.

Eric sentiu nostalgia com a lembrança. Aquela tinha sido a melhor fase de sua vida. Apesar das inúmeras brigas com Alan, da perda de seu pai e das várias encrencas que se metera por causa de suas armações, era uma época realmente muito boa. E Eric era grato a Raquel por ser responsável em trazer todos aqueles momentos de volta. Não sabia o quanto sentia saudade dela até reencontrá-la.

Ambos pediram suas bebidas para o garçom quando ele se aproximou. Por um breve momento, nenhum dos dois falou nada, e Eric notou que aquela animação anterior tinha deixado o semblante de Raquel. Ela estava sempre tão séria ultimamente. A jornalista não se parecia mais com a garota espoleta que conhecera no passado. Eric se perguntava se ela realmente tinha mudado ou se só tentava esconder a antiga Raquel debaixo daquele semblante sóbrio.

– Almocei hoje com sua irmã. Conversamos sobre os preparativos para o casamento e sobre os planos que ela tem para seu futuro profissional.

– Ela quer ter uma marca própria, alguma coisa assim – ele comentou casualmente.

– Pois é. E ela perguntou a minha opinião sobre o casamento e tudo mais. Então eu falei que achava que ela deveria pensar mais nela e menos no casal. Que deveria persistir com os seus sonhos profissionais.

Eric notou que Raquel não demonstrou qualquer tipo de emoção enquanto falava.

– E como ela reagiu?

– Parece ter ficado abalada, mas é difícil afirmar. – Depois de alguns segundos em silêncio, Raquel voltou a falar. – Você deve me achar uma mau-caráter, não é mesmo?

Eric achou estranha a escolha de adjetivo, mas não questionou sobre isso. Para ele, Raquel estava longe de ser uma pessoa ruim. Ele sabia que talvez a forma como eles resolveram agir não fosse a melhor escolha, mas a intenção era boa. O único problema que começava a perturbar Eric eram os reais motivos de Raquel. Tinha quase certeza que a amiga ainda nutria fortes sentimentos por Alan.

Eric pensou em como o veterinário tinha o costume de inverter a situação sempre a seu favor. Lembrava-se de uma vez, em um dos aniversários de Raquel, quando colocou toda a turma, especialmente a amiga, contra ele por causa de um pedaço de bolo derramado no vestido. Algo que Eric tinha feito acidentalmente.

Tinha sido sem querer, mas Alan não o deixara se explicar. Eric se lembrava de que tinha procurado Raquel por horas, só a encontrando quase no fim da festa, abraçada com Alan atrás de um carro. Quem poderia dizer o que tinha acontecido naquela oportunidade? O que mais irritava Eric é que na época ele tinha uma queda por Raquel. *Coisa boba, claro.* Mas Alan sabia disso. E, mesmo assim, tinha se aproveitado do momento. Para Eric, esta era apenas mais uma prova de como Alan era sacana.

– Posso te perguntar uma coisa? – A morena parecia insegura quando assentiu com a cabeça. – O que você sente pelo Alan? De verdade.

Apesar de nunca ouvi-la admitir, todos, exceto Alan, talvez, aparentemente sabiam sobre o sentimento de Raquel. Desde muito jovem, era ele quem ela sempre escolhia para tudo, fosse para jogar no seu time de queimada ou para ser seu padrinho na formatura do colegial. Além disso, na fase em que Eric esteve apaixonado por Raquel, prestar atenção nas suas atitudes era sua tarefa preferida, e a amiga não era exatamente uma *expert* em esconder seus sentimentos.

Raquel inspirou profundamente depois de alguns segundos em silêncio, como se estivesse tomando fôlego antes de iniciar uma corrida.

– Eu gosto dele, só isso.

– Gosta dele? Você tem o quê? Dez anos de idade, Raquel? – zombou com mau-humor.

– Está certo! Quer saber a verdade? Sou completamente apaixonada pelo Alan desde que tinha quinze anos. Mesmo nunca tendo acontecido nada entre nós, jamais consegui esquecê-lo. E quando finalmente decidi me declarar, a sua irmãzinha resolveu aparecer. Esta é a história. Está satisfeito?!

Eric sempre desconfiara que algo já tivesse acontecido entre eles. Especialmente porque Alan sabia sobre seus sentimentos por Raquel. Não conseguia contabilizar quantas vezes temera que o rival contasse para todo mundo sobre o que sentia ou o chantageasse pelo mesmo motivo. Mas, analisando bem tudo o que realmente tinha acontecido, Eric tinha que admitir que grande parte da raiva que sentia partia de presunções próprias. *Quem diria?*

– E não pensou que agora que ele está em outra, talvez seja hora de seguir em frente? Gostar de outra pessoa? Magrela, o Alan não é o único idiota aproveitador que existe por aí. Conheço bem uns três pra te apresentar, isso só da academia. – Eric tentou quebrar o clima pesado.

– Você não entende... – A frase foi interrompida quando o garçom chegou com as bebidas. – Ele é especial.

Eric bufou.

– Ah, é?!

– É sim! – Raquel inclinou ligeiramente sua cabeça, elevando seu nariz pretensiosamente. Se não estivessem no meio de uma discussão importante, Eric acharia engraçada aquela atitude. – Ele salva vidas todos os dias. Mesmo estando bem na carreira, ainda pensa em melhorar, por isso nunca parou de estudar. E ele não é só bonito, mas também sincero, honesto e trabalhador. Ele é um homem de verdade e não um idiota aproveitador que você conhece da academia.

Raquel curvou os dedos, imitando "aspas", quando se referiu ao termo usado há pouco pelo amigo. Aquilo tudo era extremamente absurdo aos olhos de Eric. A pessoa a quem Raquel se referia não se parecia em nada com o Alan que ele conhecia.

– Você realmente acha isso? Pois eu vou te contar algumas coisinhas sobre o "Senhor Perfeição" que talvez você não saiba. – O tom de sarcasmo já tinha ido para o ralo. Eric conversava com Raquel com seriedade, o que pareceu atrair ainda mais a atenção da morena. – Enquanto ele se fazia de bondoso com todo mundo durante a adolescência, era comigo que ele implicava. Falava mal de mim para os professores, colocava todo mundo da turma contra mim e, pior, vivia dizendo mentiras para meus pais.

– Todo mundo sabia o que você aprontava. Não precisava o Alan contar nada pra ninguém.

– Eu admito que não era fácil na adolescência, mas nunca fiz nada realmente maldoso. Mesmo assim, quando o cachorro da dona Elena morreu quando a gente tinha doze anos, ele não pensou duas vezes antes de me acusar.

Julgando pela expressão incrédula de Raquel, Eric concluiu que ela também o achava culpado. Na época, ele tinha encontrado um vidro de chumbinho no quintal de sua mãe. Todo mundo usava o produto para acabar com os ratos que rondavam a vizinhança. Apesar de ter mostrado para todos o chumbinho, Eric não tinha feito mais nada com ele. Mas quando Thor, o *basset* da vizinha, apareceu morto no dia seguinte, Alan apontou Eric como culpado apesar de suas negações e da teoria de que o "cão idiota" tinha ingerido aquilo acidentalmente da casa de qualquer pessoa.

– Pois saiba que não fui eu! Mas apesar de eu negar muito, o imbecil do Alan foi correndo falar para o meu pai.

– Eric, pelo amor de Deus! Você tem raiva do Alan até hoje só porque ele fez você levar uma bronca do seu pai? Por favor! Vê se cresce!

– Não, Raquel – Eric falava exaltado – eu tenho raiva do Alan porque graças a essa acusação falsa dele, a última vez que eu estive com meu pai, ele estava furioso comigo e disse que tinha vergonha do próprio filho! É por isso!

Eric jamais tinha dito aquilo para ninguém antes. Nem mesmo a mãe e a irmã sabiam disso. Depois daquela briga, na qual seu pai tinha acreditado na palavra de Alan e ficara contra o filho, Eric tinha se trancado no quarto e não saíra de lá até o pai deixar a casa no dia seguinte para trabalhar. Estava muito magoado com ele. O que Eric não podia imaginar era que, naquela manhã, seu pai sofreria um acidente de carro que, como os paramédicos informaram à família, o matara instantaneamente. Quando soube a notícia, enquanto sua mãe chorava com Bianca pequena no colo, Eric só conseguia se lembrar da última conversa com o pai: "Você nunca vai parar de agir como um idiota?", "Por que não se espelha no seu amigo Alan?" e, a que mais doía, "Tenho vergonha de você".

Não era o tipo de conversa derradeira que alguém deseja ter com um pai.

– Desculpa, Eric. Eu não... Eu não sabia – Raquel disse, atraindo novamente a atenção dele. Sem que percebesse, ela tinha esticado o braço sobre a mesa, segurando sua mão.

– Obrigado.

Ele notou, mesmo com a pouca iluminação do lugar, que os olhos de Raquel tinham um brilho mais intenso, como se ela estivesse se segurando para não chorar. Ela também conhecia seu pai, sabia que tinha carinho por ele. Era ele quem costumava levá-los para a aula durante o jardim de infância. E, aos domingos, quando toda a vizinhança se juntava para um almoço, era seu pai que tomava conta do churrasco. Ele sempre dava pedaços maiores de carne para Raquel e Bianca. Vantagens de serem meninas.

Eric sabia também que Raquel nunca tinha conhecido seu próprio pai. Talvez, de alguma forma, aquela história mexesse mais com ela do que ele pudesse imaginar.

– Sabe que ele não quis dizer tudo aquilo para você, não sabe?

– Ele quis sim. Naquele momento, pelo menos. Mas sei também que às vezes queremos dizer coisas que não sentimos. Ou que só achamos sentir. E acabamos falando sobre elas em momentos inadequados, criando marcas eternas. Por isso aprendi a importância de pensar antes de falar algo que possa realmente magoar – Eric suspirou, soltou com cuidado a mão de Raquel e tentou voltar a uma posição mais descontraída. – Porém, sei que meu pai não tinha vergonha de mim, como disse. Não se preocupe, Magrela, não sou do tipo que precisa de terapia.

Ela sorriu resignada.

– Que bom – ela disse com sinceridade. Depois ergueu uma sobrancelha: – Até porque morreria de pena da psicóloga que te tratasse. Coitadinha.

Ele riu com gosto.

*

Já estavam conversando há quase uma hora quando o vocalista da banda chamou atenção dos presentes e o volume do *playback* foi abaixado. O palco estava pronto e todos os integrantes do grupo a postos. Eles se apresentaram e prometeram fazer aquela noite ferver. Eric gostou da ideia.

A música era agitada e já nos primeiros acordes Eric pôde perceber que a banda mandava muito bem no som.

– Nós vamos dançar! – Raquel anunciou e terminou de beber sua caipirinha num único gole.

– Não mesmo. E eu ainda estou bebendo.

Raquel arrancou o copo das mãos de Eric e bebeu todo o *chopp* em goles grandes e rápidos.

– Não está mais – disse, divertida, enquanto o puxava pelo braço.

A pista de dança no centro do bar já estava cheia de pessoas que se balançavam no ritmo da música e cantarolavam a canção conhecida. Raquel pegou com o garçom uma cerveja em uma garrafa *long neck* no caminho. Se a amiga estava mesmo precisando beber, Eric achou melhor se manter sóbrio e não pediu mais nada.

Depois de algumas músicas, ele notou que a boa aparência e a animação de Raquel atraíram mais do que alguns olhares masculinos, que a seguiam enquanto ela se movia no meio da multidão de pessoas. Um homem segurou sua mão e outro falou algo em seu ouvido antes de Raquel dispensá-los com delicadeza e voltar a dançar, bebericando sua bebida. Eric não gostava da ideia de ela ser paquerada na sua frente, por isso disfarçadamente se aproximou mais dela, colocando a mão na cintura da amiga de vez em quando durante a dança.

– Essa banda arrasa! – ela falou alto o suficiente para ser ouvida apesar do barulho.

Eric concordou e sorriu. Raquel estava muito animada. Seu corpo ondulava no ritmo da música como por vontade própria. Raquel dançava com os braços para o alto, balançando o cabelo quando agitava de leve a cabeça. A morena só parava de dançar e cantar quando abordava o garçom em busca de uma bebida.

No meio da pista, com o som àquela altura, não conseguiam conversar mais do que poucas palavras, mas Eric sentia-se em sintonia com Raquel. Estava se divertindo com ela como há muito não fazia. Ela era engraçada, sempre sorrindo e zombando da forma como ele dançava. Eric nunca fora realmente um bom dançarino.

As luzes produziam profundas sombras no rosto de Raquel, destacando seus olhos brilhantes. De uma forma inesperada, eles provocavam Eric, como se seguissem seus movimentos atentamente. Ela dançava muito próxima a ele, e Eric começou a avaliar cada detalhe do seu rosto. Seu nariz delicado, seus lábios carnudos, seu sorriso solto. Ele teve que se segurar várias vezes para não tocar sua pele, bronzeada e lisa, e sentir se era mesmo tão macia quanto imaginava.

Consciente de que estava tendo pensamentos muito impróprios com sua amiga, Eric sentiu-se aliviado quando Raquel anunciou que precisava ir ao banheiro. Àquela altura, ela já tinha bebido várias latinhas de cerveja e mais uma caipirinha. Por isso, Eric a acompanhou até a porta.

– Depois que você sair do banheiro vamos embora.

Ela assentiu, mas Eric duvidava que tivesse entendido muita coisa. Raquel já apresentava sinais de embriaguez. Ele levou as comandas até o caixa e acertou a conta de ambos. Voltou para a porta do banheiro a tempo de segurar Raquel, que quase caiu ao tropeçar nos próprios sapatos, e a ajudou a sair do clube segurando-a de pé.

– Você até que não é tão idiota – ela falou depois de um alto soluço. – É um idiota, mas só um pouco.

Eric riu alto. Por causa de Raquel estava rindo mais do que o normal naquela noite.

– Obrigado. Ser só um pouco idiota sempre foi minha meta mesmo – disse, enquanto a ajudava a entrar no táxi.

Depois de perguntar duas vezes para Raquel onde morava, ela finalmente respondeu, e Eric indicou o caminho ao motorista. Sentaram juntos no banco traseiro, e Raquel encostou sua cabeça no ombro de Eric assim que o carro começou a se movimentar. Apesar de entorpecida pelo álcool, Raquel o fazia se lembrar de sua amiga de infância. Espontânea, afiada e muito divertida. Ele gostava da sensação que sentia ao vê-la ao seu lado.

Ela era sua amiga desde sempre. Eric não conseguia sequer se lembrar de quando a vira pela primeira vez. Provavelmente quando ainda eram bebês, quem sabe? Mesmo com as brigas ocasionais, as brincadeiras e provocações, ela sempre fora a pessoa em quem mais confiara. Não conseguia entender porque tinham se afastado tanto nestes últimos anos.

– Sabe o que eu acho? – ela perguntou com a voz arrastada,

iniciando a resposta antes mesmo de Eric dizer uma palavra. – Que você precisa se entender com o Alan. Você vai ser mais feliz.

– É claro que você acha isso, está apaixonada por ele.

– Não é isso. Quero você feliz.

Pelo silêncio que se seguiu e pela respiração compassada de Raquel, Eric concluiu que ela tinha adormecido. Ele passou o braço por seu ombro e notou como ela parecia pequena e frágil dentro do seu abraço. Ela o queria feliz e aquilo, estranhamente, o fez sorrir. Talvez ele também estivesse ligeiramente bêbado, afinal.

Chegando ao apartamento, Eric pagou a viagem ao taxista e ajudou Raquel a subir a escadaria. Ela achava tudo muito engraçado, e Eric não conseguia evitar de sorrir cada vez que ouvia sua gargalhada. Há tempos não escutava aquele som, e até então não sabia o quanto sentia falta dele.

Eric tentou três chaves antes de encontrar a certa no molho que Raquel o entregara.

– Cuidado com a Penny. Ela é muito perigosa – Raquel falou, enquanto cambaleava apartamento adentro.

Não fazia ideia de quem era Penny, mas resolveu ficar de olho aberto caso estivesse mesmo correndo algum tipo de perigo.

O apartamento de Raquel era pequeno, mas limpo e muito arrumado. As paredes brancas da sala tinham diversas prateleiras com bibelôs e vasos ornamentais. O sofá era escuro, mas coberto de almofadas peludas de cor branca. Na estante, somente uma tevê simples e um aparelho de DVD ladeado por duas pilhas de filmes. A janela estava escondida atrás de uma cortina branca e preta que ia do chão até o teto. A decoração era elegante, mas simples. A cara de Raquel, ele pensou.

Eric ouviu um barulho vindo do próximo cômodo. Ao chegar à cozinha, encontrou Raquel se apoiando na pia, fazendo contorcionismo para manter-se de pé. Ele segurou o riso.

– O que você está fazendo aí, sua doida?

– Uma coisa importante. – Ela quase caiu, sendo amparada pelos braços de Eric. – Só não consigo mais me lembrar do que era.

Ele a pegou no colo, e Raquel não protestou, carregando-a até seu quarto, presumindo que ele ficasse no final do corredor.

– Eu vou me lembrar de tudo isso amanhã.

– Tenho certeza que sim, Magrela – Eric brincou.

– Eu consigo – falou, apertando os olhos, como se estivesse forçando os pensamentos na mente até conseguir gravá-los. Eric não segurou mais a risada.

Com cuidado, colocou-a na cama, tirou seu sapato e virou-se para pegar um cobertor que tinha visto pendurado no caminho. Ao lado da porta notou o guarda-roupa aberto com inúmeras peças largadas ao chão. Eric sorriu de satisfação ao perceber que ela tinha testado várias roupas antes de sair ao seu encontro.

Quando voltou para a cama, viu que Raquel estava se levantando.

– Aonde pensa que vai?

– Vou escrever um negócio no computador...

– Não, senhora, pode deitar aí.

Eric a colocou novamente na cama e a cobriu até os ombros. Ela parecia pacífica desta forma, deitada e sonolenta. Ele ajeitou uma mecha do cabelo dela atrás da orelha, atraindo seu olhar. Seus olhos brilhantes voltaram a provocá-lo, seguindo atentamente o movimento que seu corpo fazia a cada respiração.

– Quer saber? Você é tão lindo – ela falou com a voz arrastada.

– Você vai se odiar amanhã de manhã por me dizer isso, Magrela.

– Não sou mais Magrela!

Eric riu.

– Não é mesmo. É linda.

– Então por que o Alan não me ama?

Era uma coisa que Eric não conseguia entender também. Durante anos Raquel se dedicou a Alan. Bastava ele querer para ela ser dele. E o motivo de ele não querer alguém como ela era o que Eric não conseguia assimilar. Raquel era inteligente, determinada, amiga e absurdamente linda. Era o tipo de mulher que qualquer homem queria. O tipo de mulher que Eric sempre quis, disso ele tinha certeza.

Raquel fora seu primeiro e, provavelmente, único amor. Não conseguia contar quantas vezes a provocara somente para chamar sua atenção ou inventava qualquer motivo somente para tê-la ao seu lado. Quando estava com Raquel, o tempo parecia passar mais rápido e a risada saía fácil. Ela era a única pessoa com quem conseguia conversar sobre qualquer coisa, mesmo as mais difíceis.

– Porque ele é um imbecil – respondeu enfim, mas Raquel já tinha os olhos fechados, e sua respiração estava calma e ritmada. Eric ajeitou melhor o cobertor em seu corpo adormecido antes de sair sem fazer barulho.

Como alguém podia não amá-la?

Capítulo 12 – Inesperados conselhos maternos

– E esta batedeira aqui? Olha, tem cinco velocidades!

Raquel se perguntava por que raios tinha aceitado dar um presente de casamento para Bianca e Alan em conjunto com sua mãe. Na verdade, ela se perguntava por que daria um presente, afinal. Não estava feliz com a união do casal, muito menos em ter que gastar dinheiro com isso.

– Qualquer coisa, mamãe. Já disse. Escolha o que quiser.

Estava há quase vinte minutos em uma grande loja de departamento com uma enorme lista, impressa por uma matricial barulhenta, com sua mãe a tiracolo criticando cada item no papel. Raquel constatou que ela tinha opinião sobre tudo: desde o modelo do conjunto de talheres até a marca da televisão LCD.

Arrependeu-se de atender o telefonema de sua mãe naquela manhã assim que ela começou a gritar do outro lado do aparelho que elas precisavam fazer compras *hoje*: com muita ênfase na última palavra. Raquel estava com uma ressaca monstruosa demais para sequer ter forças para argumentar. Por algum motivo, quando o celular tocou, ela imaginou que fosse Eric ligando, não dona Elizabeth.

Quando despertou pela manhã, estava deitada em sua cama, coberta até os ombros e com a cabeça estourando de dor. Com um pouco de esforço, algumas lembranças retornavam, mas muito vagas. Lembrava-se de Eric tê-la colocado em um táxi, ajudado-a a subir as escadas e de tê-la carregado no colo até seu quarto. Mas, definitivamente, não recordava com exatidão tudo o que tinham conversado. Ou, pior, o que tinham feito.

Um pensamento surgiu em sua mente, que fez todo o seu corpo congelar: e se ele tivesse se aproveitado de sua embriaguez para pregar alguma peça nela? Ou qualquer outra coisa. Não queria nem pensar! Muito lentamente, Raquel ergueu o cobertor, olhando temerosa para seu corpo. Tinha certeza que estaria vestindo alguma camisola ou uma roupa qualquer e quando questionasse Eric sobre o assunto, ele diria que era para deixá-la mais confortável e não para ver seu corpo nu enquanto a trocava. *Deus, que vergonha!*

Mas, para sua surpresa, ainda vestia a mesma blusa e saia jeans da noite anterior. Sentiu todo seu corpo reclamar quando se ergueu o suficiente para verificar sua calcinha. Ela também estava lá: intacta e velha como sempre.

A vergonha que sentia mudou; agora estava embaraçada por ter pensado mal de Eric. No final das contas, ele tinha cuidado dela de uma forma muito respeitosa, como um verdadeiro amigo.

Enquanto ouvia, sem prestar atenção, o monólogo de sua mãe sobre a melhor cafeteira do mercado, Raquel se lembrava do bilhete de Eric que encontrou perto de sua porta naquela manhã:

Bom dia, Magrela! (ou devo chamá-la de pé-de-cana?!) Tranquei seu apartamento e estou jogando a chave junto com o bilhete por debaixo da porta. Para curar a ressaca, que você provavelmente está sentindo, tome muita água... Mas a que passarinho bebe, por favor. Vejo você no Crazy Games. Eric. P.S.: não sei quem é Penny, mas acho melhor tomar cuidado. Ela é perigosa, foi o que me disseram.

Era a cara dele deixar um bilhete como aquele. Ela sabia que depois precisava procurá-lo para se explicar e se desculpar pela noite anterior. Ele provavelmente devia estar pensando que ela era uma alcoólatra maluca, no mínimo. O que talvez ela fosse, afinal, aquela era sua segunda bebedeira em pouco mais de um mês.

Mas, pelo menos, Raquel ficou feliz em constatar que desta vez não tinha postado nada em seu blog. Mesmo bêbada, teve bom senso.

– Raquel! – sua mãe gritou, atraindo sua atenção. – Estava me ouvindo?

– Claro – mentiu.

– Perguntei o que acha de darmos um jogo de baixelas de aço inox para eles? Achei este tão elegante.

Raquel não fazia ideia do que eram baixelas até ver a foto na embalagem que sua mãe segurava. Não entendia para o quê pessoas normais precisavam daquilo. Servir comida naquele negócio não deveria ser prático, tudo ficaria frio em um minuto.

– Escolha o que quiser, mamãe.

Conforme foram caminhando pela loja e o analgésico resolvia finalmente começar a fazer efeito, Raquel foi se lembrando de algumas coisas da noite anterior. Antes de ficar bêbada, ela e Eric tiveram uma conversa muito séria sobre sua rixa com Alan. Nunca soube sobre a briga do loiro com seu pai antes de sua morte, mas entendia que aquilo realmente devia ter sido traumático.

– Mamãe, a senhora se lembra do dia em que o marido da dona Rose morreu? – disse, cortando-a no meio de uma frase qualquer.

– Rose?

– Sim, da rua. Rose Meirelles.

– Óh, Deus, mas é claro! – exclamou, gesticulando com o braço dramaticamente.

Se tinha uma coisa que Raquel tinha certeza era da boa memória de sua mãe. Imaginou que se quisesse ela poderia até descrever a roupa que usava no dia do falecimento de seu vizinho.

– Carlos era um homem muito querido. Muito bom mesmo. O velório estava cheio. Muitos amigos quiseram prestar as últimas homenagens, sabe? – Pelo tom de voz, dona Elizabeth poderia estar falando sobre o tempo ou sobre o final da novela das oito. – Uma grande falta de sorte aquele caminhão aparecer do nada na estrada. Rose, coitadinha, ficou arrasada na época.

Apesar de se lembrar da comoção com a morte do vizinho, Raquel não se recordava de detalhes. Tudo tinha acontecido há tanto tempo.

– Eu fui ao velório? Não me lembro.

– Não, querida, você ficou em casa. Queria ver um desenho, ou coisa assim. Mas sei que ficou bem triste por causa do acidente.

Então ela se lembrou. Sua mãe tinha lhe contado sobre a morte de Carlos pela manhã, dizendo que estava indo ao velório dar suas condolências à família. Raquel queria acompanhá-la, mas a ideia de ver seu vizinho morto em um caixão a aterrorizou. Preferiu ficar em casa esperando a mãe. No dia seguinte, quando foi conversar com Eric sobre o assunto, encontrou o amigo jogando bola normalmente, como se nada tivesse acontecido. Depois disso, nunca mais encontrou oportunidade para tocar no assunto. Acabou esquecendo.

– Nossa, mamãe, estou me lembrando agora. Não fui uma boa amiga. Que sacanagem minha.

– Do que você está falando, Raquel? Por que tocar neste assunto agora? – Ela já parecia entretida novamente com uma embalagem de eletrodoméstico.

– Por nada, só uma coisa que descobri esses dias e me deixou triste.

A conversa completa que tivera com Eric estava clara em sua mente agora. Desde que o conhecia, o que era realmente muito tempo, jamais sentira compaixão por ele. Analisando bem, conseguia contar nos dedos quantas vezes tinha pensado bem de Eric em todos aqueles anos.

Agora, já adulta, Raquel percebia que não era assim tão melhor que ele. E que, apesar do preconceito que muitas vezes tivera com o loiro por suas implicâncias e brincadeiras, Eric tinha se mostrado um excelente profissional, amigo e ser humano. Sentia-se péssima por julgá-lo mal por tanto tempo.

– Achei o presente perfeito! – sua mãe anunciou de repente, orgulhosa, atraindo novamente sua atenção, enquanto apontava para uma caixa enorme.

Raquel sentiu um frio na espinha. Pela animação de dona Elizabeth, não podia ser boa coisa.

– Aparelho de jantar com 42 peças em porcelana – Raquel leu em voz alta os dizeres da embalagem. Parecia um bom presente mesmo. Algo útil e muito refinado. Até que sua mãe não tinha feito uma má escolha.

Então Raquel consultou a etiqueta do produto e sentiu calafrios e palpitações no mesmo instante: – Oitocentos e noventa e nove reais?! Tudo isso em pratos e xícaras? A senhora perdeu o juízo?!

– Mais respeito, sou sua mãe! – ela disse, fingindo estar ofendida.

Raquel respirou fundo antes de voltar a falar. Sua mãe às vezes se esquecia de que ela era só uma proletária e não a Xuxa.

– Mamãe, não vou gastar quase mil reais num presente.

– Você pode parcelar no cartão de crédito, querida – Elizabeth falou com a voz mais doce do mundo. Naquele exato momento, Raquel queria colocá-la num avião a caminho da China.

– Não tenho nem limite sobrando no cartão para isso! A senhora tem noção de quanto um jornalista ganha por mês? – Sua mãe revirou os olhos. Raquel desistiu. Não adiantaria em nada discutir. – Não vamos comprar este presente. Não posso pagar. Ponto final. Escolha outro.

– Mas eu quero este. Pense só como seria perfeito esta caixona chegar na casa dos noivos com o bilhete “de Elizabeth e Raquel Alencar”. Duvido que algum vizinho dê coisa melhor.

Sua mãe era o pior tipo de pessoa teimosa que existia. Sabia que ela insistiria com aquilo até conseguir convencê-la. Raquel se arrependeu de não ter aceitado o tal jogo de baixelas quando pôde.

– Está certo! Vamos comprar.

Raquel estava de péssimo humor enquanto o funcionário emitia a nota do produto. Ainda não estava acreditando que estava deixando sua mãe convencê-la a fazer o que queria novamente. *Para que caderneta de poupança senão para gastar quando se precisa? Como para comprar o presente de casamento do amor de sua vida e outra mulher*. Raquel só queria acabar logo com aquilo.

Depois de ficar quase quinze minutos na fila, enquanto sua mãe folheava uma revista de fofocas sobre artistas, o presente estava pago e devidamente endereçado a Alan e Bianca.

Deixando a loja, tudo o que Raquel mais queria era voltar para seu apartamento, colocar o pijama mais confortável e navegar por horas na internet, mas não podia ainda. Tinha prometido almoçar com a mãe. Todas as vezes que saía com ela era tradicional algum tipo de refeição. E aquele passeio era de pacote completo, isto é, com direito a almoço e sermões.

– Tem certeza que vai pedir lasanha, filha? Você andou dando uma engordada nesses últimos meses.

Raquel achou ter visto o garçom dar uma discreta checada em seu corpo após a afirmação de sua mãe.

– Bom, essa semana almocei uma salada horrorosa. Então acho que tenho o direito de extravasar hoje.

Dona Elizabeth suspirou e pediu um filé de frango acompanhado de arroz com brócolis, enquanto devolvia os cardápios ao garçom.

– Então, minha filha, quais são as novidades em sua vida? Tenho percebido que não temos conversado mais. Está com alguma paquerinha?

Pronto, tinha começado!

– Não, mamãe, nenhuma paquerinha – Raquel quis mudar logo o foco da conversa antes que dona Elizabeth começasse a lhe pedir netos. – Mas tenho trabalhado muito. Inclusive está para começar uma feira de videogames e tecnologias, que é uma conta grande da agência.

– Nem nestas suas saídas você tem conhecido alguém? – disse, ignorando o comentário anterior. – Um médico ou um engenheiro, talvez?

– Mas que cisma é essa que a senhora tem com médico e engenheiro?!

– Eu li esses dias numa revista que engenharia é a profissão do futuro. Além disso, paga muito bem que eu sei. – Elizabeth tinha um sorriso amplo enquanto falava. – E deve ser tão gostoso poder dizer que tenho um genro médico.

– Então a senhora está pensando somente no que os outros vão falar?

– Ah, minha filha, você tem que admitir que não tem nada mais bonito do que um homem vestido todo de branco.

Raquel pensou em responder que, partindo daquele conceito, ela poderia namorar também um pai de santo ou um açougueiro, mas decidiu não dizer nada. Sua mãe não costumava ter senso de humor.

– Está certo, mamãe, prometo procurar um namorado engenheiro ou médico.

– Você nunca entende o que digo, não é mesmo? – Ela deu um sonoro suspiro antes de voltar a falar. – Raquel, estou preocupada com você. Está sempre trabalhando, sempre preocupada. Quero que se divirta, filha. Que veja gente, que conheça pessoas novas. Um namorado é só consequência disso.

Era a primeira vez que sua mãe falava algo coerente sobre o assunto. Geralmente a conversa começava ou terminava com a frase "Você já tem trinta anos".

– Mas eu saio!

Se sua mãe não detestasse Eric, Raquel até poderia contar que saiu com ele e que no final da noite o loiro a levou para a cama, literalmente.

– Mesmo? Porque eu acho que você se prende às vezes. Raquel, você pode achar que eu não sei de nada porque sou velha ou que só te "encho o saco", como costuma dizer. Mas eu te conheço como ninguém. E sei que você se apega às coisas por medo do novo. Você sempre foi assim, desde pequena.

– Mamãe, onde a senhora tá querendo chegar?

– A rotina sempre foi a sua proteção. Você fica apavorada quando se depara com o novo, por isso não se arrisca em nada. – Antes que Raquel pudesse protestar, sua mãe ergueu a mão, continuando com a palavra: – Não quero te ver sofrendo, filha, mas às vezes vale a pena o risco de nos machucarmos se pelo menos estivermos tentando sermos felizes.

– A senhora está dizendo que eu não tento ser feliz. É isso?

Dona Elizabeth levou sua mão ao rosto de Raquel, alisando com carinho sua pele.

– Eu estou dizendo, minha querida, que ser feliz requer esforço, já que a alegria muitas vezes está fora da nossa zona de conforto.

Raquel não sabia se estava mais surpresa por sua mãe estar falando tão seriamente sobre algo que até fazia sentido ou por estar tendo sua vida narrada de uma forma tão explícita. Realmente temia mudanças e se apegava ao passado como uma rede protetora. Uma vez tinha lido que isto era característica de seu signo zodíaco. Mas ouvir sua mãe identificar esta característica era algo diferente, estranhamente confortável. Como se aquele conhecimento as ligasse de certa forma.

Estava acostumada com sua mãe apontando seus erros ou palpitando sobre suas ações. Vê-la expor preocupação com sua felicidade era algo reconfortante.

– Queria não me apegar tanto às coisas, mamãe – confessou.

Para Raquel, era inevitável falar de apego e não se lembrar de Alan. Há anos ele era sua principal motivação, sua razão para tudo. E, no fundo, Raquel sabia que isso estava longe de ser saudável. Não somente por ele não sentir o mesmo que ela, mas, principalmente, por saber que a felicidade não pode nunca estar centrada em uma pessoa.

Além da terrível sensação de dependência que Raquel sentia na sua complicada relação com Alan, ainda tinha dúvidas sobre o que era certo ou não. Sempre que pensava nele só conseguia visualizar o homem perfeito com um pacote completo. Alguém que além, de ser um bom amigo, seria um excelente marido e um pai exemplar algum dia. Mas e se estivesse enganada? E se ele fosse realmente o par ideal, mas não dela? E se ele fosse a cara metade de Bianca?

E, com desgosto e terror, pensou que ainda existia a terrível possibilidade de não existir ninguém no mundo predestinado a ela. Era de conhecimento geral, nasciam mais meninas que meninos atualmente. Então, pela lógica, há mulheres no mundo que vão morrer sozinhas, a não ser que aceitem dividir seus homens. Pura matemática! E uma destas sofredoras poderia ser ela. Isso sem contar os gays, que assim como Ian, geralmente eram lindos de morrer!

– Se apegar não é o problema. É bom contar com a proteção e a sensação de segurança que algumas coisas nos dão. A questão, querida, é se apegar a algo sem sentido só por rotina. Você é jovem, devia estar aberta às novas experiências que a vida quer te proporcionar todos os dias, mesmo que isso te assuste.

– A senhora só diz isso porque está louca para ter netos – Raquel deixou escapar.

– É claro que quero ter netos. Mas, filha, apesar de eu sempre te perguntar sobre namorado, não quero que encontre qualquer pessoa. Quero que encontre alguém que te faça feliz como você merece.

Raquel soltou o ar com frustração.

– Eu quero me arriscar para encontrar a pessoa certa.

Dona Elizabeth sorriu antes de voltar a falar. Era como se, enfim, Raquel tivesse entendido seu recado.

– Querer já é o primeiro passo, minha querida. Era isso o que você precisava. Querer.

Capítulo 13 – Um estilista para chamar de seu

– Não acredito que você me convenceu a fazer isso, Raquel!

Ian ajeitava pela milésima vez as almofadas bordadas sobre o sofá cinza, coberto por uma manta colorida. Raquel mal podia acreditar em como o apartamento sóbrio da irmã mais velha de Gabriela tinha ficado após os toques e dicas mais do que afetadas de Ian.

– Nem adianta fingir que não está gostando disso, pois nós sabemos que está adorando – Gabriela comentou enquanto trazia uma jarra de água da cozinha. Ela estava praticamente irreconhecível com óculos de lentes redondas fundo de garrafa, envoltas por uma armação escura bem grossa. A roupa que vestia era quase tão exagerada quanto seus óculos. Gabriela usava um vestido dourado, com um lenço marrom na cintura.

Ian não estava muito diferente, com um pedaço de seda amarrado estilosamente no pescoço. E o disfarce todo não era à toa; Bianca já tinha visto os dois antes, durante o aniversário de Raquel, não podiam marcar bobeira agora.

– Não posso mesmo dizer que estou odiando isso. Me transformar em um estilista de moda com um estúdio em ascensão em São Paulo não é exatamente algo ruim. – Ian disse com um ar sonhador antes de se voltar para Raquel novamente com uma expressão raivosa. – Mas ainda sou contra tudo isso e continuo questionando seu caráter por me pedir para ajudar a acabar com o casamento daqueles dois!

Raquel suspirou. Aquilo já fora discutido durante horas, e o tempo deles estava acabando.

– Você topou, agora não adianta argumentar ou querer dar para trás. E termina logo de ajeitar tudo que a Bianca deve estar chegando!

Raquel não tinha mais certeza se deveria ou não continuar com os planos, mas era tarde demais. O porteiro já tinha avisado que a noiva de Alan estava subindo.

Depois do encontro com sua mãe na última semana, Raquel tinha pensado muito em suas palavras. Muitas vezes ela de fato se apegava às coisas por rotina, por segurança. Mas não saberia dizer se seus sentimentos por Alan se encaixavam nesta condição. Ele sempre foi tudo o que desejava durante muitos anos. Era simplesmente impossível se desconectar sem mais nem menos.

Além disso, Raquel sabia que não seria justo com ela própria desistir sem antes tentar, *até o limite*, ficar com Alan. Ele poderia ser o príncipe encantado de Bianca tanto quanto poderia ser o de Raquel. Ambas tinham cinquenta por cento de chance, e Raquel não desperdiçaria qualquer porcentagem disso a menos que fosse extremamente necessário.

Por isso, relembrando seu almoço com Bianca, concluiu que a única coisa que a faria questionar sua ida para o Pantanal seria um bom emprego em São Paulo. A oportunidade de trabalhar em uma das capitais mais *fashion* do mundo não era algo para se jogar fora.

A tarefa fazia parte do plano "sementinha do mal". Bianca nunca seria escalada de fato para um emprego, afinal a tal oportunidade de trabalho realmente não existia, mas o que Raquel queria era que Bianca percebesse todas as boas chances de crescimento pessoal que estaria perdendo ao acompanhar Alan para o Centro-Oeste do país.

O problema era que Raquel não conhecia ninguém no mundo da moda. Já tinha cuidado da comunicação e imagem de linhas de produtos de beleza relativamente famosas a nível nacional, mas não podia misturar sua vida profissional com a pessoal dessa forma. A saída seria contar com a ajuda dos amigos, mas a conversa não tinha sido nada fácil.

Ian continuava achando que Raquel era uma insensível e mau-caráter por se intrometer naquela história, enquanto Gabriela, uma romântica nata, ainda não estava convencida se seria certo acabar com um casamento. Depois de muitas chantagens emocionais, enfim Raquel tinha conseguido o apoio dos dois. Ian iria se passar por um estilista francês, Pierre Mercier, que estava para montar um estúdio em São Paulo, e Gabriela seria sua secretária. Ela inclusive tinha conseguido o apartamento de sua irmã mais velha emprestado e entrara em contato com Bianca a convidando para uma reunião, com o pretexto que um antigo professor da faculdade indicara seu nome como uma das estilistas mais promissoras da cidade.

Raquel não tinha ideia se Bianca aceitaria o convite ou não, mas depois de um contato telefônico e algumas trocas de *e-mails* com referências, todas fictícias, de trabalhos anteriores de Pierre Mercier, ela acabou aceitando.

– Sabia que eu tive que cancelar um encontro com um cara lindo que trabalha numa galeria de arte pra vir aqui fingir que sou um francês afetado por sua causa?

– Tenho certeza que o bofe vai aceitar sair contigo depois – Raquel beijou o rosto do amigo. – Agora vamos ver se seu sotaque francês melhorou.

Ian pigarreou.

– *Oui*, minha *chérie*.

Raquel apertou os dentes. Aquilo continuava horrível, mas era tarde demais para desistir. Fez um sinal de positivo com os dedos e sorriu sem jeito para o amigo.

– Pronto. Agora como combinamos. Gabriela, você abre a porta e a leva até o Ian. Eu vou estar escondida no quarto ouvindo tudo.

– Raquel, só não mexe nada por lá. Você sabe como minha irmã é metódica, se souber o que estamos fazendo aqui, ela me mata.

Georgia, a irmã mais velha de Gabriela, era uma mulher acadêmica. Tinha um namorado bem mais velho e, de acordo com Gabriela, eles não deviam fazer sexo há anos. A mulher só pensava em estudar. Raquel não pretendia tirar nada do lugar no quarto de Georgia, claro. Como Gabriela tinha dito, ela era extremamente metódica e perceberia com certeza.

– Pode deixar – respondeu e logo ouviu a campainha do apartamento. – Chegou a hora, pessoal. Vamos lá, como ensaiamos.

Gabriela correu para porta enquanto Ian seguia Raquel. Ela correu para o quarto e deixou a porta entreaberta. Para conseguir enxergar parte do que se passava na sala, abriu o guarda roupa e ficou olhando pelo reflexo do espelho que existia ali. O local estava escuro, então se alguém da sala olhasse para dentro do quarto dificilmente a veria.

A porta foi aberta e lá estava Bianca, vestida com um blazer salmão sobre uma blusa clara e uma saia rosa. Seu cabelo dourado estava muito bem escovado, com as pontas formando cachos aparentemente naturais. Raquel a odiou de tanta inveja ao se lembrar das pontas duplas do seu próprio cabelo. Por que tudo nela tinha que ser tão perfeito?

– Você deve ser a Bianca Meirelles – ouviu Gabriela dizer. – Muito prazer, sou a secretária do Pierre, Luiza. Ele já está vindo atendê-la. Aceita um copo d'água?

– Aceito sim, obrigada. – Bianca se sentou elegantemente no sofá, mas pela sua expressão corporal parecia nervosa. – Só estou um pouco confusa. Ainda não sei direito o que ele quer comigo.

Raquel deu um pulo quando Ian, ao seu lado, a beliscou.

– Vai dar merda, você vai ver só. A Bianca já está desconfiada.

Ela empurrou o amigo para fora do quarto.

– Então seja convincente.

Pelo espelho, Raquel viu Ian tropeçar e se ajeitar rapidamente a caminho da sala.

– *Bonjour*, Bianca. Serrrrrá que posso chamá-la assim?

– É claro. E você deve ser o Pierre, certo? – Bianca disse, levantando-se para cumprimentá-lo.

– *Pardon*! Não me apresentei. – Ian pegou a mão direita de Bianca e se curvou para beijá-la. – Pierre Mercier, a seu disporrrrr.

Raquel sabia que o amigo estava exagerando de propósito, queria irritá-la e estava conseguindo.

– Por favorrrrr, volte a se sentar. – Ian voltou para o sofá com Bianca. – Você deve estarrrrr se perguntando por que eu a chamei aqui, *oui*?

– Sim, isso mesmo.

– Estou para abrirrrrr um ateliê aqui no Brasil e pedi para alguns *professeurs* conhecidos meus que indicassem alguns nomes. E me falaram *très bien* de você.

– Uau. Fico lisonjeada. Que professor me elogiou?

Raquel socou um travesseiro, mas queria mesmo que fosse Ian. Aquela insistência sobre os elogios de um professor fatidicamente iria levar àquela pergunta. Ela já tinha orientado Ian a evitar tocar no assunto, mas o amigo andava chateado com ela e os diálogos entre eles não estavam terminando bem.

Ela só torcia para que ele soubesse se sair bem.

– O *professeur*? – Ian tossiu tentando visivelmente ganhar tempo. – Como errrrra mesmo o nome dele, Luiza?

Gabriela quase derrubou a garrafa de água que segurava.

– Não me lembro bem. Acho que era José. Ou Antônio. Não era?

– Isso. Errrrra algo assim.

Bianca parecia pensar sobre o assunto e, naqueles rápidos instantes, Raquel desconfiou que estivesse sofrendo um princípio de AVC.

– Ah, o José Antônio! – Bianca lançou de repente. – Tinha que ser ele mesmo. Era meu professor preferido na faculdade. Uma figura.

Todos começaram a rir, e Raquel teve a certeza que não tinha nascido para mentir. Assim que terminasse aquela insanidade pediria desculpas para Ian e Gabriela por colocá-los naquela situação. Era loucura demais, mesmo para ela.

– Só o que ainda não entendi é: o que precisa de mim? Algum tipo de indicação de bons lugares para se instalar, talvez?

Ian se ajeitou no sofá e tirou de debaixo de uma almofada um leque. Então, cruzando as pernas, começou a se abanar de forma afeminada. Raquel sabia que o amigo podia até não concordar com sua intenção de separar Bianca e Alan, mas ele com certeza estava adorando interpretar aquele papel durante o processo.

– *Chérie*, na verdade o que quero é alguém que posso ser meu brrrrraço direito neste país. Alguém que conheça não só de desenho, estamparia e acessórios, mas também do estilo brrrrrasileiro de ser. – Ian começou a se abanar mais fortemente. – A beleza dos brrrrrasileiros encanta todo o mundo.

Bianca levantou e começou a caminhar pela sala. Em certos momentos ela saía do campo de visão de Raquel, mas ela ainda conseguia ouvir a conversa entre eles.

– Mas isso seria para quando?

– O quanto antes. Prrrrreciso de alguém para me ajudar a pesquisar materiais, na confecção e depois no lançamento. Serrrrrviço completo, *chérie*. E o salário serrrrrá realmente condizente ao trabalho, *évidemment*. O que acha?

Bianca parecia visivelmente confusa.

– Eu não sei. Mesmo se eu pudesse, não sei se seria a pessoa mais qualificada.

– Bobagem, *ma petit chérie*! Tenho cerrrrrteza que daria conta. – Ian se abanava com o leque no melhor estilo "Painho", aquele personagem do Chico Anysio. Bem afetado. – Mas algo me diz que você tem outros motivos para não aceitar o trabalho.

Ian enfim tinha tocado no assunto que realmente importava. Raquel pediu para que ele, discretamente, levasse Bianca a falar de Alan e seus planos de abandonar sua carreira profissional por causa do casamento.

– Na verdade tenho sim. – Bianca parou de caminhar, mas permaneceu de pé. – Vou me casar daqui a mais ou menos dois meses. E não vou ficar em São Paulo. Não poderia aceitar esse emprego.

– Mas você não quer sair de São Paulo? – Gabriela encheu um novo copo com água e entregou para ela.

– Não me importo com o lugar. Sei que aqui as oportunidades de trabalho para a minha área seriam melhores. Meus receios são outros. – Bianca se virou, e Raquel pôde ver seu rosto pelo reflexo do espelho. Ela parecia arrasada. – Tem ainda muita coisa que quero fazer...

– Então não se case, *chérie*!

– Mas eu amo meu noivo, Pierre. – Por alguns segundos Raquel se perguntou quem era "Pierre", então voltou a prestar atenção na conversa. – Se tenho alguma certeza nessa história é que quero me casar com Alan e viver o resto da minha vida com ele. Nunca amei tanto alguém assim. Na verdade, sou apaixonada por ele desde que era criança. Mas é claro que ele nem sequer olhava para mim. Então, quando nos reencontramos e ele enfim me notou, foi o dia mais feliz de todos. Ele é tudo pra mim.

Ela deu um longo gole d'água antes de continuar.

– Moda é a minha paixão, é verdade, mas para trabalhar com passarela e fotografia eu não preciso ver a beleza ao meu redor? Como faria isso se quando Alan não está por perto tudo fica sem cor, sem graça?

Raquel nunca tinha ouvido nada mais brega na vida (exceto, talvez, em seus próprios pensamentos mais íntimos). Bianca era adoravelmente irritante. E o que mais a injuriava era que, no fundo, não conseguia sentir raiva dela. O amor que Bianca dizia sentir por Alan parecia ser tão grande quanto o de Raquel. O universo era muito injusto por colocar o mesmo homem no coração de duas mulheres diferentes!

Pelo reflexo do espelho da porta do guarda-roupa Raquel viu Ian se curvar para alcançar as mãos de Bianca. Naquele momento ela sabia que quem estava ali era seu sábio amigo e não o falso estilista francês.

– Bianca, são as nossas decisões que nos transformam em quem somos. Não tem certo ou errado neste caso. Só o que você realmente quer.

– Esse é o problema. Não sei o que quero.

– Então não aceite o emprego. – Raquel quase saiu do quarto naquele instante gritando "Como é que é?!" – Pelo menos por enquanto. Pense no que quer fazer direitinho. Então me procure. Prometo segurar a vaga por um tempo para você.

Bianca sorriu com carinho para Ian. Vendo aquilo, Raquel sentiu uma pontada de ciúmes. Era como se de alguma forma a vida quisesse mostrar que, se ela não fosse boa o suficiente, tudo o que mais estimava, seus amigos, Alan, pudessem ser tirados dela quando menos esperasse.

– Obrigada, Pierre. De verdade – Bianca passava os dedos delicadamente sob os olhos, como se tentasse parar lágrimas que estavam por vir. – Acho melhor eu ir embora. Vocês devem ter muita coisa para fazer. Mas será que posso usar o banheiro?

– Clarrrrro, *chérie*. É só seguir o corredor. Primeira porta à esquerda.

Raquel deu um pulo no lugar. A porta do banheiro ficava em frente ao quarto onde estava. Se Bianca se aproximasse demais com toda certeza a veria pelo reflexo do espelho. Além disso, se ela por alguma razão terminasse de abrir a porta, Raquel não teria como deixar de ser vista. Sem pensar em alternativas melhores, correu para o guarda-roupa aberto e se escondeu por lá, encostando a porta do móvel.

Na escuridão de onde estava, Raquel ainda conseguiu ouvir a porta do banheiro bater e alguns murmúrios que vinham da sala. Ela imaginou o que eles poderiam estar discutindo e ficou com medo. Pela primeira vez, teve receio de ter desapontado seus amigos a ponto de abalar sua amizade. Raquel pensou em como a ideia da busca pela felicidade é distorcida às vezes. Dizem que você precisa fazer o que for preciso para ser feliz, mas dependendo das decisões que tomar, a felicidade fica pelo caminho e o preço, afinal, foi sua própria felicidade.

Raquel estava perdendo Alan e, se não tomasse cuidado, perderia Ian e Gabriela também. Quem sabe até seu emprego não fosse comprometido por essa missão? Seu relacionamento com Eric, seu cliente, que deveria ser exclusivamente profissional, já estava passando dos limites. Além de sair para beber e dançar, ela ainda estava conhecendo o pior que existia nela, o lado mais louco, talvez até mais *sórdido*. Porque só uma pessoa que perdeu completamente o juízo pede para seu amigo fingir ser um estilista francês só para acabar com o casamento de alguém.

Aquilo estava parecendo um seriado *sitcom*! Mas um sem a menor graça, ela sabia.

O guarda-roupa onde Raquel estava era apertado. Ela precisou se espremer entre algumas caixas para conseguir um cantinho e firmar os pés. Empurrando a porta sem sucesso, Raquel percebeu que estava presa. Perfeito! Agora precisaria esperar que Gabriela e Ian viessem libertá-la. Ouviu um barulho do lado de fora do quarto e presumiu que fosse Bianca deixando o banheiro. Só restava esperar.

Tentando aliviar uma câimbra na perna esquerda, Raquel se apoiou numa das caixas e com o peso acabou abrindo o item, espalhando ao seu redor o que quer que estivesse lá dentro.

– Droga! – O movimento fez muito barulho e Raquel torceu para que ninguém do lado de fora tivesse escutado. – Mas o que é isso...?

Estava muito escuro para ter certeza, mas Raquel desconfiava que um dos objetos que tinha caído da caixa era uma algema forrada com pelúcia. E, perto do seu pé, havia caído algo comprido e fluorescente que Raquel nem quis confirmar se era o que estava pensando.

– A irmã *nerd* da Gabriela, quem diria.

Raquel ria quando Ian abriu o guarda-roupa. Ele não parecia compartilhar a animação da amiga.

– Feliz, é? Está prestes a acabar com o casamento de alguém e fica aí, rindo?

– Não é isso o que você está pensando, Ian. – Raquel tentava se explicar enquanto deixava o móvel desajeitadamente.

– Nunca é, não é mesmo? Você já parou para pensar como está sendo egoísta com esta história toda? Está tentando acabar com o sonho de uma pessoa inocente. Alguém que, como você, é apaixonada pelo Alan há anos! Talvez até mesmo há mais tempo que você! – Ian caminhava em direção à sala sendo seguido por Raquel. – Tive que consolar a Bianca, pois a nossa conversa e proposta de falso emprego a abalou pra valer.

Raquel bufou. Todo mundo amava Bianca. Alan, Eric, sua mãe, agora Ian.

– Aposto que a "senhora perfeição" só queria atenção.

– Você realmente não percebe, não é? – Ian estava agitado e falava com muita rapidez. – Já parou pra pensar que é a Bianca que o Alan quer, não você? Durante todos esses anos, acha que ele nunca nem sequer desconfiou que você estivesse a fim dele? E, veja só, ainda assim ele preferiu a Bianca. Segue sua vida e se valoriza!

Já estavam na sala quando Ian terminou de falar. Raquel sentiu um aperto tão forte no peito, que precisou se sentar no braço do sofá. Sabia que Alan estava com Bianca, mas nunca tinha encarado isso como uma rejeição a ela própria. Mas Ian tinha razão. Se por algum momento Alan desconfiou que ela gostava dele e ainda assim estava junto com Bianca, significava que ele tinha feito sua escolha. Era uma conclusão óbvia, mas ainda assim doía. E o esclarecimento vir de seu melhor amigo não facilitava em nada a situação.

– Ian, você está sendo duro demais... – Gabriela tentou amenizar.

– Não estou. Ela precisa entender que está mesmo sendo uma mau-caráter. Não é justo magoar e armar contra os outros somente em busca do próprio bem.

Raquel sentiu as lágrimas começarem a chegar. Por que tudo com ela era tão difícil? As pessoas eram injustas com ela o tempo todo, por que ela era quem tinha que ter dor na consciência por correr atrás dos seus sonhos? Estava cansada de não ter seu final feliz.

– A gente faz loucuras quando ama, e eu o amo! Será que não entende?!

Ian suspirou e caminhou para a saída, arrancando o lenço colorido que tinha usado para interpretar Pierre Mercier e jogando-o no chão.

– Será que ama mesmo? Será?

Ele saiu, deixando Raquel e Gabriela sozinhas no apartamento. Ainda que mais ninguém estivesse com elas, a frase de Ian parecia ter permanecido no ambiente, fazendo companhia para elas . Ela não conseguia deixar de se perguntar: será que amava mesmo Alan? Será?

Capítulo 14 – Trapaça não, vingança

A sensação era a de estar à espera do início de um grande show de rock. Muitas pessoas se amontoavam no pavilhão, visualmente ansiosas para o início do evento. A maioria carregava sacolas com estampas de logotipos de marcas famosas de tecnologia e outras que Raquel nunca tinha ouvido falar. Ela conseguia contar nos dedos quantas pessoas não estavam segurando um celular ou um *tablet*. E praticamente todos os presentes atualizavam as redes sociais e blogs em tempo real sobre tudo o que estava acontecendo no evento.

A abertura do Crazy Games estava sendo um sucesso. Em poucas horas, Raquel já tinha acompanhado pelo menos umas dez entrevistas para programas de tevê, revistas e sites especializados em videogame e tecnologia de todo o mundo. Durante a preparação para a cobertura do evento, Raquel tratou de voltar a treinar seu inglês e espanhol, e em apenas um dia de conferência já tinha desenferrujado tudo.

Representantes de grandes empresas de softwares e jogos em geral estavam presentes, todos elogiando a organização e a divulgação do encontro nacional. Jovens e adultos esperavam sem reclamar por horas em filas gigantescas para participar de palestras e lançamentos em grandes pavilhões espalhados pelo complexo que, além de feiras temáticas, costumava ser palco de grandes shows nacionais e internacionais, festas e desfiles. Raquel tinha madrugado naquele lugar, mas ainda não conhecera nem metade do espaço total ocupado.

Toda a agência de comunicação estava trabalhando no evento sob sua supervisão. A cobertura era realizada em tempo real, com releases especializados para todos os tipos de veículos, fossem impressos, de tevê, internet ou mesmo radiofônicos. Raquel tinha contratado o serviço terceirizado de filmagem, que acompanhava cada lançamento e novidade em todos os mais de trinta grandes estandes, atualizando automaticamente o canal do Crazy Games no Youtube.

Para o evento, Raquel tinha se atualizado também sobre novas tecnologias e já podia se considerar uma expert nos lançamentos previstos para acontecerem na feira. Ela própria ficou impressionada quando explicou, com muita fluência durante cinco minutos a grande experiência interativa proporcionada por um novo game que usava o acelerômetro e o giroscópio do *tablet* para comandar algumas funções dos personagens.

Nada poderia sair errado e, até aquele momento, Raquel estava feliz em constatar que nada tinha acontecido fora dos planos. O evento era um sucesso.

Faltavam alguns minutos para a última conferência do dia começar. Todos pareciam ansiosos e Raquel tentava sem muito êxito abrir caminho no meio da multidão. Enquanto esperavam, os fãs de games conversavam entre si, mostrando uns para os outros todos os produtos que tinham adquirido ou ganhado, e relatavam suas expectativas para os lançamentos que seriam anunciados.

Como assessora de imprensa, Raquel tinha acesso a uma área exclusiva em um local de piso elevado, com vista completa de todo local. O pavilhão era grande e bem iluminado e atrás do palco fora instalado um telão gigante, que cobria de ponta a ponta uma de suas paredes do espaço.

Dentro da programação da conferência estava prevista a apresentação de vários jogos e lançamentos de algumas empresas, inclusive a de Eric. Desde cedo, Raquel só o tinha encontrado duas vezes, e sempre para encaminhá-lo para alguma entrevista. Queria ter a oportunidade de conversar com ele. Precisava pedir desculpas por seu comportamento no bar, agradecê-lo por ter tomado conta dela quando estava embriagada há algumas semanas e, principalmente, elogiá-lo pelo trabalho realizado no Crazy Games. A feira tinha demandado uma grande responsabilidade e dedicação dele. Raquel não conseguia nem imaginar o quanto ele deveria ter trabalhado nos últimos meses para realizar tudo.

No horário marcado, a intensidade das luzes foi diminuída e todos os presentes voltaram sua atenção para o palco. Um mix de sucessos musicais começou a tocar ao mesmo tempo em que alguns dançarinos subiram ao palco. No telão, a animação de um jogo de dança começou a ser exibida, mostrando bonecos virtuais reproduzindo os mesmos movimentos dos profissionais em cima do palco. O público começou a interagir com palmas e assovios. Diversos flashes mostravam que muitas pessoas estavam registrando tudo com fotografias e Raquel desejou que o fotógrafo da agência também estivesse fazendo o mesmo.

Ao final da apresentação de dança, Eric subiu ao palco, sob muitos aplausos, e seu nome e cargo apareceram estampados no telão. Ele não usava suas tradicionais camisetas *geeks*, mas sim um conjunto social azul marinho sobre uma camisa azul clara. O blazer aberto dava um ar mais despojado ao figurino, mas, comparado às últimas vezes que Raquel o vira, ele estava extremamente elegante.

– Boa noite a todos. Sei que devem estar ansiosos pelos lançamentos da conferência e, para começar, já quero adiantar que teremos muitas novidades para mostrar, como jogos mais interativos, com áudio HD, ampliação no suporte de idiomas, grande potencial gráfico e vários aplicativos para *smartphones* e *tablets*...

A desenvoltura de Eric enquanto falava em frente a centenas de pessoas surpreendeu Raquel. Ela percebeu que ele parecia estar conversando com amigos e não com diversos jovens e adultos famintos por novas tecnologias.

– ...sempre preocupados em oferecer uma solução completa de entretenimento, transformando o console em uma verdadeira central de lazer...

Raquel percebeu que Eric entendia do assunto e passava confiança a cada palavra. Diferentemente de todas as vezes que tinha pensado mal do loiro, ela agora sabia que Eric era um excelente profissional, extremamente antenado no que fazia.

– ...vocês vão perceber que os *quick time events* estarão ainda mais presentes nessa versão...

Àquela distância, Raquel tinha total visão do palco e acompanhava atentamente os passos de Eric. Ele percorria o espaço enquanto falava e todos os presentes tinham seus olhos focados nele, prestando atenção máxima no que dizia.

Todos menos eu, Raquel pensou. Estava tão perdida nas ações de Eric que tinha se esquecido do principal: pegar informações para fazer uma matéria sobre a conferência depois. *Que bela profissional estava se saindo!*

– Uma das novidades é o controle de voz...

Raquel rapidamente começou a anotar o que Eric falava. O controle de voz era uma das novidades. Mas novidade do quê? Ela bufou de frustração. Tinha se perdido completamente.

Quando finalmente estava começando a ficar a par do que Eric falava, ele anunciou o primeiro trailer. Tudo ficou escuro por alguns segundos antes de uma grande nave espacial aparecer no telão. Uma música típica de filmes de ficção científica começou a tocar assim que algumas imagens de personagens do jogo apareceram no vídeo. Raquel começou a anotar tudo rapidamente, com o cuidado de não deixar nada passar dessa vez.

– Pode me contar tudo! – Ian apareceu ao seu lado de repente, fazendo-a traçar um risco à caneta no meio da folha na qual escrevia.

– Droga, que susto – ela sussurrou de volta. Estavam a certa distância do grande público, mas sabia que se elevasse muito a voz, as primeiras fileiras ouviriam claramente o que falavam. – O que está fazendo aqui? Devia estar acompanhando os estandes de jogos *on-line*.

– Sim, deveria, mas lembrei que meu gravador estava com você, então tive que te procurar. – Seu tom de voz ganhou mais delicadeza ao continuar. – E eu queria ter uma oportunidade para falar contigo sozinho. Me desculpa por ter sido um babaca aquele dia no apartamento da irmã da Gabriela? Não tive intenção de te magoar.

Raquel sentiu uma vontade louca de chorar, mas se segurou. Uma boa assessora de imprensa não derramava lágrimas durante a cobertura de um evento.

– Eu é que tenho que te pedir desculpas por ter te metido naquela encrenca. Ando completamente insana nos últimos meses. – Raquel fechou o bloco de notas, afinal não estava conseguindo anotar nada do evento de qualquer forma. – São muitos problemas ao mesmo tempo para resolver. Achei que não fosse dar conta do Crazy Games.

Ian riu.

– Se tem alguém que daria conta disso tudo é você, sua boba – ele piscou para ela e então afinou ainda mais a voz quando voltou a falar. – Menina, conta pra mim quem é aquele deus nórdico no palco, pelo amor de Deus!

– Eric Meirelles, um dos organizadores do evento – Raquel tentou parecer indiferente, como se não fosse nada demais falar de seu amigo para alguém que estava, claramente, desejando-o com luxúria.

– Eric Meirelles? Pera aí. Esse aí é o irmão da noiva da sua paixonite de adolescente? O cara que tá te ajudando a acabar com o casamento da própria irmã?

– Shhh... Fale baixo!

A última coisa que Raquel precisava era espalhar aos quatro ventos seus planos com Eric. O loiro não estava mais à vista, mas caso estivesse por perto e ouvisse aquela conversa poderia achar que Raquel estava se gabando ou mesmo falando mal dele por ajudar a prejudicar sua irmã.

– O que é agora? Vai chamá-lo de mau-caráter também?!

– Minha amiga, ele pode até ser cafajeste, mas é gostoso demais!

Raquel não pôde conter o sorriso.

– Não se anime muito. Eric é hétero.

Ian choramingou.

– A vida não é justa, não é?

Estava se sentindo péssima com o afastamento entre eles. Ouvi-lo conversar com ela de uma forma despojada a deixou feliz.

– Você não está mais bravo comigo então?

– Bravo com você? – Ian a encarou com visível confusão. – Nunca estive bravo com você. Eu sou seu amigo, por isso tenho que ser sincero. E a sinceridade às vezes pode parecer agressiva.

Ele passou o braço sobre um dos seus ombros de forma fraternal, trazendo-a mais para perto.

– Amiga, não vou passar a mão na sua cabeça quando achar que está fazendo algo errado. Vou ser sincero e você pode até ficar com raiva de mim por isso. Mas pode ter certeza também que, se precisasse, eu entraria numa guerra por você.

Aquilo era a coisa mais doce que Ian já tinha dito para ela. Raquel passou os braços na cintura do amigo, em um abraço apertado. O trailer estava chegando ao final, mas ela não se incomodou em anotar mais nada. Dali a pouco estaria na internet mesmo.

Depois de um tempo, Eric voltou ao palco, explicando mais detalhes sobre o jogo anunciado há pouco.

– Então ele é hétero mesmo? – Ian perguntou esperançoso. – Nenhuma chancezinha de ele ser gay?

– Aparentemente não. Se bem que, há algumas semanas, quando saímos, ele não chegou a ficar com ninguém. Quem sabe você tenha alguma chance, afinal – brincou.

– Você saiu com ele? – Ian separou o abraço para encará-la.

– Não é o que você está pensando – Raquel tentou explicar, mas a frase saiu entre gaguejos. Ela se odiou por isso. – Fomos a um bar para conversar sobre nosso assunto em comum. Só isso.

Raquel não queria voltar a falar sobre seus planos de separar Alan e Bianca na frente de Ian. Não correria de novo o risco de brigar com o amigo.

– Só isso mesmo?

– Foi só. Aí depois ele me levou pra casa, porque eu estava bêbada.

– Ele foi até o seu apartamento?

Aquele papo não estava somente elevando o entusiasmo de Ian, mas também a sua voz. Raquel sabia que se não mudasse logo de assunto era bem capaz de até o final da conversa todos os presentes na conferência estarem cientes de tudo o que tinha acontecido com ela.

– Você fala como tivéssemos feito algo imoral. Estava necessitada de ajuda e ele me ajudou. Pronto, fim da conversa.

– Mas vocês nem falaram sobre nada interessante? Nada... picante?

– Claro que não. – Raquel levou as mãos à cintura com indignação. – E também não é como se eu tivesse plena consciência do que estava fazendo. Eu praticamente apaguei assim que o Eric me colocou na cama e...

– Ele te levou pra cama? – Ian a interrompeu com um sorriso sarcástico no rosto. Raquel queria esbofeteá-lo naquele momento. Ou, pelo menos, despentear aqueles fios meticulosamente ajeitados de seu cabelo, só por represália.

– Não! Ele só me levou pra cama. Mas não é como se ele tivesse me levado *pra cama*. – Raquel tentou parecer coerente, sem sucesso. Aquela história ainda ia render bons momentos de gozação entre os amigos no futuro, sabia disso. – Ah, esquece!

Eric ainda falava de um jeito descontraído, mas com profissionalismo e convicção, no palco. Raquel acompanhou suas palavras e gestos por alguns segundos. Notou que ele se movimentava com graciosidade, mas em uma postura que fazia jus ao presidente de uma grande empresa. Ele realmente não era o tipo de homem que conseguia passar despercebido no meio de uma multidão.

De relance, Raquel viu que Ian a encarava com os lábios curvados em um pequeno sorriso ao seu lado.

– O que é?

Ele sorriu mais abertamente e lançou um breve olhar para o palco antes de voltar sua atenção para ela novamente.

– Nada, amiga. Nada.

*

Somente quase no fim do primeiro dia de feira, Raquel pôde descansar. Ela já tinha abastecido com informações todas as contas do evento nas redes sociais e na *homepage* oficial. Além disso, naquele momento, nenhum repórter ou blogueiro estavam presentes, não tendo necessidade, assim, de sua presença em entrevistas. Com a sensação de dever cumprido, Raquel caminhava com calma por todo o espaço, podendo conferir cada detalhe de tudo o que o Crazy Games oferecia a seus participantes.

Na área de estandes, várias exposições e mostras de tecnologia, além de sorteios de brindes e prêmios oferecidos por empresas patrocinadoras ligadas ao setor. Em uma das laterais do complexo, Raquel encontrou a área *kids*, totalmente destinada às crianças, com diversões eletrônicas educativas.

Mas o que realmente reunia gamemaníacos no evento eram os torneios de jogos *on-line*. As disputas agitavam todos os presentes, formando grandes aglomerações em volta dos jogadores, que recebiam aplausos e até vaias, dependendo de suas manobras.

Raquel parou ao lado de uma roda de pessoas e, com certo esforço, conseguiu uma breve visão da tela. Um ruivo de óculos, que não devia ter nem vinte anos, estava jogando um game de futebol que tinha uma definição de imagem impressionante. Raquel se perguntou várias vezes se o jogo não estava de fato acontecendo em algum estádio pelo mundo naquele exato momento, tamanha a qualidade gráfica.

Depois de driblar alguns adversários e o goleiro, o personagem do jogo deu um forte chute e marcou um gol muito comemorado, tanto pela plateia virtual quanto pela real. Alguns visitantes deram pequenos tapas nas costas do ruivo que, de tão concentrado no jogo, parecia não enxergar nada além da tela LCD à sua frente.

– Caraca, o cara é bom – Raquel pensou alto.

– Ele, na verdade, é um dos melhores do país nesse jogo – Eric falou às suas costas, fazendo-a pular de surpresa. – Já ganhou vários campeonatos e, ano passado, chegou a ser convidado para participar da conferência dos criadores do game, em Los Angeles, na maior feira de jogos eletrônicos do mundo. O cara é praticamente uma celebridade.

De fato, se tinha uma expressão que pudesse definir os grandes jogadores de videogame naquele evento era essa: celebridade. Raquel notou que até Eric assistia às disputas com admiração.

– Isso tudo é mais do que só diversão para você, não é mesmo?

– Essa é minha vida, Raquel. As pessoas pensam em formas de ganhar dinheiro, de serem mais saudáveis, mas nem todo mundo entende a importância de se fugir da realidade por um tempo e só se divertir.

Ela o encarou com ceticismo.

– Não vai querer me convencer agora que é saudável estes garotos passarem o dia todo enfiados no videogame?

Eric sorriu e a puxou pelo braço com suavidade.

– Está vendo aquele garoto ali? – Ele apontou para um jovem negro disputando um jogo de guerra. Raquel concordou antes de Eric continuar: – O cara é um analista de sistemas muito bom, diretor da filial brasileira de uma empresa de tecnologia importante. E aquele baixinho ali de óculos ganhou recentemente uma bolsa de estudos do Instituto de Tecnologia de Massachusetts. E todos eles, Raquel, são feras em videogame também.

– Mas e a vida social?

Ele gargalhou.

––Você está sendo preconceituosa, Magrela. – Eric ainda sorria. – Por exemplo, eu jogo videogame e você não. Eu tenho vida social e você não. Está vendo como não dá para generalizar as coisas?

– Ei! Eu tenho vida social sim, senhor!

Raquel sabia que não estava sendo completamente sincera, mas jamais admitiria isso. No geral sua vida girava no ciclo: casa, trabalho, sua mãe, Penny e Alan. Ela mesma achava aquilo bem patético às vezes.

– Sei. A única vez que te vi agir naturalmente, sem preocupações, foi naquela noite no bar. E você precisou ficar bêbada pra isso.

Raquel sentiu o sangue correr para seu rosto de vergonha. Toda aquela conversa tinha feito ela se esquecer daquela noite. Sabia que ele provavelmente estava pensando que ela bebia demais e, no mínimo, devia estar chateado por ela ter dado tanto trabalho.

– Sobre aquela noite, eu...

– Você estava divertidíssima. – Eric não deixou que terminasse a frase. – Fez com que eu me lembrasse da minha amiga de infância. Parece que o álcool tirou suas preocupações, libertando a verdadeira Raquel. Só não pode passar a depender disso toda vez que quiser se divertir de verdade.

Raquel se sentiu ultrajada.

– É claro que eu me divirto. E o tempo todo!

Com um passo, Eric quebrou o espaço que os separavam.

– Então prove.

A proximidade dele fez a respiração de Raquel ficar mais rápida, assim como as batidas de seu coração. *Por que isso se Eric é só um amigo?*

– Como? – Raquel tentou não gaguejar.

Eric abaixou-se, deixando os olhos de ambos na mesma altura. Raquel engoliu em seco. Seu corpo todo tremeu por um instante. Ela não conseguia sequer piscar. Ele estava tão próximo.

– Prove... – ele se virou para falar em seu ouvido – ...jogando videogame comigo.

A sobrancelha de Raquel se arqueou quando ela ouviu o riso de Eric. Imbecil! Ela fingiu indiferença quando voltou a encará-lo, temendo que o rosto corado a entregasse.

– Vamos jogar, então – Raquel empinou o nariz, partindo na frente de Eric, tentando ignorar o sorriso sarcástico em seus lábios.

Caminharam até a área de *freeplay*, onde qualquer um podia jogar livremente games já consagrados e lançamentos da feira. Eric se aproximou de um dos rapazes que trabalhava como monitor e falou algo rapidamente com ele. Raquel não ouviu o que conversaram, mas presumiu que ele tivesse pedido algum jogo específico quando viu o rapaz colocar um DVD no aparelho.

– Aqui, pegue. – Eric entregou para ela um equipamento que mais parecia um controle remoto. – Com isso o videogame vai reconhecer os movimentos do seu braço. Quando o jogo começar, você vai ter que imitar todos os passos de dança que o desenho fizer na tela.

– Eu vou ter que dançar? – Sua voz revelava seu desespero.

– Dançar não pareceu ser um problema pra você aquele dia.

Raquel não se importava em dançar em boates e clubes. Mesmo sempre lotados, eram escuros, e ninguém costumava ficar reparando em tudo o que o outro fazia. Mas ali, no centro da feira, ela se sentia exposta. Todo mundo poderia vê-la.

– E, então, vai amarelar, Magrela?

Eric usou seu sarcasmo característico. Ele estava adorando aquilo.

Raquel sentiu uma vontade inexplicável de provar para ele que ela não era fria e triste como ele pensava.

– Não mesmo. Me ensina como é que se joga isso, que eu vou acabar com a sua raça.

*

Raquel deu um tapa estalado no braço de Eric quando ele cadastrou “Magrela” no painel do jogo. Ela não conseguiu esconder o sorriso enquanto ele trocava o nome na tela. Raquel se lembrou da infância. Eric costumava fazer brincadeiras desse tipo e todas as vezes que ele tinha que apresentá-la para alguém sempre se referia a ela pelo apelido.

Passara bons momentos ao seu lado.

O jogo começou e, no início, Raquel não conseguia acompanhar o que os bonecos coloridos faziam na tela. Era tudo muito rápido e as escolhas de música que Eric fazia também não ajudavam em nada, sempre agitadas e com passos complicados. O jogo era mais difícil do que parecia.

Depois da quarta canção, Raquel estava se derretendo em suor, mas tinha pegado o jeito no jogo. Não tinha ganho a disputa por poucos pontos de diferença. Na sequência, Eric percorreu a lista de músicas e escolheu Cotton Eye Joe, do Rednex. Esta era bastante agitada, ela sabia.

Raquel prendeu o cabelo, já molhado de suor, em um nó no topo da cabeça. Se continuasse assim, provavelmente nem precisaria ir à academia naquela semana. Ela ergueu a bainha da calça e tirou as sapatilhas, jogando-as para o lado. O blazer já tinha ido embora há muito tempo, deixando-a somente com uma regata branca. Aquela disputa ele não iria vencer.

Eric gargalhou antes de apertar o *play*.

– Estou achando que agora a coisa ficou séria.

– Você não faz ideia, meu filho – Raquel respondeu com humor.

Algumas pessoas já tinham formado uma roda ao redor deles, assistindo as disputas e aplaudindo às vezes. Raquel sabia que a maioria da torcida era para ela. Uma das vantagens de ser uma das poucas mulheres em toda a feira.

Apesar de só ter aceitado jogar por causa da chantagem emocional de Eric, Raquel tinha que admitir que estava de fato se divertindo. E muito. A torcida à sua volta deixava a disputa mais quente, e Raquel passou a provocar Eric a cada disputa ganha. Em alguns momentos, durante as partidas em conjunto, Raquel esbarrava no loiro sem querer recebendo logo acusações de “trapaça” da torcida adversária.

No calor do jogo, Raquel deixou o controle escorregar de sua mão duas vezes, sendo lançado na direção do público. Em uma das ocasiões, ela ficou com medo de ter quebrado os óculos de um dos rapazes da plateia. Mas logo Raquel percebeu que, apesar ser considerado condenável bater em alguém de óculos, lançar peças de videogame em sua direção era bastante aceitável já que ninguém reclamou. Raquel sentiu muita pena do rapaz e pediu diversas desculpas. Mas a torcida até vibrou com a cena. Lançar controle de videogame nos outros deveria ser algo normal.

Para que não voltasse a acontecer este tipo de acidente, Eric chamou Raquel mais para perto e prendeu um tipo de pulseira anexa no tal controle ao seu pulso. Podia ser impressão dela, mas por um instante achou que Eric tinha demorado mais tempo que o necessário segurando sua mão.

O jogo continuou por cerca de uma hora. Raquel quase não conseguia mais mover seu braço quando anunciou que aquela seria a última disputa. Ela presumiu que Eric devia estar cansado também, pois não contestou.

No meio da canção, Eric escorregou e foi ao chão no meio de um rodopio. Raquel gargalhou alto. Mas a alegria não durou muito, pois logo em seguida ele a empurrou para o lado com o quadril durante a dança, fazendo com que ela caísse sentada.

Ainda no chão, Raquel esticou a perna propositalmente e Eric caiu sobre ela logo em seguida.

– Trapaceira!

– Trapaceira não, vingativa!

Os dois riram juntos enquanto a música chegava à última estrofe no videogame. Algumas pessoas da torcida manifestavam algo, aos gritos, mas Raquel não prestava mais atenção. Estava completamente ciente da proximidade dos seus corpos. Era a segunda vez naquela noite que se sentia afetada por estar tão perto do loiro. *O que está acontecendo comigo?*

Raquel tentou desviar seus olhos dos dele, sem sucesso. Eram extremamente azuis. Lindos. Ela se perguntava como nunca tinha percebido isso.

– Eu tenho que ir. – A frase saiu quase em um sussurro.

Eric permaneceu no mesmo lugar por alguns segundos, antes de se levantar lentamente. Raquel o seguiu, no mesmo ritmo. Seus corpos pareciam estar trabalhando em câmera lenta.

Já de pé, ela pigarreou e tentou mudar de assunto.

– Quem venceu esta disputa?

Eric tinha o olhar perdido, só recobrando plena consciência com o comentário de Raquel.

– O quê? Ah, o jogo – ele encarou a tela. – Como não terminamos a última disputa, podemos aceitar um empate. O que acha?

– Por mim tudo bem.

Ela estava desconcertada demais para argumentar. Estranhamente, Eric parecia sentir o mesmo. A roda de curiosos em torno da tela já estava se dissipando. Raquel pegou seus sapatos e o blazer e voltou a se arrumar em silêncio. Ela não queria encará-lo.

– Acho que meu trabalho acabou por aqui hoje. Se você não precisar de nada, já vou indo, Eric.

– Não, não preciso. Está tudo bem. A cobertura foi excelente.

A conversa seguia uma linha formal, o que deixava o clima ainda mais pesado. Raquel só queria deixar o lugar o mais rápido possível.

– Amanhã, durante o segundo dia de evento, a gente já faz o balanço da divulgação e o *clipping* com tudo o que está saindo na mídia sobre o assunto.

– Confio no que você fizer.

No momento de se despedir, Raquel não sabia se um beijo no rosto seria apropriado. Mas também não queria que ele pensasse que ela tinha sido afetada por alguma coisa que ele tivesse feito.

Raquel, então, deu a ele um aperto de mão, pretendendo parecer uma grande profissional. Pelo menos esta era a sua intenção, apesar de estar ciente de sua roupa amarrotada e de algumas mechas de seu cabelo caindo do coque mal feito.

– Estou indo, então.

Ela deu alguns passos em direção à saída sinalizada ao longe quando voltou a ouvir a voz de Eric.

– Vejo você amanhã?

Raquel sorriu com timidez e concordou com a cabeça.

Nem mesmo no táxi a caminho de casa Raquel conseguiu relaxar. O evento tinha sido um sucesso, quem sabe até ganhasse uma promoção por causa do bom desempenho, mas, mesmo assim, ainda estava tensa. Não conseguia entender o que estava se passando entre ela e Eric.

Apesar de terem sido grandes amigos na infância, Raquel nunca pensou nele como algo além de um companheiro de traquinagem. Agora, desde que o tinha reencontrado, ele já a tinha carregado no colo e a levado para a cama. Isso sem contar que Raquel já o vira nu. Ela sabia que tudo aquilo estava longe de ser uma amizade normal.

Ian tinha se referido a Eric como “deus nórdico” e Raquel não poderia escolher termo melhor. Ele era lindo. O tipo de homem que estamparia a capa de uma revista de moda, se quisesse. Mas o mais impressionante era que, apesar das brincadeiras que fazia, Eric parecia não perceber isso, ou pelo menos não se gabava sobre o assunto. O que, na opinião de Raquel, deixava-o ainda mais atraente.

E ele também parecia gostar do que via quando estava com Raquel. Ela já tinha notado como às vezes ele a olhava quando achava que ela estava distraída. Além disso, eles sempre se divertiam juntos, e mesmo quando Raquel se irritava, acabava sempre achando graça de alguma coisa, apesar de muitas vezes não admitir.

Chegando em frente ao seu prédio, Raquel acertou a corrida com o motorista e desceu do táxi. Ela sabia que tinha muita coisa para colocar em ordem antes de encarar mais um pouco de Crazy Games (e de Eric) no dia seguinte. Estava cansada e preocupada por antecedência.

Caminhou, procurando a chave do apartamento na bolsa e, quando chegou à portaria, levou um susto. Não tinha reparado que alguém estava sentado no desnível entre o portão e a calçada.

– Alan!

Ele se levantou com calma, caminhando ao encontro de Raquel.

– Meu Deus! O que está fazendo aqui a essa hora? Aconteceu alguma coisa?

Mesmo estando preocupada com o que poderia ter acontecido para ele estar àquela hora em frente ao seu apartamento, ela não pôde deixar de notar o quanto Alan era sexy. Sua mãe tinha razão, não havia nada mais bonito que homem vestido todo de branco.

Apesar disso, seu semblante estava carregado àquela noite. Ele estava visivelmente chateado com alguma coisa. Triste até.

Raquel sentiu um arrepio.

– Alan, você está me assustando. O que aconteceu?

Ele deu um longo suspiro antes de falar.

– Eu e a Bianca. Acabou tudo. Não vai ter mais casamento.

Capítulo 15 – Descobrindo um sentimento latente

A cerveja já estava quente no copo entre suas mãos.

Não tinha nenhuma vontade de terminar a bebida.

Há alguns minutos encarava, sem realmente enxergar, uma ruiva à sua frente na mesa. Ela falava sobre... Alguma coisa. Aquilo não estava certo. Eric se sentiu mal por não estar prestando atenção na moça, então passou a dar ouvidos.

– Meu treinador achou melhor intensificar a rotina de exercícios. Por isso, eu passo mais de cinco horas por dia na academia.

Sim, Eric se lembrou. Ela não tinha parado de falar sobre sua forma física desde que a encontrara na casa noturna. De fato, a ruiva tinha um belo corpo. Mas, por alguma razão, não eram as lembranças daquelas curvas que o atormentavam aquela noite.

Quando voltou a fingir que prestava atenção no que a ruiva dizia, passou a se lembrar do que tinha acontecido há poucas horas. Seu corpo e o de Raquel tinham estado a apenas alguns centímetros de distância durante a disputa de videogame.

Jamais esteve tão perto assim dela. Pelo menos não de forma tão consciente. Em uma fração descuidada de segundo, ele de fato levantou as mãos para puxá-la para mais perto. Graças a Deus, parou antes de tocá-la. Não conseguia sequer imaginar o que Raquel faria se ele a tomasse em seus braços e a mergulhasse em um beijo ardente, de tirar o fôlego.

O pensamento lhe provocou um aperto bem no meio de suas pernas. Sentiu arrepios.

Deu um longo gole na cerveja e se levantou desajeitadamente.

– Não me leve a mal, mas preciso ir.

– Mas já? – A ruiva disse fazendo biquinho com os lábios lambuzados de batom vermelho. – Está cedo ainda.

– Agradeço, mas estou realmente muito cansado. Preciso ir para casa.

– Posso ir com você – ela piscou descaradamente enquanto inclinava o corpo sobre a mesa, deixando bem à mostra a curva de seus seios fartos moldurados por um decote em V. – Entre outras coisas, sou ótima massagista.

Eric ficou pelo menos cinco segundos sem saber o que responder. Não tinha a mínima intenção de levar aquela mulher para casa, mas o descaramento dela era impressionante. Não tinham conversado nem dez minutos e ela já se oferecia para ir ao seu apartamento. Como podia ter homens que gostavam das coisas tão fáceis assim?

Não que Eric nunca tenha saído com mulheres que tivesse conhecido em noitadas. Na verdade, ele tinha consciência do fato, isto tinha sido o resumo de sua vida sexual nos últimos anos, mas jamais levou uma mulher para a cama sem antes ter no mínimo uma hora de boa paquera.

– A oferta é ótima, mas preciso recusar. Obrigado.

Eric ofereceu seu melhor sorriso antes de se despedir da ruiva com um beijo no rosto. Já estava saindo pela porta de vidro quando ouviu Alberto chamar seu nome. Quase tinha se esquecido de que não havia ido à boate sozinho.

– Aonde está indo, cara? É obvio que aquela ruivinha está louca por você.

– Não me leva a mal, Beto, mas tudo o que eu quero hoje é ir para casa. Estou exausto.

– Como assim?! Temos que comemorar! O Crazy Games é um sucesso. Ganhamos mais clientes em algumas horas do que nos últimos anos inteiros. – Pela voz arrastada de Alberto, Eric concluiu que o amigo já estava embriagado. – Vamos lá, Eric! Sou seu copiloto. Preciso de você para conseguir umas gatas.

Apesar de Eric se preocupar constantemente com a baixa autoestima do amigo, aquela noite não merecia este tipo de pensamento. Alberto tinha passado horas conversando com uma loira no balcão do bar. E pelos olhares que ela lançava à distância naquele momento, aparentemente ela não estava a fim de passar a noite desacompanhada.

– Você vai ficar bem sem mim, Beto. Acredite. – Eric deu um tapa de leve no ombro do sócio antes de virá-lo na direção da loira. – Duvido que hoje você durma sozinho.

Alberto arrumou a postura assim que voltou sua atenção para o balcão à frente.

– Então vou indo lá. Até amanhã – disse sem sequer se virar.

– Boa sorte, tigrão! – Eric brincou antes de sair do bar.

Eric pensou na possibilidade de chamar um táxi, mas acabou desistindo. Até sua casa não daria vinte minutos de caminhada e um tempo sozinho seria muito bem-vindo. Começou a percorrer a avenida principal, caminhando pela calçada desnivelada. Àquela hora somente alguns carros passavam pela via, ampliando a iluminação do local com seus faróis altos.

Ajeitou o casaco sobre os ombros. Naquele instante começou a cair uma fina garoa. Típico de São Paulo. Nem assim Eric apertou o passo. Queria, *precisava*, daquele tempo só para ele. Mesmo sem a proteção de quatro paredes, a rua lhe oferecia a solidão que tanto necessitava no momento.

Aquela era uma noite completamente atípica: Alberto se dando bem com a mulherada e ele dispensando uma gata para ir para casa desacompanhado. E tudo por causa de certa morena. Uma que conhecia desde a infância e pela qual tinha passado grande parte de sua adolescência apaixonado.

Tinha plena consciência que era possível estar começando a se interessar por Raquel novamente. Afinal, ela não saía de sua cabeça desde aquela tarde, para não dizer desde que a tinha reencontrado. Como ela conseguia ser tão charmosa sem um mínimo esforço era um mistério para Eric. Raquel conseguia dialogar uma conversa inteligente e sensata durante horas, era dedicada e empenhada no que fazia, mas, ao mesmo tempo, quando se desligava dos compromissos, como na noite em que tinham dançado juntos, conseguia se divertir e se libertar como ninguém.

Além disso, ele não tinha como negar, Raquel tinha se transformado em uma mulher muito bonita. Seu corpo curvilíneo, que ela tentava esconder atrás de suas roupas casuais e sem grandes atrativos, tinha chamado sua atenção desde o dia em que a encontrara no escritório de Alberto há algumas semanas. Tudo isso somado a sua estatura mediana dava um charme latino a ela que, Eric não conseguia negar, era sexy como o inferno.

Ele se lembrou do dia em que ela esteve no seu apartamento vestindo um top vermelho e uma calça jeans. Durante aquele encontro houve momentos em que ele desejou poder rodeá-la em seus braços e jogá-la sobre sua cama, fazendo-a se esquecer, à base de muito sexo selvagem, de um certo veterinário metido a besta.

Raquel era diferente de todas as mulheres com quem já tinha se envolvido. Por mais que despertasse seus instintos mais viris e, muitas vezes, levasse-o ao limite da paciência com seus comentários, Eric queria agradá-la e vê-la sorrindo o tempo todo. Aquela risada era única. Um toque de tristeza em seu rosto já causava a Eric um aperto no peito.

Inconscientemente, Eric sentiu-se desconfortável com estes pensamentos. E não por não achar certo pensar em Raquel daquela forma. Apesar de estar nitidamente apaixonada por Alan, ainda assim ela era uma mulher disponível. Mas, no fundo, o que preocupava Eric era reconhecer todos aqueles sentimentos. Já sentira aquilo anos atrás e, agora, tinha quase certeza que estava voltando a se apaixonar por Raquel.

Aquilo não era bom.

Jamais admitiria isso, mas tinha sofrido muito por causa dos seus sentimentos por Raquel durante anos. Não era fácil disputar atenção com os outros garotos e, mais ainda, com Alan. Presenciara diversas vezes as paqueras e encontros juvenis de Raquel com outros rapazes. Fingia não ligar quando ouvia seus comentários tímidos sobre o primeiro beijo ou sobre uma cartinha de amor qualquer que recebia de um garoto da escola. Eric sentia vontade de socar qualquer rapaz que se aproximasse dela, mas jamais fez qualquer coisa que desse a entender que se importava com a vida amorosa da amiga.

Apesar das brigas e discussões, Eric e Raquel sempre foram muito próximos, e aquela amizade não ajudava em nada para que ele se aproximasse dela de forma amorosa.

Avaliando o passado, Eric concluiu que não era assim tão diferente de Raquel. Durante anos ela escondera seus sentimentos por Alan por covardia. O mesmo medo da rejeição fez Eric esconder o que sentia pela amiga. E, no fim, nunca se permitiu apaixonar-se verdadeiramente por mais ninguém.

Durante todo aquele tempo sem vê-la, ele achava que já tinha se esquecido de Raquel, mas, naquele instante caminhando silenciosamente sob a fina chuva, percebeu que aquele era somente um sentimento latente, esperando a oportunidade certa para aflorar de novo.

Estava *sim* se apaixonando por Raquel novamente. *Saco!*

Mas, no fundo, Eric sabia também que desta vez a situação não estava tão perdida assim. Ele não era mais o adolescente arteiro de antes. Hoje, Eric se considerava relativamente maduro, inteligente e bem sucedido profissionalmente. E, mais do que qualquer outra coisa, ele estava disponível... Diferente de Alan.

Eric não acreditava verdadeiramente que ele e Raquel pudessem fazer algo para separar Bianca e Alan. Sua irmã estava muito apaixonada e o sentimento era mútuo. Logo, até Raquel teria que perceber isso. A única coisa que o loiro não sabia era se ela se daria conta de que Eric era uma opção.

Para ele, ser muito amigo de alguém que se gosta era um erro. Fatalmente, muitos relacionamentos terminavam com um dos dois magoados, e eles não teriam mais o grande companheiro para desabafar. Sempre tinha pensado desta forma, mas a nova fase de suas vidas o estava fazendo pensar se aquele não seria o momento ideal para fazer tudo acontecer. Talvez não precisasse chegar ao ponto extremo onde perderia o amor e a amizade. Quem sabe ele e Raquel não pudessem dar certo, caso tivessem chance de ficarem juntos?

Ele podia fazê-la feliz. Sabia disso. Só precisava arrumar um jeito de ela perceber isso.

Eric chegou ao seu apartamento pouco antes da chuva engrossar. O local estava com a bagunça habitual, roupas sobre a cama, aparelhos eletrônicos ligados e comida sobre o balcão. Precisava dar um jeito na sua casa tanto quanto precisava ajeitar sua vida. Ele sorriu com a comparação. Enquanto tirava a camisa molhada, caminhou até a geladeira e deu um longo gole d'água diretamente da garrafa. Sentou em uma cadeira para tirar os sapatos quando ouviu o celular tocar. Por um breve instante pensou que poderia ser uma ligação de Raquel e um sorriso apareceu inconscientemente em seu rosto. Mas ele logo desapareceu assim que viu o identificador de chamadas.

– Oi, mãe – Eric consultou o relógio de pulso e ficou preocupado. Passava da uma da manhã. – Aconteceu alguma coisa?

– Eric? Ôh, meu filho, estou tentando falar com você há um tempão. Por que não atendeu o celular antes?

Mesmo com o tom de urgência, sua mãe não perdia uma boa oportunidade de criticar algo. Em outras ocasiões, Eric até explicaria que estava em um bar e que não tinha escutado o telefone por causa do som alto. Mas estava curioso e preocupado demais para isso no momento.

– Por que a senhora está me ligando a essa hora, mãe?

– Uma tragédia! – Eric ficou tenso e apertou o celular no ouvido. – É a sua irmã.

Ele se levantou da cadeira e começou a caminhar sem rumo pelo apartamento, tentando imaginar o que pudesse ter acontecido.

– O que tem ela? Conte logo, está me deixando preocupado!

– Bianca esteve aqui mais cedo. Estava chorando. Completamente descontrolada.

Eric apertou ainda mais o telefone no ouvido. Não pôde evitar pensar que provavelmente a irmã estava daquela forma por algo que Alan tinha feito. Mataria o veterinário nojento assim que tivesse a oportunidade.

– Ela disse que estava muito confusa sobre várias coisas, que não sabia se estava fazendo bem em se mudar com Alan. Eu tentei conversar com ela, dizer que esses medos são normais, mas ela estava muito perturbada. Disse que tinha acabado de ter uma conversa com Alan e que estava tudo terminado. Você tem ideia do que é isso? Sua irmã cancelou o casamento!

– Cancelou o casamento?! Mãe, isso é loucura! Até dias atrás ela estava comprando briga comigo pra continuar com o retardado do Alan e agora termina com ele? E, assim, praticamente às vésperas da cerimônia. Ela tá maluca?

– Eu sei! Também tentei fazer a cabeça dela, mas não teve jeito. – Rose Meirelles parecia estar à beira do histerismo. – Não sei mais o que fazer, filho.

Precisava manter o controle. Não sabia por que aquela conversa estava mexendo tanto com ele. Queria sua irmã feliz, mas nunca imaginara que isso pudesse acontecer se ela passasse seus dias ao lado de Alan. E agora ela estaria livre dele. Então por que ele estava tão perturbado com a notícia?

– Mãe, calma! – Eric respirou fundo. – Bianca ainda está aí? Quero falar com ela.

– Não, não está. Ela saiu daqui há algumas horas. Disse que precisava colocar algumas coisas no lugar. Disse também que precisava conversar com uma amiga.

– Uma amiga?

– Sim. Não disse quem, mas contou que foi graças aos conselhos dela que avaliou sua vida e decidiu cancelar o casamento.

O celular ficou pesado em sua mão, então Eric o colocou sobre a cama. Ainda ouvia à distância sua mãe falar algo no aparelho, mas não deu muita atenção.

Então o plano de Raquel tinha dado certo. Ela, com a ajuda de Eric, conseguira cancelar o casamento. Sua irmã estava livre novamente, mas o que de fato entristecia Eric era saber que Alan estava solteiro. E nada impediria que o veterinário e Raquel ficassem juntos agora.

Novamente, tinha demorado demais para tomar uma atitude.

Capítulo 16 – A vida não é uma comédia romântica

Penny recebeu Alan de forma carinhosa quando entraram no apartamento. Raquel sabia que era puro interesse da gata, já que o veterinário sempre entregava biscoitos no final da consulta. Alan afagou o pelo da felina, mas parecia estar com os pensamentos longe dali.

Raquel indicou o sofá e Alan se sentou silenciosamente. Ela estava preocupada com ele. Alan tinha o olhar perdido e não dissera nenhuma palavra desde o encontro na portaria do prédio.

Correndo em direção à cozinha, Raquel encheu um copo com água e analisou a possibilidade de derramar um pouco de açúcar nele. Acabou desistindo, afinal Alan não parecia estar precisando se acalmar. Na verdade, ele parecia estar em choque, como se ainda não estivesse acreditando no que estava acontecendo.

Curiosidade era pouco para explicar o que Raquel estava sentindo. Ela estava a ponto de gritar com Alan e exigir que ele lhe contasse tudo na mesma hora. Mas a pouca razão que ela ainda tinha sussurrava em seu ouvido que isso não o ajudaria em nada e que, naquele momento, tudo o que ele precisava era somente de um ombro amigo.

Chegando à sala, Raquel entregou o copo para Alan e sentou ao seu lado no sofá, esperando o momento em que ele se sentisse mais confortável para falar.

– Desculpe, Raquel, não queria te incomodar. Mas não conseguia pensar em outra pessoa com quem pudesse conversar.

O coração dela acelerou, quase saindo pela boca.

– Imagina, Alan. Pode contar comigo sempre, você sabe. – Ela recebeu um sorriso carinhoso dele, encorajando-a a continuar a conversa. – Mas o que aconteceu?

Alan tomou um gole de água e deu um suspiro resignado antes de começar a falar.

– Eu e Bianca discutimos hoje sobre nossa relação. Dissemos coisas que não pretendíamos um para o outro e, no fim, ela achou que era melhor cancelar o casamento.

Apesar de ser a frase que Raquel mais queria ouvir nas últimas semanas, estranhamente aquilo não estava sendo tão empolgante quanto imaginara.

– Como assim vocês decidiram cancelar o casamento? Do nada? Alan, isso não faz sentido – Raquel falava com rapidez. – Por que vocês brigaram?

Alan colocou o copo sobre a mesa de centro, tentando ganhar tempo, como se tentasse encontrar as palavras certas para falar. Ele voltou a se sentar e se ajeitou no sofá, ficando de frente para Raquel.

– Ela me chamou hoje para conversar. Achei que fosse algo sobre os preparativos do casamento. Ela andava tão preocupava com as flores da decoração, mas a Bianca estava muito séria quando eu cheguei. Seus olhos estavam vermelhos, acho que deve ter passado a tarde toda chorando.

Sua voz falhou e Raquel sentiu uma vontade quase irresistível de abraçá-lo, consolá-lo e dizer que tudo ficaria bem. Mas não o fez. Permaneceu onde estava, aguardando o relato que poderia mudar sua vida.

Depois de alguns instantes, ele continuou:

– Eu perguntei o que ela tinha. Fiquei preocupado com o seu estado. Ela me levou até a sala e me disse que estava bem. Como se eu fosse acreditar nela, com aqueles olhos vermelhos de choro. Esperei que ela se acalmasse e, então, ela começou a falar sobre nossos planos futuros. Sobre o casamento. Apesar de não falarmos de outra coisa nos últimos tempos, naquele momento era diferente. Ela estava séria demais, como se tivesse outros pensamentos.

Ele parou de falar um momento, pegando novamente o copo d'água, mas sem levá-lo aos lábios. Ele encarava o vidro transparente, completamente absorto em memórias.

– Bianca perguntou se eu estava certo sobre o casamento. Primeiramente não entendi a pergunta, mas, então, ela voltou a me questionar, falando que estava preocupada com nosso futuro. Achava que estávamos sendo precipitados. – Ele suspirou e alterou o tom de voz. – Como se eu fosse um adolescente e estivesse me casando obrigado. Como ela pôde me perguntar isso?

– Ela deve estar confusa.

– Confusa não, ela estava decidida. Bianca pediu um tempo, falou que o casamento era um grande passo e que ela não estava preparada para isso. – Alan levantou o olhar e encarou Raquel. Seus olhos estavam marejados. – Faltando algumas semanas para a cerimônia ela decidiu me abandonar. No que ela estava pensando?

Raquel sentiu o coração apertar. Jamais tinha visto seu amigo daquela forma. Desconsolado. Arrasado. E tão próximo dela, física e emocionalmente. Ele, que sempre fora sua fortaleza, seu protetor, agora estava ali, completamente à sua mercê. Raquel sabia que a vulnerabilidade dele seria sua melhor chance de se aproximar, de se mostrar uma opção, alguém com quem ele pudesse contar, confiar e, quem sabe, amar como uma mulher.

Mas Raquel não se sentia bem com aquilo.

No fundo, ela sabia que tinha certa parcela de culpa pelo o que estava acontecendo. Seria muita coincidência logo após a sua conversa e a reunião com o falso estilista francês, Bianca ter repensado seu casamento. Raquel não fazia ideia do quanto seus comentários tinham afetado a loira até aquele momento.

Além disso, não sabia explicar o que era, mas sentia que tinha algo mais. Alguma coisa que, no fundo, impedia que ela se sentisse feliz com aquela notícia.

– Por que ela fez isso comigo?

– Alan, você já pensou que talvez, só talvez, vocês não estivessem mesmo se precipitando? Há quanto tempo estão juntos, como um casal? Meses? Não sei se é tempo suficiente para se conhecerem. Você tem que casar com alguém com quem queira estar junto o tempo todo. Com alguém que te entenda, que seja sua amiga. – Raquel pigarreou antes de voltar a falar. – Casamento é coisa séria. Uma decisão como essa precisa ser muito bem pensada. Por que você decidiu se casar assim, tão repentinamente, com ela?

– Porque eu a amo – Alan respondeu prontamente.

Aquelas quatro palavras pareceram sugar todo o ar ao seu redor. Era difícil respirar. Raquel imaginava que o sentimento de Alan fosse forte, afinal, não é por qualquer motivo que um homem resolve se casar, mas daí a amar Bianca? Isso a fez se afundar ainda mais no sofá, agora encarando a mesinha de centro e não mais seu melhor amigo.

– Você a ama?

– Como jamais amei alguém – suspirou. – Sabe quando você quer estar junto da pessoa o tempo todo? Eu me sinto assim com Bianca, até mesmo quando estamos brigados por um motivo qualquer. Sempre que acontece algo de interessante no meu dia, eu só imagino como e quando vou contar pra ela. É uma sensação tão forte. Você já se sentiu assim?

Raquel quase engasgou com a pergunta.

Como explicar para Alan que sua paixão era ele?

– Sim, uma vez.

Naquele momento, Raquel chegou à conclusão que permitir se apaixonar era a ação mais arriscada do ser humano. Algo que provocava imensos momentos de felicidade por motivos simples, um sorriso, um olhar, um elogio perdido em uma frase qualquer. Mas, por outro lado, um amor não correspondido podia gerar uma dor quase física, que tomava seu ar e escurecia não somente seus dias, mas apagava sua visão de futuro. Era um risco concedido.

Sentia-se perdida.

Metade de sua vida, Raquel passou amando Alan. Jamais poderia não se sentir afetada ao ouvir seu grande amor dizer, na sua frente, que estava apaixonado por outra mulher. Não, não só isso, *que amava outra mulher*. A sensação que ela sentia era a de perda. Não estava perdendo Alan, pois, finalmente percebeu que jamais o tivera, mas a sensação da perda da *esperança* era muito clara. Jamais poderia fazê-lo amá-la daquele jeito. Sabia que o amor não é algo que se ensine ou se pratique. Ele simplesmente acontece. E jamais aconteceu entre eles.

Durante anos, Raquel tentou ensinar às leitoras do seu blog como era importante se desapegar do passado, pois ela mesma sabia muito bem o quão ruim era se apegar a algo que nunca fora destinado a ser seu. Escrevia por experiência própria.

Raquel queria chorar.

– Alan, você precisa conversar com ela – conseguiu dizer.

– Ela não quer me ouvir. – Ele virou o corpo, voltando a encará-la. – Não sei o que fazer.

Contra todas as possibilidades, ao encarar aqueles olhos castanhos que sempre visitavam seus pensamentos, Raquel se imaginou olhando para Eric. Os olhos azuis dele eram mais profundos, mais misteriosos que os de Alan. Por que isso viera à mente agora? Naquele instante, ela não conseguiu evitar lembrar quão próxima esteve de Eric há apenas algumas horas. Praticamente a mesma distância que estava agora de Alan. E, estranhamente, não estava sentindo a intensidade de antes.

Pela primeira vez na vida, Raquel comparou Eric e Alan, e o loiro ganhou vantagem. Divertia-se mais com ele. Ele era mais decidido. Mais atencioso. E, aparentemente, menos frágil.

Raquel sabia que estava sendo injusta, mas lidar com toda aquela demonstração de amor de Alan por Bianca não era tarefa fácil.

Sem ter muita coisa o que pudesse fazer para ajudar, Raquel ia perguntar se Alan queria mais um copo d'água quando ouviu o toque do interfone.

– Desculpa, Raquel. Não sabia que você estava esperando visita – Alan comentou já se levantando do sofá.

Ela não era do tipo de pessoa que costumava receber visitas em seu apartamento, especialmente àquela hora.

– Não estou esperando ninguém. Talvez seja engano. Ou somente o porteiro. – Ela apertou o botão do aparelho. – Pois não?

– Raquel?! – Uma voz ligeiramente esganiçada respondeu. – É a Bianca. Posso subir? Preciso falar com você.

Bianca?! O que ela estava fazendo no seu apartamento àquela hora?!

Automaticamente, Raquel encarou Alan, que parecia tão perdido quanto ela. Ele deu de ombros no momento em que ela destrancou o portão eletronicamente.

– O que ela tem para conversar com você? Não sabia que eram tão amigas assim.

– E não somos! – Receosa de ter parecido rude, continuou em tom de voz mais leve: – Almoçamos juntas outro dia. Ela deve achar que pode confiar em mim para contar sobre a briga de vocês.

Alan ficou alguns minutos em silêncio. Raquel daria qualquer coisa para ter a habilidade de ouvir seus pensamentos naquele momento.

Bianca bateu à porta. Raquel correu apressada até a entrada e só então percebeu que não tinha perguntado para Alan como ela deveria proceder. Não fazia ideia se ele queria aproveitar a oportunidade para conversar com a ex-noiva. Mas quando virou o corpo para perguntar, ele tinha desaparecido.

– Mas onde é que...?!

Bianca continuava a bater na porta.

– Alan? – Raquel sussurrou desesperadamente. – Alan!

Depois de mais alguns instantes sob o mesmo cenário, Bianca batendo na entrada do apartamento e Raquel procurando Alan sem sucesso, decidiu abrir a porta.

– Bianca, que surpresa. O que faz aqui? – gritou com a intenção de Alan ouvi-la onde quer que estivesse.

– Precisava conversar com alguém. Posso entrar?

Com sarcasmo, Raquel pensou o que tinha feito para, do dia para a noite, ter se tornado o "ouvido amigo" de todo mundo.

– Mas é claro, sem problemas!

Raquel sabia que estava falando como uma histérica, mas não conseguia evitar. Afastou o corpo, dando espaço para Bianca entrar na sala. A loira estava muito agitada, andando de um lado para outro. Definitivamente ela sim precisava de água com açúcar.

– Eu e Alan terminamos.

– Não creio! – disse dramaticamente.

Bianca correu ao encontro de Raquel, enlaçando-a em um abraço apertado.

– Disse para ele que estávamos sendo precipitados com o casamento. Aí nós discutimos.

Então ela começou a chorar e Raquel não conseguiu mais entender grande parte do que Bianca dizia aos prantos no seu ombro. Mas, em essência, ela narrou tudo o que Alan havia lhe dito mais cedo, porém com mais detalhes e muito, mas muito mais lamúria.

– Bianca, venha, sente-se aqui – Raquel a conduziu até o sofá. – Vou trazer um copo d'água para você. Aí conversamos melhor quando você se acalmar.

Raquel correu até a cozinha enquanto ouvia a loira fungar na sala. Precisava encontrar Alan. Não fazia ideia de como proceder com Bianca. Passou os olhos pelo lugar. Sua cozinha estava longe de ser o cômodo mais amplo do apartamento. Ele se resumia a um corredor largo com uma pia, fogão e uma geladeira. O lugar e a área de serviço eram separados somente por uma pequena parede, mas grande o suficiente para esconder um homem forte de 1,80 m. Ela caminhou até lá, na certeza de encontrar Alan, mas antes de alcançar a metade da cozinha ouviu a voz de Bianca às suas costas.

– No fundo eu sei que tomei a decisão correta, sabe? Mas sinto um vazio aqui dentro sem ele.

Bianca falava enquanto caminhava pela estreita cozinha. Raquel tentou bloquear com o corpo a passagem da loira. *Como ela reagiria se encontrasse seu ex-noivo escondido entre a máquina de lavar e o tanque de uma mulher solteira?*

– Talvez queira voltar para a sala e esperar a água com açúcar que eu vou levar.

– Só queria que ele percebesse que não tenho dúvidas sobre o casamento. Quero mesmo me casar com ele, mas talvez não agora – ela falava alucinadamente. – Até recebi uma proposta de trabalho realmente interessante. E se o correto for ficar em São Paulo para aceitá-la?

Bianca caminhava de um lado para outro e Raquel estava quase tendo um colapso nervoso. Sentia-se como a protagonista do filme "*Something Borrowed*", escondendo em seu apartamento o homem que mais amava da sua noiva. A diferença era que Bianca não era sua melhor amiga e ela (infelizmente) não tinha passado uma louca noite de amor com Alan. Além disso, sua vida estava longe de ser uma comédia romântica.

Talvez um suspense alemão ou um drama mexicano, quem sabe?

Terminou de misturar açúcar no copo d'água às pressas enquanto Bianca continuava a tagarelar.

– Provavelmente foi a forma como expliquei meu ponto de vista que acabou deixando Alan tão chateado.

– Bianca, não acredito que seja isso...

– Não queria magoá-lo. Eu o amo tanto.

Amor. Novamente aquela palavra estava presente no relacionamento deles. Raquel bebeu em um único gole a água com açúcar que ela mesma tinha preparado há pouco. Os dois se amavam e não iriam mais se casar por sua culpa. Definitivamente, aquele não era seu melhor momento.

– Mas eu nunca tinha pensado de uma forma racional sobre tudo o que estava acontecendo. Precisei de alguém neutro, uma pessoa de fora do relacionamento para abrir meus olhos – Bianca apertou os ombros de Raquel com as mãos. – Foi a conversa que tivemos que me ajudou a tomar esta decisão. Você estava certa, casar com Alan e me mudar para o Pantanal não é uma boa ideia. Estávamos sendo precipitados demais. Obrigada.

Raquel sabia que devia estar feliz com o sucesso do seu plano "sementinha do mal", mas não se sentia assim. Especialmente naquele momento, focalizando os olhos azuis de Bianca tão marejados. E seu conselho tinha sido tudo, menos neutro. Raquel sentia-se maldosa, mesquinha. Tinha causado dor em duas pessoas bondosas que, apesar de odiar admitir, se amavam loucamente.

Sabia que iria acabar se arrependendo, mas falou:

– Eu estava errada antes, Bianca.

– Como assim?

– Não tinha o direito de me intrometer no seu relacionamento. Você estava certa em seguir seu coração, não se importando com o que os outros pensavam. Se você tinha certeza que conseguiria fazer a mudança de Estado acontecer, quem sou eu para questionar isso? Ou para colocar caraminholas na sua cabeça?

– Você só quis ajudar...

– Eu sei – sua voz desceu um tom com a mentira. – Mas acabei atrapalhando. Vocês se amam. Não está certo ficarem separados. Nenhum dos dois tinha dúvidas quanto ao que estavam fazendo. Não foi justo da minha parte confundi-la assim. Me desculpe.

Bianca se afastou e começou a caminhar lentamente para a sala. Raquel a seguiu imaginando se a loira estaria chateada com suas palavras. Tinha sido uma cobra, sabia disso, mas não conseguia imaginar se Bianca tinha descoberto isso ou não.

– Você acha que não estávamos errados em nos casar, assim, com tanta pressa?

– Se era realmente o que queria.

As laterais dos lábios de Bianca se esticaram em um leve sorriso, formando covinhas em suas bochechas.

– Era realmente o que eu queria.

Raquel quase bufou com a resposta. Bianca era realmente a pessoa mais enjoativamente meiga que já tinha conhecido. Por que ela tinha que ser tão adorável?

– Então, Bianca, eu não sei o que está fazendo aqui.

Ela literalmente deu um pulo no meio da sala. Seu sorriso ficou maior e mais intenso. Bianca correu na direção de Raquel e deu um beijo estalado em seu rosto. A morena quase enxugou a pele molhada pelas lágrimas de Bianca, mas desistiu. Achou que seria falta de educação fazer isso na sua frente.

– Vou agora mesmo procurar o Alan e dizer que não quero cancelar nosso casamento. Eu o amo tanto! Espero que ele me perdoe.

– Tenho certeza que vai.

Bianca saltitou até a porta.

– Obrigada! Obrigada mesmo por tudo, Raquel. Você é uma grande pessoa.

Ela não sabia o que responder então somente forçou um sorriso. Bianca a abraçou novamente e partiu, correndo escada abaixo.

Não acreditava no que tinha feito. Aquilo era um pesadelo! Depois de tanto trabalho, ela tinha juntado novamente Bianca com Alan. Se sua vida fosse um filme, ela seria aquelas vilãs cômicas que sempre cometem uma trapalhada que resulta em um final feliz para o casal principal.

Morreria infeliz, tinha certeza.

Raquel se perguntava o que mais poderia dar errado quando viu Alan entrar na sala. Tinha esquecido completamente que o amigo estava no apartamento. Ele caminhava lentamente e pela sua expressão facial, parecia zangado.

– Você disse para Bianca que estava sendo precipitada com o casamento. Por quê?

A vozinha na cabeça de Raquel falou "ops!". Como ela iria responder aquela pergunta?

– Não foi bem isso o que eu disse.

Raquel se perguntou se ele tinha ouvido toda a conversa que tinha tido há poucos instantes com sua noiva.

– Sério? Quando Bianca disse isso você não negou.

É, ele tinha escutado toda a conversa.

– Almoçamos juntas outro dia e acabamos conversando sobre o assunto.

– Então quando cheguei aqui mal por causa do término do meu noivado, você fingiu que não fazia ideia do que eu estava falando. Como pôde?

– Isso não é verdade! O que eu disse a ela realmente foi que a mudança para o Pantanal talvez seja problemática para alguém recém-formado. Bianca está fazendo tudo isso por você. Comentei que talvez ela precisasse pensar mais nela, em sua carreira.

– E com que direito você diz isso? – Em mais de vinte anos de amizade, Alan nunca falado com Raquel naquele tom tão frio. – Isso é algo que tem que ser decidido entre nós. Você não está neste relacionamento.

– Mas eu sou sua melhor amiga!

– Por que não me procurou para comentar isso? Se achava mesmo que essa decisão não era sensata, por que fingiu estar tudo bem e não conversou comigo, como uma boa amiga faria? Por que agiu pelas minhas costas?

– Alan, você está entendendo tudo errado.

Ele caminhou até a porta, desviando o braço quando Raquel tentou segurá-lo.

– Sempre fui sincero com você.

– Não quis te magoar, Alan. Espere!

Ele já estava no corredor, caminhando em direção à saída, deixando para trás uma Raquel arrependida e triste, que ainda segurava um copo vazio de água com açúcar.

[Nova postagem] [Blog Super Desapegada]

Título do post: Quando tudo está ruim, você pode estragar mais um pouco

[Editar em HTML]

Corpo do post:

Amar é complicadíssimo.

Você tem dificuldade de respirar às vezes, seu coração dispara o tempo todo e sua visão fica turva toda hora pela iminência de uma nova crise de choro. Mas o maior problema é como o amor te afeta emocionalmente.

Apaixonar-se pode mudar você. Ou te revela, ainda não tenho certeza. O fato é que você passa a agir de forma totalmente diferente e a tomar decisões que, em tempos normais, jamais tomaria.

Virei uma vilã.

E não me orgulho disso.

Magoei pessoas boas. Agi de maneira egoísta. Pensei somente em mim. E isso não é nada bom.

O amor não pode ser desculpa para todos os tipos de ações que realizamos. Muitas vezes, sem perceber, fazemos coisas incorretas, antiéticas e mesquinhas em nome de um sentimento quando, na verdade, é justamente a falta de amor que nos move, e não o contrário.

E o amor ao qual me refiro aqui é o amor pelo próximo.

Antes de sermos amantes, apaixonadas.. somos pessoas. Devemos buscar e oferecer amizade, compaixão, sinceridade e carinho o todo tempo. O amor é consequência.

Não quero mais ser vilã.

É errado.

Dói.

Quero um final feliz.

[Tags]
Marcadores: Desabafo, Amor

[Publicar postagem] [Salvar agora] [Visualizar]

Capítulo 17 – Quando algo pode ficar mais simples, mas não fica

O carro estava parado há vários minutos no mesmo lugar, rodeado por outros veículos que também estavam presos no tradicional congestionamento da manhã. Raquel, Ian e Gabriela estavam no veículo da agência, conduzidos pelo motorista da empresa para o segundo dia de Crazy Games. O som característico do tráfego, aliado às buzinas e demais sons externos, não eram o suficiente para entreter Raquel da não solicitada análise de sua vida, que teve início assim que revelou aos amigos tudo o que tinha acontecido na noite anterior.

– Deixa ver se eu entendi – Ian falava pausadamente. – Tudo o que você mais queria era acabar com o casamento deles e quando finalmente conseguiu, você simplesmente convence Bianca de que deveria continuar com Alan. É isso?

Raquel, envergonhada, meneou a cabeça positivamente.

Gabriela, que estava no banco da frente, virou o corpo para encará-la antes de perguntar com os olhos arregalados:

– Mas por que você fez isso? Não ama mais o Alan?

– Não! Não é isso! Claro que amo.

Mas Raquel não tinha mais tanta certeza de seus sentimentos. Passara aquela noite acordada, relembrando momentos de sua adolescência, situações que tinha passado ao lado de Alan e, principalmente, de todas as vezes que tinha pensando em se declarar para ele, mas nunca conseguira. Sempre associava isso à covardia, medo. Mas e se na verdade não tivesse feito aquilo justamente por não ter certeza se era a coisa certa? Raquel estava com receio de assumir para si mesma, mas se sentiu muito bem quando convencera Bianca a reatar com Alan. A sensação era de que estava fazendo a coisa certa, de que estava colocando as coisas no seu devido lugar.

Mas o que a magoava era se lembrar do olhar duro que Alan lançara a ela quando descobriu a verdade. Nunca tinha visto o amigo tão magoado. Aquela lembrança lhe doía até os ossos. Sequer imaginar que não se falariam nunca mais partia seu coração e a deixava sem ar.

Precisava de Alan. Se aquilo não era amor, era o quê?!

– É claro que ainda amo Alan.

– É, mas agora ele não quer nem olhar na sua cara, amiga. O que vai fazer?

Antes que pudesse pensar em alguma resposta para a pergunta de Gabriela, Ian foi mais rápido.

– Esquecê-lo, é claro! Ela vai começar a se dar valor e a perceber que não existe somente aquele sujeitinho metido a médico no mundo.

– Não fale assim...

– Mas é a verdade, Gabriela! Ela tem baixa autoestima e não percebe a mulher maravilhosa que é. Por isso fica se rebaixando por um cara que já deixou bem claro que não quer nada dela além de amizade. – Ian falava rápido, gesticulando amplamente. Raquel nunca tinha visto o amigo, sempre discreto, dar tanta pinta assim.

Mas ela sabia que ele tinha razão. Apesar de nunca ter se declarado, também nunca conseguira esconder muito bem seus sentimentos. Seria possível Alan nunca ter percebido nada? E se percebera, como nunca tinha dito nada? Pela primeira vez em quinze anos Raquel pensou se Alan de fato já sabia de seus sentimentos e nunca demonstrada nada por medo de magoá-la, não correspondendo à sua paixão.

Aquilo sim doía.

– Não que ele não seja uma boa pessoa. Mas você merece alguém que te ame. E amor, tesão, aquela coisa de pele, claramente não são o tipo de coisa que ele sente por você. – Ian encarou Raquel e então pareceu se acalmar. Ela imaginou se o amigo tinha visto a tristeza em seus olhos. – Você é muito especial. Não fique se rebaixando assim. Parte pra outra, amiga.

Ian passou seu braço pelo ombro de Raquel e a abraçou. Gabriela se esticou e segurou bem forte a mão da amiga. Ficaram alguns instantes naquela posição e Raquel precisou segurar as lágrimas para não chorar. Ficou imaginando o que o motorista da agência ia pensar deles: três profissionais de Comunicação na casa dos trinta tendo conversas sobre paixões e se abraçando como adolescentes na hora do intervalo da escola.

– Sim, vocês têm razão – Raquel se desvencilhou do abraço. – Não quero viver de remorso, nem das migalhas que recebo do Alan. Preciso conversar com ele sim, mas para acertarmos nossa situação. Não quero que ele tenha raiva de mim ou pense que sou um monstro. Mas é só isso. Preciso esquecê-lo.

– Estou orgulhosa de você!

– Pois eu já a ouvi dizer isso várias vezes. Quero ação agora! – E como se tivesse acabado de se lembrar de algo muito engraçado, Ian continuou a falar com o sorriso torto nos lábios: – Agora que está tão determinada a se esquecer de Alan, que tal começar a abrir seus olhos para o que tem ao redor? Como, por exemplo, o irmão da sua rival, um certo loiro maravilhosamente gostoso, que te comeu com os olhos ontem durante todo o Crazy Games.

– O quê?! Quem? Eric?! Deve estar louco!

– Louca deve estar você se não acha aquele homem um pecado ambulante.

Raquel sentiu seu rosto esquentar em segundos, lembrando-se do dia em que vira Eric nu em seu apartamento. Aquela não era o tipo de recordação fácil de esquecer.

– Eu nunca me relacionaria com Eric. E ele não me comeu com os olhos coisa nenhuma!

– Ah, qual é! Eu vi vocês dois jogando Just Dance ontem. Sei que você é novata nesse lance de videogame, mas preciso te avisar que não é necessário se esfregar tanto assim no oponente durante um jogo de dança, viu?

– Cale a boca, Ian. Você vê maldade em tudo! Eu e Eric no máximo não queremos nos matar nos nossos bons momentos.

Gabriela se contorcia no cinto de segurança, abraçando o encosto do banco para encará-los enquanto falava: – Ah, ele é uma gracinha. Você tem que admitir.

"Gracinha" era um adjetivo que definitivamente não fazia jus a Eric, Raquel pensou. O loiro não era somente bonito, com aquele corpo bem definido, mas também sabia conversar sobre qualquer assunto e era inteligente como todo empresário bem sucedido deveria ser. Raquel sabia que se não fosse tão mulherengo e infantil, Eric seria um partidão para qualquer mulher.

– Como você é modesta, Gabriela – Ian começou a falar. – Aquele cara é tudo de bom. Um Thor, Deus do Trovão! Ele tem um corpo impressionante todo vestido, imagino como deve ser sem nadinha cobrindo aquela pele.

O motorista, um senhor na casa dos sessenta, quase engasgou, numa mistura de pigarro e tosse, com os comentários inapropriados. Raquel deu um tapa estalado na perna de Ian ao seu lado, enquanto Gabriela pedia desculpas no banco da frente.

O tráfego começou a fluir, então seguiram viagem somente comentando sobre trabalho e coisas neutras. Mas a cabeça de Raquel estava a mil. Será que Ian estava certo e Eric tinha olhado para ela de forma diferente? Ela esperava que ele não estivesse confundindo as coisas, afinal, ainda tinham muito trabalho juntos pela frente.

Ainda assim, algo dentro dela estava agitado, como se seu estômago tivesse sido tomado instantaneamente por borboletas após o comentário de Ian.

*

O Crazy Games parecia estar ainda mais cheio que no dia anterior. Crianças, adolescentes e muito adultos percorriam o espaço em busca de novidades e demonstrações gratuitas de modernos jogos eletrônicos. Enquanto caminhava de um lado ao outro fotografando alguns momentos interessantes do evento para o arquivo oficial, Raquel corria os olhos por todo o espaço à procura de Eric.

Precisava conversar com ele e contar tudo o que tinha acontecido na noite anterior. Por ser irmão de Bianca, ela presumia que ele provavelmente já estava sabendo de tudo, mas pela versão da loira. Sentia a necessidade de conversar com ele, contar tudo o que de fato tinha acontecido, pedir seus conselhos.

A amizade da infância e adolescência que Raquel sentia por Eric retornara, porém ainda mais forte. Na noite anterior, por diversas vezes chegou a pegar o telefone para ligar para Eric, louca para conversar com ele e ouvir seus comentários. Era tudo o que precisava para se acalmar. Mas, no fim, sempre acabava desistindo por medo de incomodá-lo ou chateá-lo com toda aquela situação.

Depois de algumas horas procurando sem sucesso, Raquel enfim encontrou Eric em um estande de jogos de plataforma *on-line*. Ele vestia uma camiseta *nerd* com uma frase estúpida sobre "não entrar em pânico e carregar uma toalha", mas, ainda assim, Raquel o achou bem atraente. Seu cabelo estava penteado e a camiseta parecia ajustada ao seu corpo, e não simplesmente largada e levemente abarrotada como de costume.

Raquel concluiu que aquele era o genuíno Eric Meirelles. Um cara despojado, simples, que não precisava ficar destacando seus atributos físicos para se sentir bonito, desejado. Ele só era bonito, simples assim.

Eric conversava com alguns empresários, possivelmente novos fornecedores e investidores. Ele conseguia parecer descontraído, divertido, ao mesmo tempo em que transmitia um ar profissional, de quem entendia do que estava falando. Raquel ficou alguns momentos de longe, só assistindo à cena, até que, como se sentisse seu olhar, Eric se virou e a encarou. O semblante do loiro mudou no mesmo segundo. Algo naquele olhar não estava certo. Não era o Eric que na noite anterior tinha dançado durante uma hora com ela.

Algo estava errado.

Ele terminou a conversa se despedindo dos presentes no estande e saiu pelo lado oposto ao qual estava Raquel. Ela contornou o local às pressas, ficando de frente para ele.

– Oi, Eric. Estava te procurando. Queria conversar sobre...

– Agora não vai dar, estou muito ocupado – disse sem delicadeza. Raquel tentou argumentar, mas Eric já tinha partido a passos largos.

O resto do dia se resumiu em muito trabalho e procura por Eric. Raquel não sabia se estava sendo paranóica, mas tinha a sensação de que ele estava fugindo dela. Chegara a enviar dois SMS pedindo para que ele informasse onde estava, mas não obteve resposta.

Já de noite, depois de uma reunião de balanço com toda a equipe da agência, Raquel estava liberada para ir embora. Tinha desistido de tentar falar com Eric quando o viu ao longe caminhando em direção à área de *staff* do centro de convenções. Por impulso, seguiu-o sem que ele a notasse. Eric cumprimentou animadamente algumas pessoas pelo caminho, o que fez Raquel pensar que de fato era com ela que ele devia estar chateado.

Ele entrou em um corredor que terminava em duas portas escrito "damas" e "cavalheiros" nelas. Não tinha mais onde se esconder, caso ele olhasse para trás veria Raquel se escorando nas paredes. Mas Eric seguiu em frente, entrando no banheiro masculino.

Havia três possibilidades: Raquel podia ir embora e ficar o resto da noite curiosa para saber o que tinha feito Eric tratá-la de forma tão seca, ou podia esperá-lo naquele corredor correndo o risco de ele se afastar dela e ir embora sem explicações, como tinha feito mais cedo, ou, ainda, ela podia entrar no sanitário e conversar com ele por lá mesmo.

Sabendo que a única chance de realmente bater algum papo com Eric seria se seguisse a terceira opção, entrou apressada no banheiro masculino. O que de pior poderia acontecer era ela ver Eric pelado... *de novo*.

O local era muito branco e parecia limpo. A área com as pias e torneiras era dividida da dos mictórios por uma pedra de mármore que ia do chão até quase o teto. Eric não estava à vista, o que levava Raquel a crer que ele estava em uma das cinco cabines do local.

Ela pigarreou antes de falar:

– Eric, preciso conversar com você.

– Raquel?! – Sua voz saía esganiçada de dentro do cubículo pelo susto. – Mas que diabos você está fazendo aqui, sua maluca?

– Precisava conversar com você, mas parece que está fugindo de mim. Eu te fiz alguma coisa?

– Esse não é o melhor lugar para conversarmos. Não estou em posição de discutir com você. Literalmente.

Raquel sentiu um leve toque de humor na voz de Eric. Como se, apesar de chateado com ela por Deus sabe que motivo, ainda achasse graça por ela ter ido procurá-lo no banheiro masculino. Isso a encorajou.

– Queria te contar que ontem à noite conversei com Bianca.

– É, estou sabendo que ela te procurou e que cancelou o casamento – ele a cortou de dentro da cabine.

– Pois é. Era isso o que eu queria conversar. Você provavelmente vai ficar chateado comigo, se é que esse não é o motivo de você estar me evitando, mas a culpa é minha pelo casamento ainda estar de pé.

Alguns segundos de silêncio se seguiram até Eric soltar uma expressão de quem não estava entendendo nada. Aquilo estava ficando cada vez mais estranho.

– Achei que você soubesse que a Bianca desistiu de cancelar o casamento.

– Não, não sabia. Na verdade até recebi ligações da minha mãe e da Bianca hoje, mas as ignorei. Não podia imaginar que fosse isso. Mas o que aconteceu? – Eric gritou do outro lado da porta.

– Ela estava arrasada. Comentou que meus conselhos a fizeram pensar melhor sobre tudo o que estava acontecendo e que por isso tinha achado melhor cancelar o casamento, a mudança e tudo mais. Eric, você precisava vê-la, era de partir o coração. Não consegui continuar com nossos planos. Acabei convencendo-a a continuar com Alan. Desculpe.

Eric emitiu um som abafado como se estivesse sorrindo.

– Não precisa se desculpar. Eu faria o mesmo.

– Mas o pior de tudo é que Alan estava escondido no meu apartamento e ouviu toda a conversa.

– Espera. Alan estava no seu apartamento ontem à noite? Por quê?!

– Quando cheguei em casa ele estava me esperando. Queria conversar, sei lá. Mas no fim, acabou dando tudo errado. Ele ouviu Bianca dizer que meus conselhos a influenciaram e ficou com raiva. Alan está me ignorando desde então. Ele deve estar muito magoado.

Eric suspirou resignado.

– Não deve estar não. Logo vocês fazem as pazes. Mas, Raquel, por que você fez isso? Por que desistiu de dar continuidade aos nossos planos?

Raquel vinha se perguntando a mesma coisa há horas. Queria ver Alan feliz. Não queria magoar Bianca. Estava cansada de correr atrás do amigo. Era um conjunto de coisas que a tinha feito seguir por aquele caminho, mas a sensação que permanecia era a de que estava deixando passar algo. Algum outro motivo.

– Só quero ver todo mundo feliz.

– Menos você.

– Mas eu estou feliz.

E de fato estava. Imaginava que ficaria péssima com o casamento eminente de Alan, ainda mais por ele estar tão distante dela, mas não era verdade. Apesar de estar triste por ter magoado seu melhor amigo, tinha a sensação reconfortante de alívio, como se tivesse tirado um peso das costas.

Aquilo a estava deixando extremamente confusa.

Novamente, ela ouviu o som abafado de um sorriso antes de Eric deixar a cabine. Ele tinha um semblante leve, quase feliz.

– Já jantou, Magrela? Quer comer alguma coisa comigo?

Eric a estava convidando para um encontro?!

Raquel sorriu.

– Claro, mas só se você lavar as mãos antes.

*

Definitivamente aquilo não era um encontro. Eric a levara até uma barraquinha de cachorro quente instalada na parte traseira de uma van, numa das travessas da Avenida Paulista, na Bela Vista. Apesar de não ser o local ideal para uma namorada ou coisa do gênero, Raquel, que definitivamente não era nada disso, adorou o espaço. Aquele passeio tinha cara de infância. Quando eram mais jovens, Raquel, Eric e toda a turma juntavam todos os trocados economizados de suas tarefas semanais para lanchar em um quiosque do bairro no sábado à tarde.

Esses encontros costumavam ser umas das melhores lembranças que Raquel tinha daquele tempo. Passavam horas conversando, jogando truco, tirando sarro um do outro e, sem perceber, fortalecendo a amizade existente entre eles. Eram bons tempos, bem aproveitados, que jamais voltariam.

Eric pegou os *hot dogs* e as latinhas de refrigerante que tinha comprado para eles e caminhou em direção a uma rua paralela mais tranquila. Eles se sentaram em um banco de concreto instalado em frente a um casarão antigo, com um jardim repleto de flores coloridas. Ele lhe entregou o lanche e o refrigerante e se ajeitou de um jeito mais confortável ao seu lado.

Àquela hora poucos carros passavam pela via, porém os bares e lanchonetes abertos geravam relativo movimento de casais e grupos de amigos nas redondezas. Raquel ficou feliz por ter aceitado o convite de Eric. Precisava se distrair, conversar, ver gente, ser vista. Porém, mais do que isso, sentia-se bem simplesmente por estar ao lado dele. Antes, naquele mesmo dia, quando achou que ele estava com raiva por ter ajudado a reatar o casamento de Bianca, a sensação de perda era enorme. Raquel percebeu que era algo semelhante ao que sentia por estar tão distante de Alan depois da última discussão.

O que, a seu ver, era estranho, pois por Alan ela estava apaixonada.

Já por Eric o sentimento era diferente. Algo que, de certa forma, parecia ser ainda mais forte. Mais intenso. Conhecia Alan, era seguro amá-lo, mesmo não tendo o sentimento correspondido. Mas com Eric a história era outra. Não o conhecia como a Alan e a vida fez com que perdessem o contato quando adultos. Tudo era mais difícil com ele, mas, mesmo assim, parecia mais certo de alguma forma. Era bom estar ao seu lado, ainda que fosse para receber e lançar provocações ou para discutir sobre as coisas mais banais.

– Gosto de vir aqui – Eric disse inesperadamente, com o olhar perdido. – De certa forma, me lembra da vila.

– Estava pensando isso agora mesmo. Tenho tanta saudade de tudo daquela época.

– Eu não. Não de tudo.

Eric ainda tinha um olhar perdido, mas mesmo sem ver seus olhos, Raquel soube exatamente no que estava pensando. Desde que soube da briga entre Eric e o pai, Raquel não conseguia esquecer o quão insensível tinha sido.

– Eric, depois que a gente conversou no bar aquele dia eu fiquei me lembrando de algumas coisas. Puxando na memória como tudo tinha acontecido – ela suspirou. – Sinto muito não ter te dado nenhum tipo de apoio quando seu pai faleceu. De coração, eu queria ter ajudado em alguma coisa. Sei que hoje isso não adianta em nada, mas desculpe.

Ele endireitou o corpo, até então ligeiramente curvado para frente, e acenou de leve, como forma de demonstrar gratidão. Depois deu uma mordida no lanche e voltou a olhar para o nada. Os dois ficaram quietos, mastigando em silêncio por alguns minutos, antes de Eric voltar a quebrar o silêncio.

– Mas, sabe, você ajudou.

Raquel inclinou a cabeça, voltando a encará-lo.

– Mesmo? Como?

Apesar da via estar parcialmente escura, Raquel notou um leve rubor no rosto de Eric. Ele estava de perfil, bem ao seu lado.

– Estava sempre presente, não me tratou diferente após a morte do meu pai. Você me divertia. E eu adorava ficar ao seu lado.

– Não era bem isso o que parecia. Você vivia implicando comigo!

– Os garotos costumam implicar com as meninas que gostam.

Aquilo pegou Raquel de surpresa. Eric a olhava de canto de olho, fingindo não estar prestando atenção na reação dela.

– Nunca soube. Quando?

– Durante toda a adolescência, basicamente.

– Por que nunca me contou?

Eric rapidamente se virou e a encarou com uma careta sarcástica. Raquel entendeu na hora: quem era ela para julgá-lo por não declarar seus sentimentos? Ambos tinham sido medrosos e guardado para si tudo o que sentiam. No fim, Eric não era tão diferente dela como pensava.

Raquel sorriu e tomou um gole de refrigerante. Aquela revelação, de certa forma, tinha-a envaidecido. Apesar de sempre estar ao lado de Eric, jamais pensara nele daquela forma quando jovens, mas tinha que admitir, era a única que não era apaixonada pelo loiro. Todas as garotas da escola e do bairro tinham algum tipo de "paixonite" por Eric e várias tentaram até se aproximar de Raquel como forma de chegar ao rapaz. E agora descobria que ela era o interesse dele o tempo todo.

Mas algo além da vaidade estava sendo aguçado dentro dela naquele momento. Raquel não sabia explicar, mas descobrir que um dia Eric tinha sido apaixonado por ela era bom. Era reconfortante pensar que tinha um motivo para toda a implicância e discussão. Porém, por outro lado, isso gerava um frio em sua barriga, um medo que ela não conseguia sequer classificar.

Ela tentou desviar o assunto. Queria encontrar um tópico mais leve que pudessem conversar com naturalidade.

– Então, como descobriu este lugar?

Eric também pareceu relaxar.

– Nas minhas andanças. Sabe como é, sair faminto da balada e não ter nada pra comer em casa é sempre um problema.

– Não me diga que você traz aqui a mulherada que você pega na balada?

– Mulherada que eu pego na balada?! – Eric a encarava com humor. – Que linguajar é esse, dona Raquel?

– Ah, você me entendeu – disse, empurrando com o ombro a lateral do corpo de Eric. – Você trouxe a Mi aqui?

Não queria que a frase parecesse uma intimação, mas não teve sucesso. Provavelmente Eric interpretaria aquilo como ciúmes. O que na verdade era mesmo. Tinha que admitir, era pelo menos um pouquinho de ciúmes. Odiou ver aquela mulher tão vulgar no apartamento de Eric.

– Mi? – Eric parecia genuinamente confuso.

– Sim, aquela loira bonitona que deixou a calcinha cor de rosa amassada na sua cama.

Ele gargalhou.

– Vocês, mulheres, são impressionantes. Eu nem mesmo me lembrava do nome dela e você se recorda até que a calcinha era cor de rosa.

Raquel sentiu seu humor se amargar.

– Não se lembra nem do nome dela? Então você é mesmo um cafajeste.

Ele se virou, passando uma das pernas pelo outro lado do banco, ficando completamente de frente para Raquel. Ele parecia sério.

– Há diversas definições para o termo cafajeste e, no meu ponto de vista, não me encaixo em nenhuma delas. É uma troca, um acordo velado, dou prazer e o recebo em troca.

– Machista!

– Definitivamente não sou machista. Dou muito valor às mulheres. Mas quando estou solteiro, não tenho compromisso e nem exijo o mesmo. – Ele respirou fundo antes de continuar. – Mas isso só acontece quando não há sentimentos de verdade envolvidos. Quando me apaixono, sou completamente da pessoa.

– E aposto que se apaixona a cada esquina.

– Só me apaixonei por uma pessoa em toda a minha vida. – Raquel percebeu que Eric estava a centímetros de distância. – Uma pessoa, duas vezes.

As borboletas no seu estômago voltaram.

Ele ainda estava apaixonado por ela?! Ela estava feliz em ouvir isso?!

Raquel não sabia o que dizer. O que sentir. Não tinha certeza se tinha entendido certo. Podia ter interpretado errado a afirmação de Eric. Mas, algo dentro de si queria acreditar que era verdade.

Alguma coisa dentro de si queria Eric. Agora ela sabia.

– Eric...

– Não. – Ele falava em um tom de voz baixo, sussurrante, tocando suavemente os dedos na boca dela. – Pelo amor de Deus, pelo menos uma vez pare de pensar.

E aquilo era justamente o que Raquel precisava. Como nunca antes, ela teve coragem para agir.

Queria beijar Eric. E foi exatamente o que ela fez.

Raquel inclinou sua cabeça ligeiramente para trás e roçou seus lábios nos dele. Os cabelos de Eric se espalhavam em sua testa. Macios, sedosos. Ele estava cheiroso, tinha um perfume bastante masculino. Sua respiração estava ligeiramente entrecortada e suas mãos apertavam a lateral do banco. A princípio, não era bem um beijo, seus lábios somente tocavam de leve os dele, à espera de alguma reação.

Então, algo mudou e os lábios dele se separaram com um leve gemido. Eric a beijou mais profundamente, passando a acariciar a língua dela com uma avidez delicada. Ele a envolveu em seus braços e Raquel enfim se entregou por completo, correspondendo à urgência do beijo.

Há tempos não se sentia tão querida, desejada. O abraço dele era tão forte, ela se sentia tão segura. Jamais tinha experimentado um beijo como aquele. Os dedos dela se enroscaram nos cabelos dele ao mesmo tempo em que ele passou a segurá-la na altura da cintura. A respiração de Raquel já não seguia mais um padrão, estava se afogando naquele beijo com sabor de refrigerante, nos lábios macios e ligeiramente molhados de Eric.

Sem perder o contato com seus lábios, Eric escorregou uma das mãos por debaixo da blusa de Raquel, tocando a pele delicada de suas costas e a trazendo ainda mais ao seu encontro. Estavam tão unidos quanto a posição naquele banco permitia. O coração de Raquel batia muito rápido e sua mente girava. Tentava raciocinar, mas não conseguia formar pensamentos coerentes. Sabia que tinha algo que a preocupava, mas não conseguia se lembrar do quê. Só conseguia pensar e desfrutar a felicidade que era estar nos braços de Eric, completamente entregue àquele beijo.

Então, por uma fração de segundo, ele se afastou de leve, enquanto se ajeitava no banco, e aquilo foi o suficiente para Raquel recobrar os sentidos. Era como se, em um passe de mágica, toda a realidade voltasse à tona. Ela se deu conta que estava na rua, quase de madrugada, beijando loucamente Eric Meirelles. E aquilo não estava certo.

– Espere, Eric... Pare.

Ele demorou alguns segundos para reabrir os olhos. Ela apoiou as mãos no peito dele e o empurrou de leve enquanto se levantava. Precisava manter distância. Não conseguiria raciocinar direito estando em contato com Eric. Estava embriagada com aquele beijo.

Raquel quase cambaleou por alguns passos, olhando Eric de cima. Ele permanecia sentado, com a respiração forte, encarando-a com os olhos brilhantes. Algo dentro dela queria voltar para aquele banco e dar continuidade ao que começaram, mas outra parte dizia que estava sendo precipitada e que aquilo só podia terminar em sofrimento.

Eric era seu amigo. Para ela, eles não podiam estar por ali, beijando-se como dois jovens adolescentes.

– O que aconteceu?

– Eu, eu preciso ir, Eric.

– Mas por quê? – Ele parecia perdido.

Raquel passou a mão pelo cabelo, como se o gesto pudesse colocar as coisas no lugar em sua cabeça.

– Isso foi errado. Eu preciso ir.

Antes que pudesse se arrepender ou dizer algo por impulso que pudesse magoá-lo, Raquel virou-se e começou a subir a avenida a passos largos. Ainda ouviu Eric gritar seu nome ao longe, mas não parou.

O que estava fazendo?!

Era de Alan que gostava, que sempre tinha gostado. Nunca antes tinha se imaginado beijando Eric. Raquel não entendia como podia ter deixado aquilo acontecer. Sentia como se estivesse traindo seus sentimentos, suas convicções.

Raquel correu e chegou a tempo de entrar na estação antes que fechasse. Assim que embarcou no metrô, a pressão de tudo o que vinha acontecendo enfim pesou e ela desabou a chorar na solidão daquele vagão frio.

Capítulo 18 – Às vezes conselhos vêm de lugares inusitados

A tela do editor de texto estava em branco à sua frente há horas. O computador já tinha entrado em espera tantas vezes, que Raquel chegou a perder as contas. Não conseguia escrever nenhum tipo de conselho no blog, sua cabeça não formulava nenhuma frase de efeito sobre desapego e amor próprio. E ela se perguntava como poderia ser diferente.

Raquel fingiu durante muito tempo ser a grande entendedora dos caminhos tortuosos que o coração humano insistia em seguir, quando, na verdade, não passava de uma grande fraude. Sabia disso. Sempre soube. Utilizou o blog como uma forma de terapia, onde explanava sobre seus problemas e se auto aconselhava de forma implícita. E por que não ajudar outras pessoas durante o processo? E sabia que tinha ajudado, ainda ajudava. Tinha muitas seguidoras na página oficial nas redes sociais, seguidoras que a procuravam sempre que estava *on-line* no bate-papo do *e-mail*. Era útil para essas pessoas. Mas, infelizmente, sabia que não conseguia seguir seus próprios conselhos.

Precisava desapegar, deixar de lado seus sentimentos por Alan. Mas não sabia como fazer isso uma vez que ainda estava tão ligada a ele a ponto de se sentir culpada ao beijar outra pessoa. Embora soubesse que não era uma pessoa qualquer. Era Eric. Seu desafeto desde criança, seu amigo de infância e cliente da agência de comunicação onde trabalhava. Ela tinha muitos motivos para não poder estar com Eric, e tudo isso era somado ao fato de ele ser um completo babaca sem coração.

Raquel sabia que Eric era do tipo que não se apegava a nada. Lembrava-se muito bem da manhã em que vira uma loira do estilo modelo/manequim sair do seu apartamento sem calcinha. Podia apostar todo seu salário do mês que Eric não tinha sequer ligado para a tal Mi no dia seguinte. Não entendia como podia ter deixado alguém com esse perfil beijá-la.

Raquel bufou de desgosto e encostou a testa no monitor, fechando os olhos. Ela se perguntava se não estava tendo algum tipo de colapso.

Pois, mesmo sabendo que na noite anterior tinha cometido o maior erro de sua vida, não conseguia afastar as memórias daquele beijo. Os lábios quentes e macios de Eric nos seus. As mãos dele que apertavam com tanto carinho a base das suas costas. O fogo com o qual ele a puxara para si enquanto intensificava o beijo. Toda aquela ânsia de prolongar aquele momento.

E ele tinha dito que estava apaixonado. Apaixonado por ela.

Raquel se perguntava como aquilo poderia ser verdade. Eles sempre estiveram juntos durante a infância e adolescência, mas a proximidade acabava ali. Nunca foram confidentes e nunca se trataram com carinho. Prova disso, pensou, era que ele ainda a chamava pejorativamente de Magrela. *Eric era um grosseirão!* Ele a tratava como um menino durante o futebol, roubava descaradamente quando jogavam truco e tinha jogado bolo confeitado no seu vestido durante seu baile de debutante.

Por outro lado, este era o Eric adolescente. Já o Eric adulto, apesar de mulherengo, respeitava sua opinião como profissional e ainda a colocava para cima quando estava triste. Mesmo se vestindo como um adolescente *nerd*, Eric tinha se transformado em um homem muito bonito.

E, para piorar tudo, ele disse que tinha se apaixonado por ela duas vezes. Duas vezes, enquanto Alan não se apaixonou nenhuma.

Alan. Tinha se esquecido dele. Mesmo sabendo que não devia, Raquel sentia como se estivesse traindo seus sentimentos por ele ao beijar Eric. Alan nunca fora seu namorado, nem sequer tinham estado juntos sem ser como amigos, mas sentia-se pertencente a ele de alguma forma e, pela primeira vez na vida, entendia como se a relação de via única que alimentava estivesse finalmente abalada. Raquel já namorara outras vezes. Já chegara até a morar junto com um cara por quase dois anos, mas nunca tinha levado nada a sério. Reagia como uma etapa necessária antes de estar ao lado do seu verdadeiro amor. Tudo não passava de uma experiência. Algo que a deixaria preparada para quando Alan resolvesse finalmente abrir os olhos e notá-la na sua vida.

Mas com Eric era diferente. Ele tinha mexido com ela de uma forma totalmente nova. Conhecê-lo desde sempre contribuía para que se sentisse à vontade ao seu lado e isso, provavelmente, tinha feito com que seus sentimentos ficassem loucos. Especialmente em um momento de fragilidade e carência como aquele, no qual tinha descoberto o casamento de Alan. Só poderia ser isso.

O celular de Raquel tocou diversas vezes na noite anterior, mas ela ignorou todas as ligações. Deveria ser Eric, e Raquel não saberia o que dizer a ele. Na verdade, durante algumas tentativas, ela até ensaiou como diria que aquilo tinha sido um erro e que não deveriam se ver novamente assim que atendesse. Mas não conseguiu. Será que era aquilo mesmo que queria dizer a ele? O beijo tinha sido bom, a noite fora agradável, e Eric, quando não estava com o modo "homem escroto" ligado, era uma excelente companhia. Não queria perder aquilo.

Além disso, estar com ele era bom. Raquel odiava admitir, mas gostava de ter Eric por perto. Adorava seu sorriso e até aquelas camisetas idiotas que ele insistia em usar. Sabia que só podia estar carente demais para pensar assim.

Raquel se afastou do monitor e abriu os olhos. Tinha que ser isso, carência. Não tinha como ela estar se apaixonando por Eric.

Ela se encaminhou até a cozinha, seguida por uma Penny resmungona. A gata andava muito geniosa nos últimos dias, cheia de vontades e mais impaciente que nunca. Na noite anterior, Raquel tinha encontrado o sofá rasgado e vazando espuma branca por diversos rasgos em formato de unhadas felinas. Ela estava tão entorpecida por causa do beijo de Eric que simplesmente deixou o sofá como estava. Resultado: pela manhã o apartamento parecia estar coberto de flocos de neve devido à espuma que praticamente explodia dos rasgos do sofá.

Raquel pegou uma garrafa de água na geladeira e apanhou uma maçã na fruteira. Precisava comer algo, pois, quem sabe assim, a inspiração chegasse e, enfim, conseguisse escrever algo no blog. Assim que terminou de tirar a casca da fruta e começou a seguir de volta ao quarto, ouviu o miado de Penny, que se enroscava nos seus pés.

– Penny, isso é maçã. Você não gosta.

Raquel não costumava economizar quando o assunto era sua gata de estimação. Especialmente porque todos os produtos felinos que comprava eram da clínica de Alan. Mas não adiantava o quão fabulosa fosse sua comida, a gata sempre queria o que sua dona também comia. Tudo era alvo de Penny, desde massas até doces, mas fruta definitivamente estava fora de questão. Maçã, então, era o alimento mais abominado pela gata. Apesar disso, nada impedia que ela implorasse por um pedaço.

– Pare de insistir, Penny. Você não gosta de maçã. Se te der um pedaço você vai jogar fora – disse assim que voltou a se sentar em frente ao computador, ainda com a gata enroscando-se aos seus pés.

Acessou novamente o painel de controle do blog, clicou para criar uma nova postagem e, então, ficou sem ideias mais uma vez. Não sabia o que tinha de errado. Raquel nunca tinha ficado tanto tempo sem inspiração. Sabia que precisava urgentemente resolver seus problemas, ou seu blog e, pior, sua vida, iriam por água abaixo.

Depois de mais alguns momentos sem saber o que escrever, Raquel desistiu e acabou fechando o site. Penny miou novamente e, por um instante, sua dona achou ter entendido aquilo como um ultimato. Aquela gata parecia gente de vez em quando.

Beliscando um pedaço de maçã, Raquel abriu o *e-mail* do blog. Imaginou que talvez encontrasse inspiração para escrever após ler as mensagens que recebia diariamente de leitoras do blog. Todos os dias, sua caixa de entrada ficava lotada de *e-mails* com pedidos de ajuda, sugestões e conselhos de mulheres (e alguns homens) sobre seus casos de amor e desilusões sentimentais. Raquel sempre adorou aquilo. Mas naquele momento, nem o aviso de 167 mensagens não lidas a animou.

Clicou para ler um *e-mail* aleatório. Ela tinha a frase "Estou precisando de desapego na minha vida" no assunto da mensagem. Raquel passou pelo menos uns dez minutos lendo e respondendo à mensagem da adolescente que dizia estar perdidamente apaixonada pelo professor, nove anos mais velho que ela, e que, sabiamente, não lhe dava a menor bola. Depois, Raquel partiu para o *e-mail* de uma moradora do interior do estado que dizia estar confusa entre uma oportunidade de trabalho no exterior e um namorado alcoólatra, que a enrolava há sete anos.

Raquel estava tão acostumada a aconselhar suas leitoras com estes tipos de problemas que tudo saía naturalmente. As frases de efeito voltaram aos poucos, como "vá em frente, garota, você merece ser feliz" e "por que se contentar com tão pouco quando você merece coisa muito melhor?", as mesmas que faziam parte do repertório fixo da blogueira.

Mas, de alguma forma, ela sabia que aquilo não era suficiente. Ela ouvia o problema daquelas pessoas, mas jamais era ouvida. Nunca recebia conselhos. Não recebia palavras de conforto.

No momento em que tinha aqueles pensamentos, Penny resolveu dar um ataque por causa da maçã, miando com raiva e, para completar, mordendo a ponta do dedão do pé de sua dona. Raquel soltou um palavrão antes de erguer a perna na tentativa de fugir da gata.

– Você é uma psicopata, Penny! – Raquel pegou um pedaço grande da maçã e jogou no chão, próximo à gata. – Tome! Satisfeita?!

Depois de dar duas voltas ao redor e de cheirar bem a fruta, Penny miou com puro descaso e saiu rebolando em direção à sala sem sequer tocar na maçã. Raquel bufou de frustração. Não sabia mais o que fazer com aquela gata teimosa.

Um bipe saiu de sua caixa de som. Tinha esquecido o bate papo do *e-mail* aberto sem perceber. Alguém estava chamando-a para uma conversa.

branca.26@mail.com escreveu: Super Desapegada *on-line*? É isso mesmo?

branca.26@mail.com escreveu: Tem alguém aí?

branca.26@mail.com escreveu: Oi?

Raquel não sabia se queria ou não responder. As conversas em tempo real não costumavam agradá-la tanto quanto as mensagens de *e-mail*. Era mais difícil manter o perfil de "grande entendedora dos problemas do coração" quando tinha que responder em questões de segundos. Mas não podia fechar a janela e deixar aquela leitora sem resposta. Lembrava-se da tal "Branca26"; ela sempre comentava em seus posts e interagia com outras internautas, movimentando a discussão dos assuntos abordados. Era uma de suas maiores leitoras, não podia ignorá-la.

superdesapegada@mail.com escreveu: Olá, Branca, estou *on--line* sim. Tudo bem?

Alguns segundos depois ela respondeu:

branca.26@mail.com escreveu: Nossa, não acredito. Sempre quis te encontrar por aqui, mas é tão difícil. Adoro seu blog. Sempre me ajuda bastante.

superdesapegada@mail.com escreveu: Que bom. Fico muito feliz em saber disso. Obrigada!

branca.26@mail.com escreveu: Não digo para agradar não. É a mais pura verdade! Você diz umas coisas às vezes que ninguém mais consegue. Sei que posso parecer imatura ao dizer isso, mas ouvir seus conselhos me ajuda até a tomar decisões.

superdesapegada@mail.com escreveu: A intenção é sempre ser útil.

branca.26@mail.com escreveu: Você é muito esperta. Deve entender tudo sobre homens, sobre problemas do coração... Fico me perguntando como consegue.

Ah, se ela soubesse, Raquel pensou. Mas então se perguntou por que não conversar com a internauta sobre os seus problemas. Estava cansada de só dar conselho. Quem sabe conversar *on-line* com uma estranha não fosse exatamente o que ela precisava. Concluiu que não custava nada tentar.

superdesapegada@mail.com escreveu: Na verdade tenho problemas amorosos como todo mundo.

branca.26@mail.com escreveu: Mentira! Conta tudo!

superdesapegada@mail.com escreveu: *risos*

superdesapegada@mail.com escreveu: Já que quer saber, vamos lá. Sou apaixonada há muitos anos pela mesma pessoa. Um homem que conheço desde sempre. Nada nunca aconteceu entre nós. Mas, recentemente, acabei me envolvendo com um outro rapaz que tem mexido muito comigo. E agora não sei mais o que pensar, o que fazer. Sinto como se estivesse traindo meus sentimentos, entende?

branca.26@mail.com escreveu: Você está apaixonada pelo segundo rapaz?

superdesapegada@mail.com escreveu: Não sei. Acredito que seja carência, talvez. Mas só sei que ele é a única pessoa que consegue me fazer tirar o primeiro rapaz da cabeça em anos. Como se ele tivesse o poder de me desligar de tudo o que me faz mal.

Raquel estava achando tão estranho se referir a Alan e Eric como primeiro e segundo rapaz. Mas jamais daria maiores detalhes sobre sua vida para uma leitora do blog. Mesmo que ela fosse tão gentil como Branca.

superdesapegada@mail.com escreveu: Loucura, não?!

branca.26@mail.com escreveu: Nem um pouco. Me parece que você está seguido em frente, mas tem medo de desapegar do passado.

superdesapegada@mail.com escreveu: Seguindo em frente? Quem me dera.

branca.26@mail.com escreveu: Falo sério. Responda com muita sinceridade, você ainda acredita que ama o primeiro rapaz?

superdesapegada@mail.com escreveu: É claro que amo! Ele sempre esteve do meu lado, me apoiando, ajudando. Quando preciso de algo, ele não mede esforços para fazer o que for necessário. Quer me ver feliz o tempo todo. Sim, eu o amo!

branca.26@mail.com escreveu: Desculpe, mas ele é o homem da sua vida ou seu irmão? Porque até agora você só falou do quanto ele é boa pessoa.

Que absurdo! Raquel não se conformava em como aquela

internauta estava sendo intrometida. Se tinha algo que ela definitivamente tinha certeza era de seu amor por Alan.

superdesapegada@mail.com escreveu: Pois fique sabendo que o amo sim e não é dessa forma como está pensando. Ele pode ser uma boa pessoa, mas é também muito lindo, e eu o amo. Amo sim. Amo muito! Sou completamente apaixonada por ele há anos.

branca.26@mail.com escreveu: Será mesmo? Tenho lido você falar tanto sobre o desapego sentimental que acredito ter me transformado em uma expert. *risos* Olhe, me parece que você está há tanto tempo presa nesse relacionamento, que se sente perdida agora que está percebendo que ele não é tão forte como imaginava. O segundo rapaz a está fazendo comparar os dois sentimentos e você está assustada, pois está chegando à conclusão de que algo novo e intenso está finalmente acontecendo.

branca.26@mail.com escreveu: Não me leve a mal, mas, para mim, você está completamente apaixonada pelo segundo rapaz e está com medo de admitir para si mesma, pois para isso você teria que abrir mão de todo o passado com o primeiro rapaz.

Seu sentimento por Eric era algo novo e intenso. E assustava. Mas Raquel não queria admitir que a leitora do blog estava certa. Raquel resolveu acabar logo com aquela conversa. Tinha muito o que pensar.

superdesapegada@mail.com escreveu: Preciso sair. Ainda tenho algumas coisas para resolver. Mas obrigada pela atenção e desculpe qualquer coisa.

branca.26@mail.com escreveu: Eu é que peço desculpas. Não devia ter dito tudo aquilo, mas depois de te seguir há tanto tempo, tenho a sensação de que já somos amigas.

superdesapegada@mail.com escreveu: É natural. Não tem problema. Até.

Ela fechou o navegador, lembrando-se de colocar o perfil em status *off-line* antes de sair. Não queria correr o risco de acabar tendo um desabafo virtual novamente na próxima vez que abrisse sua caixa de *e-mail*.

Raquel estava apaixonada por Eric. Mesmo tentando, não podia mais negar isso. Mas não queria estar amando. Permitir-se sentir algo tão forte por Eric significava começar algo novo, sem as amarras de segurança que existia em seu sentimento antigo por Alan. Pois, apesar de sofrer durante quinze anos, gostar de Alan tinha se tornado algo fácil, simples como respirar. Começar algo do zero, depois de tanto tempo, dava medo. A mudança causava temor. E admitir esta mudança aterrorizava ainda mais, pois significava uma confirmação de que aquilo era real de fato.

Eric a faria sofrer, Raquel tinha certeza disso. Ele podia achar que estava apaixonado por ela, mas logo se cansaria e procuraria outra em um piscar de olhos. E isso partiria seu coração em pedaços, ela sabia. Magoar-se por não ter Alan ela já sabia como era, estava calejada disso, mas chorar por Eric seria novidade. De alguma forma, doeria mais.

Porém, ela sabia que não dava mais para reverter nada daquilo. Se tinha algo que aprendera com seu blog é que no coração ninguém manda. Raquel podia criar milhões de teorias sobre o quanto era insano amar Eric, mas nada disso a faria parar aquele sentimento.

Eric era quem ela queria. Eram os lábios dele que ela lembrava com exatidão, movendo-se com avidez sobre os seus. O cheiro tão gostoso do seu perfume masculino. Suas ridículas camisetas *nerds*. O jeito sarcástico quando a chamava de Magrela. Seu corpo nu molhado após o banho.

Tudo nele a atraia.

Sentiu arrepios ao pensar no quanto estava encrencada. Apaixonar-se por Eric era uma tremenda fria, tinha certeza.

[Nova postagem] [Blog Super Desapegada]

Título do post: Confessando...

[Editar em HTML]

Corpo do post:

Sabe quando você repete tanto a mesma frase que acaba se convencendo de que ela é real? O mesmo acontece com os nossos sentimentos. Muitas vezes pensamos que queremos algo e nos convencemos disso por pura insistência. E isso é relativamente fácil.

Porém a coragem está em admitir a mudança, muito mais até do que em enfrentar o passado. Aprendi isso hoje, da forma mais inusitada. Ouvi de uma estranha tudo o que precisava e espero poder fazer o mesmo por alguém que esteja lendo esse post agora.

Estou apaixonada. E admitir isso foi difícil para mim. Mas permitir que seu coração seja livre para gostar de quem ele quiser nunca é tarefa fácil. Gosto muito de uma pessoa, porém tenho medo do que possa vir a acontecer.

E se ele me deixar? E se não der certo? E se eu sofrer?

Mas, no fundo, sei que estas perguntas são melhores do que "O que aconteceria se eu tivesse tentado?". Preciso arriscar, mesmo apavorada por causa desse sentimento novo.

Porque eu o amo tanto que dá medo.

Queria a segurança do amor antigo, mas não dá mais. Meu coração tem opinião própria e eu estou deixando-o me guiar.

[Tags]

Marcadores: Novo amor, paixao, medo, arriscar

[Publicar postagem] [Salvar agora] [Visualizar]

Raquel releu o pequeno texto e clicou na opção "publicar". Estava feito. Tinha afirmado na rede que estava apaixonada. Em questão de segundos, os primeiros comentários começaram a surgir e eram tantos depoimentos e mensagens de apoio que Raquel achou melhor liberar as publicações sem a necessidade de moderação. Todo mundo trata bem uma pessoa apaixonada. E as mulheres costumam ter especial simpatia com casos como o de Raquel.

Pela primeira vez desde que criara o blog, percebia que suas leitoras não enxergavam um guru, mas sim a si mesmas. A Super Desapegada era humana, como suas leitoras. Raquel gostou disso. Sentia-se mais próxima de seu público e, consequentemente, a possibilidade de ajudá-lo se tornava muito maior.

Raquel se ajeitava na cadeira quando ouviu o celular tocar na cabeceira da cama. Sem saber quem ligava (ainda não conseguia configurar o identificador de chamadas do aparelho), atendeu no segundo toque. Algo dentro de si torcia para que fosse Eric na linha.

– Alô?

– Raquel? Oi, é a Bianca.

Um balde de água fria parecia ter caído sobre ela.

Raquel não tinha falado com a irmã de Eric desde o fatídico encontro no seu apartamento, quando fora decidido que o casamento continuaria de pé. Raquel estava receosa se Alan não teria contado para Bianca seus planos, o que poderia ter causado um certo tipo de desconforto com a loira, mas pelo tom de voz dela ao telefone, as coisas pareciam bem.

– Oi, tudo bem? Não esperava a sua ligação, Bianca. Aconteceu alguma coisa?

– Não, na verdade não. Estava aqui acertando alguns detalhes do casamento. Sabia que dá para escolher o buquê pela internet? – Ela riu sozinha antes de voltar a falar – E estava passando para uma planilha os nomes de quem mandou *e-mail* confirmando a participação no nosso chá-bar. Estava procurando o seu e não encontrei. Você virá amanhã, certo?

É claro que, há algumas semanas, Raquel tinha excluído o *e-mail* de Bianca assim que soube do que se tratava. Não tinha pretensão nenhuma de participar do chá-bar do casamento de Alan. Dificilmente conseguiria esconder a insatisfação por ter que confraternizar algo que não queria que acontecesse. Mas ali, naquele momento, com Bianca no outro lado da linha, a ideia de ir ao evento não parecia mais tão ruim.

Poderia encontrar Alan, que desde a discussão a evitava, para se desculpar.

E ainda veria Eric. Precisava falar com ele pessoalmente e não por telefone. Tinham muito que conversar.

Raquel ajeitou o aparelho no ouvido e tentou manter a voz suave.

– Não tinha respondido ainda, pois não sabia se teria algum compromisso no dia. Mas estarei livre sim. Amanhã encontro vocês na casa da Dona Emily então.

– Quer carona para descer a serra? Aposto que Eric não se incomodaria.

– Não! Não precisa!

Por pouco Raquel não gritou. Queria conversar com Eric a sós, mas não dentro de um carro, confinada por cerca de quarenta minutos, sem ter para onde fugir caso ela entrasse em combustão ao confessar que estava apaixonada pelo loiro.

– Tudo bem, foi só uma sugestão.

– Desculpe, é que tenho outros planos. Obrigada. Vejo você amanhã.

Não, a conversa entre Raquel e Eric precisava acontecer em um campo neutro, que fornecesse uma distância válida entre os dois, caso ela corresse o risco de se render aos seus instintos e se lançar sobre ele novamente, com o intuito de repetir o beijo da noite anterior.

Estar apaixonada é um saco!

Capítulo 19 – Novamente, sentados atrás de um carro

Raquel conseguiria contar nos dedos todas as vezes que assumira a direção de um veículo. Tinha carteira de habilitação desde os dezoito anos, mas como não pôde comprar um carro, jamais tivera a oportunidade de praticar como deveria. A consequência disso era que agora dependia da carona de amigos, táxis e diversas formas de transporte público para ir aos locais. Por diversas vezes pensara em adotar uma rotina mais saudável e sustentável optando por utilizar a bicicleta no seu dia a dia, mas sempre desistia. A cidade tinha muitas ladeiras!

Mas ao se negar a ir ao chá-bar de Bianca e Alan de carro com Eric, sendo que todos os seus amigos ou já estavam no local da festa ou não foram convidados, ela ficou sem muitas alternativas. Resolveu dar uma chance às suas habilidades como motorista e resolveu alugar um carro. Imaginou o momento como uma cena de filme: escolhendo o automóvel mais bonito da loja, pegando a rodovia com a elegância de uma excelente condutora. Tudo com o vento da estrada entrando pelas janelas abertas e balançando seus cabelos. Ela sempre quis fazer isso.

Somando-se ao cenário havia a oportunidade de ter horas para pensar, refletir e treinar tudo o que tinha para dizer a Alan quando chegasse à sua cidade natal. Na noite anterior, enquanto arrumava sua mala, Raquel priorizou o que faria assim que chegasse. A primeira coisa a fazer, sem dúvida, era se resolver com Alan. Ele estava magoado. Raquel tinha tramado contra seu casamento e, infelizmente, não tinha nenhum tipo de justificativa válida para isso. Não tinha o direito de tentar causar aquele tipo de sofrimento.

Alan era seu melhor amigo. Nunca tinham ficado longos tempos sem se falar, muito menos após uma briga. Precisava conversar com ele e esclarecer tudo, mesmo que isso resultasse em ter que, enfim, dizer toda a verdade sobre seus sentimentos.

Ao chegar à locadora de carros, Raquel se sentiu completamente perdida. Não sabia nem por onde começar. A vendedora explicou todos os planos e diárias. No final das contas, teve que optar pelo pacote econômico, com um carro nada glamuroso de volante duro, afinal no próximo mês a fatura do seu cartão viria com cerca de oitocentos reais a mais por causa do bendito aparelho de jantar que sua mãe escolheu de presente de casamento para Alan e Bianca. E com tudo "pela hora da morte" naquela locadora, direção hidráulica seria luxo demais.

Os momentos de solidão e reflexão na estrada também não foram como tinha imaginado. Ela estava muito tensa. A rodovia tinha muitos carros! E caminhões! E ônibus! E motocicletas! Suas mãos seguravam o volante com tanta força que os nós dos seus dedos ficaram brancos. E a tinham alertado diversas vezes que a via era cheia de radares, então Raquel andava bem abaixo da velocidade máxima permitida, na pista da direita, sendo quase sempre pressionada por caminhoneiros antipáticos e apressados, que piscavam o farol constantemente quando se viam obrigados a ultrapassá-la. E ainda tinha todos aqueles túneis, ziguezagueando na descida, deixando-a enjoada. Isso sem contar a vertigem ao ver a cidade pequeninha do alto da serra!

Quase uma hora após deixar a capital, Raquel finalmente chegou ao litoral. Estava exausta, suada e morrendo de vontade de ir ao banheiro. Nunca imaginou que seria tão complicado dirigir em uma rodovia. Só quando parou o carro no primeiro farol, já em São Vicente, Raquel se permitiu relaxar. Apesar dos problemas, tinha conseguido pegar um carro, trafegar pela Rodovia dos Imigrantes, descer a serra e ainda chegar sã e salva. Tinha muito que treinar, mas já dava para se sentir orgulhosa. Quem sabe até não apertaria suas finanças para comprar um carro futuramente.

Enquanto estacionava o veículo em frente à casa de sua mãe, Raquel se lembrou que não tinha pensado em nada para dizer a Alan. Não tinha ensaiado o que falar, como tinha planejado. E não tinha mais tempo para fazer nada, pois lá estava ele, parado em frente ao portão da casa vizinha. O chá-bar não começaria em menos de duas horas, mas pelo falatório que ouvia de dentro da casa de dona Emily, metade do bairro, inclusive sua mãe, já estava ajudando na arrumação.

Desta vez, Raquel notou que Alan não estava vestido de branco, mas sim com uma camisa polo verde e um jeans surrado. Estava bonito, mas não como sempre. Parecia de alguma forma diferente. Quase... menos extraordinário.

Raquel tentou manobrar com cuidado, mas o resultado foi um veículo a mais de um metro de distância da guia. Deixou daquele jeito mesmo.

– Comprou um carro? – Alan perguntou ao se aproximar dela. Raquel o conhecia suficientemente bem para saber que aquele tom de voz era tudo, menos informal. Ele ainda estava zangado, ela podia perceber.

– Aluguei – respondeu toda orgulhosa.

Alan fez uma careta, como se estivesse pensando algo engraçado, mas não disse nada. Por alguns breves instantes, ele quase pareceu o amigo de sempre, mas então sua feição voltou a se fechar e ficou séria de novo. Raquel odiava-se por ter transformado sua relação com Alan daquele jeito.

Ela caminhou até o porta-malas e Alan a ajudou a tirar a bagagem do carro, ainda sem encará-la.

– Foi bom ter te encontrado, Alan. Queria conversar com você.

Ele se afastou, carregando sua bagagem até o meio-fio.

– É melhor deixar tudo como está. Não quero brigar.

Brigar também não era a intenção de Raquel. Tudo o que ela queria era o seu melhor amigo de volta. Detestava aquele tom de voz, aquele olhar baixo. Alan sempre fora sua fortaleza, vê-lo tão distante machucava.

– Por favor. Só preciso que me ouça – insistiu. – Somente desta vez. Depois prometo que não volto a te incomodar.

Ele ficou alguns instantes encarando-a sem expressão até que soltou um suspiro e se sentou na calçada, ao lado da roda traseira do carro. Raquel sentiu seu coração apertar, estava com medo de não conseguir ter uma oportunidade para se explicar a Alan.

Ela se sentou ao seu lado e não conseguiu deixar de se lembrar de ter estado em posição semelhante àquela há quase quinze anos, no seu aniversário. No dia que Eric tinha jogado bolo em seu vestido. No dia que tinha se apaixonado por Alan. Tantas coisas aconteceram desde então. Parecia que era há tão pouco, mas, ao mesmo tempo, há uma eternidade. Lembrava-se até do perfume que Alan usava naquela ocasião, mas a intensidade que fazia seu coração bater mais forte ao estar tão próxima dele não existia mais.

Raquel esticou a perna e apoiou a base das costas em sua mala, tentando ganhar tempo. Sabia que devia ter ensaiado aquela conversa na frente do espelho, ou no carro a caminho do litoral, somente para evitar aquela situação. Não sabia nem por onde começar. Mas, antes que conseguisse formular alguma frase, Alan voltou a falar.

– Estou chateado com você.

– Eu sei.

– Pensei que fôssemos amigos. Nunca imaginei que você conspiraria contra mim desse jeito. E o pior é que a Bianca te adora. A sensação de que a minha melhor amiga não gosta da minha noiva, porque eu sei que não gosta, e que não quer que eu me case, é muito ruim. Você tinha todo o direito de vir conversar comigo, dizer o que achava dessa história toda, não precisava agir pelas minhas costas como fez. – Ele suavizou o tom, mas sua voz ainda escorria rancor. – Foi muita infantilidade sua. Esperava mais de você, Raquel.

Como aquilo doía...

– Eu sei. Desculpe.

– Achei que te conhecesse, mas talvez não.

Raquel tinha se enganado. Alan não estava zangado, nem um pouco. Ele estava magoado. O que era mil vezes pior.

– Alan, sei que não é o que quer ouvir, mas sinto muito mesmo não ter te dito que não achava uma boa ideia você se casar com Bianca. Na realidade, não entendia sua decisão tão precipitada. Mas não queria correr o risco de te dizer a verdade e acabar te afastando de mim.

– Então você preferiu fingir gostar de Bianca para ficar tentando convencê-la a mudar de ideia?

Tecnicamente era exatamente isso o que Raquel tinha feito, mas Alan fazia parecer mais grave dizendo as coisas daquele jeito, com aquele olhar triste.

– Mas eu a convenci a continuar com o casamento depois!

– Será mesmo? Ou você só falou aquilo porque sabia que eu estava ouvindo da cozinha?

– Você pensa isso mesmo de mim?

– Não sei mais o que pensar.

Raquel não tinha dito aquilo porque achava que Alan estava ouvindo. Na verdade, ela gostava de Bianca. Ela achava sim que o casamento era uma decisão precipitada, mas se um casal poderia fazer aquilo dar certo, eram os dois. Mais do que nunca, Raquel sabia que eles se amavam. E, odiava admitir, mas Bianca era perfeita para Alan de uma forma que ela nunca fora.

– Só me responde uma coisa – ele voltou a encará-la e Raquel sentiu uma pontada de esperança de que tudo poderia ficar bem, afinal. – Por que fez isso? De verdade.

Olhando em seus olhos, naquele instante, ela percebeu. Ele sabia. Alan sabia que ela gostava dele. Talvez sempre soubesse. E ainda assim, nunca tinha tomado nenhuma atitude ou tratado Raquel de forma diferente de uma amiga. Alan nunca se apaixonara por ela.

– Sabe quando você sente que seu mundo gira em torno de uma pessoa? E que você acredita que sem ela você não pode ser feliz?

– Raquel...

– Eu sempre fui apaixonada por você. – Ela encarava o chão à sua frente. Caso olhasse para ele, paralisaria, com certeza. – Desde o meu aniversário de quinze anos quando você ficou agachado ao meu lado atrás de um carro enquanto esperava eu me acalmar por ter o vestido todo sujo de bolo. Passei os últimos anos vivendo de ilusões que eu mesma criava. Queria ter você ao meu lado e ser sua amiga, e de certa forma, isso me bastou. Fui covarde, nunca me declarei porque preferia não tê-lo como namorado a correr o risco de perdê-lo como amigo. Você é muito importante para mim, Alan.

Alguns instantes de silêncio se seguiram. Raquel sentiu as lágrimas arderem em seus olhos, ansiosas por escorrerem por seu rosto.

Alan soltou um suspiro ao seu lado e ajeitou o corpo, virando-se e girando Raquel com o braço, obrigando-a a olhar para ele. O veterinário não parecia mais tão magoado, embora seus olhos ainda carregassem traços de melancolia.

– Eu te amo como uma irmã – Raquel não conseguiu mais conter as lágrimas. – Mas é só isso. Quando estou com você, quero protegê-la. Quero contar as coisas interessantes que acontecem na minha vida, pois adoro seu otimismo, sempre me dizendo que "sabia do que eu era capaz". Mesmo não tendo o mesmo sangue, é como se tivéssemos. Por isso fiquei tão triste quando soube que você, parte da minha família, tinha armado para acabar com o meu casamento.

Ela virou o rosto e enxugou as lágrimas com a manga da blusa.

– Desculpe, Raquel.

– Pelo quê?

– Não sei. Talvez por não te amar do mesmo jeito que você me ama.

– Ninguém ama igual. Todo mundo tem uma maneira bem peculiar de se apaixonar. Eu, por exemplo, confundi a amizade com o amor. E precisei de quinze anos para entender. Jamais se desculpe por isso.

– Só quero ver você feliz, sabe disso, não?

Raquel confirmou com um aceno de cabeça.

– E eu sou feliz. Tenho você como irmão.

Alan a puxou para perto e a abraçou.

Aquela proximidade era muito reconfortante. Raquel sentia-se protegia nos braços de Alan. Era seguro estar com ele e, daquela forma, seu coração parecia bater calminho no seu peito. Ele afastava todos os fantasmas, todas as inseguranças, todas as dúvidas e medos. Ficava mais completa a seu lado.

Era muito fácil confundir um sentimento tão forte como aquele com paixão. Alan fazia parte de si mesma, porém era mais como se fosse a base de uma construção, que a ajudasse a não desabar. Mas ele não fazia parte da estrutura em si, como se integrasse as pilastras e as paredes da construção. Esse era Eric. Os sentimentos por ele eram completamente diferentes dos de Alan. Queria estar com o loiro não porque ele lhe ajudava e queria vê-la feliz, mas simplesmente porque *precisava*, de corpo e alma. Precisava estar ao seu lado nem que fosse para brigar ou para implicar com sua camiseta, o que era divertido, ou para olhar sua boca e imaginá-la sobre seus lábios.

– Acho que estou apaixonada de verdade por outra pessoa.

Não sabia por que estava contando aquilo, mas era reconfortante desabafar com quem realmente confiava.

– E essa outra pessoa também gosta de você?

– Acho que sim. Mas tenho medo de me magoar.

– Às vezes pessoas que amamos nos magoam mesmo. Faz parte do pacote.

Definitivamente, estar apaixonada era um saco. Raquel suspirou e se aconchegou ainda mais em Alan.

– Então você se apaixonou por mim quando eu te ajudei com o vestido arruinado de bolo. – Ainda abraçados, a voz de Alan soava mais divertida. – Preciso parar de ser tão cavalheiro com donzelas indefesas.

– Difícil. Você é gentil demais. É sua característica. Está eternamente condenado a fazer mulheres se apaixonarem por você.

Alan riu.

– Ainda bem que estou me casando então.

– Pois é. E trate de fazer Bianca feliz. Ela é uma boa moça. Merece uma vida a dois perfeita. Não espalhe por aí, mas eu até gosto dela.

O aperto ficou mais forte e Raquel ficou mais à vontade naqueles braços.

– Obrigada por existir na minha vida, Raquel – Alan disse ao pé do seu ouvido.

E foi nessa hora que ouviram um barulho de porta batendo do outro lado da rua e um vulto de um homem loiro entrar rapidamente na casa da frente.

Eric.

Capítulo 20 – Coisas para se fazer em um chá-bar

Eric estava completamente puto da vida. *Raquel abraçada com Alan?! E escondidos atrás de um carro!* Exatamente da mesma forma como estavam quando Eric os viu no aniversário de quinze anos dela. A diferença é que dessa vez eles tinham feito isso parados em frente à sua casa. Como se quisessem esfregar na sua cara que, não importasse o quanto Eric tentasse, Alan sempre venceria. Mesmo quando o cara não queria o prêmio.

Tinha passado os últimos dois dias tentando ligar para Raquel e chegou a ir até seu apartamento, embora não tenha tido coragem de tocar o interfone. Eles precisavam conversar. Eric entendia que Raquel necessitava de um tempo para pensar sobre tudo o que estava acontecendo. Ela devia estar confusa quanto aos seus sentimentos, mas Eric também sabia que precisava ter mais do que alguns minutos para dizer que tinha se apaixonado por ela... Duas vezes.

Sentia-se um imbecil. *Por que se declarar daquela forma?* Sempre que sentia vontade de estar com alguma garota era só investir um certo tempo e, pronto, conseguia o que queria. Não era convencido, somente realista. Mas com Raquel era diferente. Não queria somente estar com ela. Gostava de Raquel, e muito. Queria que ela quisesse de verdade estar com ele e não que precisasse conquistá-la. Provavelmente essa era uma das características de estar apaixonado: querer que a pessoa amada sinta o mesmo que você. Porque, de uma coisa tinha certeza, com Raquel sempre fora diferente.

Mas ela nunca tinha gostado dele. Para Raquel o "santo Alan" era o homem perfeito e se alguém não fosse no mínimo semelhante a ele, só poderia ser um escroto. E Eric estava longe de ser como Alan. Nem queria.

– Eric, meu filho, você não comprou o óleo de canola que eu pedi. – Dona Rose já estava vasculhando a sacola de mercado que Eric tinha deixado sobre a mesa da cozinha quando chegou. – Agora me diga como eu vou fazer aquela receita de bolo sem glúten desse jeito?

Eric quis dizer que em um chá-bar a última coisa que as pessoas se importariam era com um bolo sem glúten, mas resolveu não irritar sua mãe ainda mais. Ela andava muito perturbada com os preparativos para o casamento da filha caçula. Até parecia que era Rose quem ia se casar, às vezes.

– Ah, mãe, sei lá, faz um de chocolate.

– Mas tem muita gente que tem intolerância a glutén. Precisamos dar opções para todos!

– Então não faça nada. As pessoas vão só querer beber mesmo.

Dona Rose cruzou os braços sobre os avantajados seios. Sua cara se fechou em uma carranca. Eric sabia que estava em maus lençóis quando ela ficava daquela forma. Sua mãe nunca tinha batido nele e nem na irmã durante toda sua vida, mas, em compensação, os sermões eram sempre homéricos. Às vezes Eric achava que preferia levar uma cintada a ter que ouvir aqueles discursos.

– Será que é pedir demais que você tente pelo menos fingir estar feliz com esse casamento?

– Mãe, não vou discutir isso novamente com a senhora.

– Pois se não quer discutir, vai pelo menos me ouvir. – E antes que Eric pudesse tentar fugir daquela conversa, ela se antecipou. – E nada de se trancar no quarto, mocinho! Vou falar e você vai escutar.

Mocinho?! Sua mãe não mudava nunca. Eric teve vontade de rir, mas sabia que isso só pioraria as coisas, então resolveu se sentar à mesa da cozinha. Era melhor não contrariar sua mãe.

– Eu sei que você não gosta de Alan. Essa briga entre vocês dois é antiga. Nunca entendi bem o motivo, mas respeito seu julgamento de caráter, apesar de não concordar com ele. Mas, meu filho, Bianca está feliz. Será que não dá para entender que Alan faz bem pra ela?

Seria tão mais simples se ele pudesse somente torcer pelo casamento e ver Alan-Pedra-No-Sapato fora de seu caminho. Mas, é claro, que dentre tantas mulheres no mundo, ele tinha escolhido logo Bianca, Eric pensou com sarcasmo. O que não entendia era como Alan, sendo tão perfeito, estava escondido aos abraços com sua antiga vizinha às vésperas de seu casamento. Jamais faria aquele comentário em voz alta para não complicar Raquel, mas sabia que era um bom ponto a ser discutido. Resolveu para o lado maternal de Dona Rose:

– Então não se importa se Bianca se mudar para uma cidade a mais de mil quilômetros de distância da senhora?

Tinha achado um ponto válido. Ela não teria argumento para aquilo. Bianca era a caçula, o xodó da família, é claro que a mãe sentiria a falta da filha. Rose suspirou e caminhou até a geladeira. Ela pegou uma caixa de leite e, sobre a bancada, apanhou dois copos transparentes. Ela serviu a bebida para o dois e se sentou de frente para o filho como costumava fazer há anos. Eric notou que a mãe parecia mais velha naquelas últimas semanas. Todo aquele estresse estava consumindo toda a sua energia.

– É difícil para uma mãe se separar de seus filhos. Ver vocês partirem de casa para ir estudar e depois trabalhar não foi fácil. Por mais que eu soubesse que a tendência da vida era essa, ficar sem ver vocês todos os dias parte meu coração. Mas, Eric, não posso prendê-los. Criei Bianca e você para serem livres e independentes. E vendo os adultos maravilhosos que se tornaram, vejo que fiz um ótimo trabalho. Só sinto seu pai não estar aqui para observar isso também. – A voz dela falhou um pouco, mas logo se recompôs. – Mas sei que se ele estivesse, estaria muito feliz por vocês.

Tocar no assunto da morte de seu pai não era coisa fácil para ela. Na verdade, era quase um tabu naquela casa. Nos últimos anos, Dona Rose não conseguia segurar as lágrimas somente à referência do marido falecido.

– Bianca se tornou uma excelente menina. Você precisa aprender a confiar em suas escolhas. Ela tem opinião forte – Rose sorriu antes de dar um grande gole no leite. – Eu sei que você está o tempo todo preocupado com a sua irmã. Mas você fez um bom trabalho ajudando na criação dela, Eric.

E lá estava de novo a morte de seu pai no meio daquela conversa, mesmo que de forma implícita.

Ela piscou longamente e suspirou.

– Sinto tanta falta de Carlos, filho.

– Eu também, mãe.

Depois de alguns instantes em silêncio, o canto da boca de sua mãe se ergueu em um leve sorriso.

– Você e seu pai são muito parecidos. – Ela encarava com olhos sonhadores a cadeira ao lado de Eric. – Sabe quais foram as últimas palavras que ele me disse antes de sair aquele dia?

Ela não explicou que dia era aquele, mas Eric entendeu. O dia da sua morte. Quando ele e o pai tiveram uma briga pouco antes de seu acidente de carro. Eric não respondeu, apenas negou com a cabeça.

– Que o filho de Emily era um mentirozinho – ela riu de verdade dessa vez. – Carlos também nunca foi muito fã de Alan.

Aquilo era novidade. O primeiro pensamento que teve foi que sua mãe estava mentindo. Na véspera da sua morte, Carlos tinha brigado feio com Eric por causa de uma fofoca de Alan. Mas, pensando com mais calma, o loiro chegou à conclusão que não tinha motivos para sua mãe mentir sobre aquilo, afinal ela queria convencê-lo a gostar de Alan, não o contrário.

– Como assim? O que ele quis dizer?

– Quando o cachorro da Dona Elena morreu, ela veio dizer que Alan tinha visto você com o chumbinho. Todo mundo pensou que você tinha sido o culpado pela morte do bichinho, mas seu pai discutiu com ela, dizendo que Alan estava errado e que você não tinha feito nada.

Impossível. Eric lembrava-se perfeitamente daquele dia. Seu pai tinha lhe dado a maior bronca por causa daquela história. Sua mãe devia estar enganada.

– A senhora deve ter entendido mal. Meu pai acreditou sim naquela história toda.

– Ele soube depois que você tinha mesmo pegado o chumbinho. Ficou muito bravo, pois aquilo era um perigo. Já imaginou se você ou sua irmã acabassem engolindo aquilo sem querer? Mas ele jamais acreditou que você tivesse matado o cachorro.

Pela primeira vez em anos, Eric sentiu seus olhos arderem por lágrimas que ameaçavam cair. Seu pai não morreu lhe odiando. No final das contas, ele só estava preocupado com Eric e a bronca tinha sido uma coisa corriqueira, comum na criação de uma criança arteira. Sua mãe não fazia ideia do peso que tinha tirado das costas do filho ao dizer aquelas palavras. Eric abaixou o olhar e voltou a tomar o leite, procurando evitar dizer alguma coisa sobre o assunto.

– Nem meu pai gostava do Alan – acabou falando depois de alguns instantes de silêncio.

Dona Rose riu com descontração e Eric não conseguiu evitar um sorriso ao ouvir aquele som.

– Meu filho, eu te amo, mas você às vezes é teimoso demais! Está precisando mesmo é arrumar uma namorada para parar de regular a vida de sua irmã.

– Uma namorada? – Eric achou aquela afirmação hilária. Sua mãe nunca tinha dito nada parecido antes. Pegou o copo de leite nas mãos, tomando pequenos goles enquanto ouvia os conselhos amorosos de sua mãe.

– Sim. Já está em tempo de arrumar sua vida. – Dona Rose se ajeitou na cadeira antes de continuar. – Precisa arranjar uma boa moça. O que acha da filha da Elizabeth, da casa em frente? A Raquel.

Eric cuspiu o leite quando ouviu sua mãe.

– Como é?!

– A Raquel Alencar. Sempre achei vocês dois tão bonitinhos juntos quando crianças. E há umas semanas ela me pediu o endereço do seu apartamento. Então pensei que poderia estar acontecendo algo entre vocês. Até comentei isso com sua irmã.

Pronto, perfeito. Agora até Bianca deveria estar pensando que Raquel poderia ser sua cunhada. Eric não conseguia evitar pensar o quanto aquilo tudo era surreal. E de pensar que cerca de um mês atrás ele não tinha nem notícias de Raquel. Agora ela já estava envolvida na sua vida profissional, pessoal e até familiar.

Seria difícil se afastar dela.

*

O chá-bar era um evento no mínimo interessante. O quintal dos fundos da casa de Dona Emily estava completamente diferente do normal. Toda vizinhança tinha decorado o local com lâmpadas coloridas e até um globo luminoso estava dependurado no centro do espaço. Eric sentia-se como se estivesse em uma casa noturna frequentada por pessoas de todas as idades e que servia aos presentes, além de bebidas, doces como o bolo sem glúten de sua mãe (ele tinha voltado ao mercado para comprar o óleo de canola).

Logo na entrada tinham sido colocadas duas caixas grandes, enfeitadas de azul e rosa, onde os convidados colocavam os presentes para os noivos. Eric tinha recebido o convite para o evento, pedindo que levasse uma coqueteleira de presente, o que ele tinha sumariamente se negado a fazer.

Eric achava aquilo tudo um tremendo desperdício já que em breve os dois se mudariam e não conseguiriam levar metade daqueles presentes com eles, mas sua mãe tinha insistido, dizendo que era tradicional se reunir com amigos dias antes do casamento para uma série de brincadeiras e troca de lembranças.

Era tradição, então tudo bem, Eric pensou sarcasticamente.

Pelo menos vinte pessoas estavam presentes, incluindo Bianca e Alan, que não se desgrudavam e conversavam animadamente com vários convidados. Eric pegou uma latinha de cerveja no freezer e percorreu o local. Não queria admitir, mas estava à procura de Raquel. Desde que a tinha visto nos braços de Alan há algumas horas, não tinha mais notícias dela. Dona Elizabeth estava na festa, mas Eric não podia perguntar para ela sobre a filha. A mãe de Raquel não era bem sua fã.

Só lhe restava esperar. Queria conversar com ela. Esclarecer algumas coisas. Se ela realmente estava disposta a lutar por Alan, Eric não poderia fazer mais nada. Tampouco ajudaria nas tentativas de acabar com o casamento. E o que mais o atormentava era pensar que já tinha ido longe demais com aquilo, portanto, teria que se afastar de Raquel. Nem mais sua amizade poderia cultivar. Não dava para serem amigos daquele jeito. Juntos, tinham planejado a separação de um casal, mas Eric tinha se apaixonado por ela e Raquel, ignorando sua investida, ainda se apegava a qualquer oportunidade de estar com Alan. Não tinha mais como voltar atrás. Seu contato com Raquel precisava ser rompido.

Eric estava se sentando em um banco no fundo do quintal quando a viu chegar. Raquel estava com o cabelo solto, cheio de ondas que caiam sobre os ombros descobertos. Usava um vestido sem alça cor de rosa com estampas de pequenas flores brancas que ia até a altura do joelho. Eric achou Raquel linda, como sempre. Embora, sendo sincero, daquela vez a sua beleza estava diferente. Como se depois que a tinha beijado e tocado sua pele com carinho, ela fosse mais real, mais *sua* de alguma forma.

Ela carregava um embrulho colorido nas mãos, que acabou colocando na caixa de Bianca antes que alguém pudesse explicar o que fazer com ele. A morena começou a caminhar para o centro do local e o Eric viu o momento em que ela o enxergou ao longe. Seus olhos se encontraram e permaneceram desta forma por alguns instantes. Raquel suspirou antes de retomar seu passo devagar, agora em direção a onde ele estava.

Ela também achava que precisavam conversar logo, ele percebeu.

Mas antes que Raquel pudesse alcançá-lo, Bianca apareceu na frente dela, largando Alan a alguns metros de distância.

– Raquel! Estávamos te esperando para começar!

Sua irmã a cumprimentou com um estalado beijo no rosto. Eric se levantou e foi ao encontro das duas.

– Achei que não viesse mais. Demorou tanto – Bianca ainda falava com Raquel quando Eric se aproximou.

– Não estava me sentindo muito bem. Já estou melhor agora.

Era a primeira vez desde o beijo que Eric ficava tão próximo da morena. Raquel usava o mesmo perfume cítrico daquela noite e sua pele sem maquiagem parecia tão macia quanto antes. Eric sentiu vontade de tocá-la novamente, mas se controlou a tempo.

Raquel parecia estar completamente ciente da proximidade entre eles também. Sua respiração tinha ficado mais intensa quando ele se aproximou. Não sabia se a irmã também tinha percebido, ou se ele era o único tão atento aos mínimos detalhes dela a este ponto.

– Que bom. Vamos começar com as brincadeiras da festa agora. Mas antes que eu me esqueça, Raquel, queria muito te pedir um favor. Ah, oi, Eric, não tinha te visto aí – Bianca o cumprimentou com um aceno antes de voltar a falar. – Amanhã de manhã vou provar o vestido de noiva e adoraria que fosse comigo. O que acha?

Raquel arregalou os olhos: – Eu?! Mas por quê?

– Acabei optando por uma costureira daqui e todas as minhas amigas moram na capital. Minha mãe também vai para a prova, mas, sabe como é, queria a opinião de alguém mais novo. Entende?

Definitivamente sua irmã estava certa de pensar desta forma, concluiu Eric. Dona Rose no mínimo iria aconselhá-la a usar o vestido mais sem graça da loja.

– Eu não sei...

– Você vai trabalhar amanhã?

– Não, na verdade peguei dois dias de folga por ter trabalhado no final de semana durante o Crazy Games, mas...

– Então está resolvido. Você vem! – Bianca deu um pulo no lugar, como uma adolescente. – Estou tão feliz! Vamos nos divertir muito, Raquel, prometo. Não será uma daquelas provas de vestido chatas que a gente vê nos filmes. Além do mais, assim teremos a oportunidade de conversarmos. Quero saber tudo o que anda acontecendo na sua vida.

Ao dizer a última frase, Bianca olhou de Eric para Raquel com o canto da boca erguida em um leve sorriso. Sim, ela e sua mãe estavam especulando um possível romance entre eles, Eric sabia. Raquel pareceu ter ficado constrangida com o comentário, mas Eric não saberia dizer se ela tinha entendido a indireta sobre ele.

– Tudo bem. Eu te encontro amanhã cedo, então.

– Perfeito!

Bianca deu um beijo no rosto de seu irmão como um cumprimento tardio e partiu em direção ao local onde Alan estava, deixando Eric e Raquel sozinhos. Sabia que não teriam tempo de conversar naquele momento, nem naquele lugar lotado de familiares e amigos, mas precisava aproveitar a oportunidade.

– Tentei te ligar.

– Eu sei. Precisava de um tempo pra pensar.

– É, imagino. Eu vi você conversando com Alan mais cedo.

– Acertamos alguns assuntos pendentes. – Raquel ajeitou o vestido tentando ganhar tempo. – Além disso, eu queria falar com você pessoalmente, não por telefone.

– Bom, eu estou aqui agora.

– É, você está.

Naquele momento, Dona Rose levantou a voz e pediu atenção de todos os presentes para anunciar o início das atividades do chá-bar. Eric virou-se para encarar sua mãe, mas procurou se aproximar mais de Raquel. Não queria que ela encontrasse alguma desculpa para fugir dele novamente. E conforme as pessoas se amontoavam ao redor de Alan e Bianca, que foram colocados sentados de frente para as caixas com os embrulhos, os corpos de Eric e Raquel ficavam mais próximos.

Ele não resistiu mais. *Precisava tocar Raquel.*

Eric colocou uma das mãos na lateral da cintura dela e com a outra começou a acariciar de leve com a ponta dos dedos seu braço descoberto. Na mesma hora, ela se arrepiou e ele viu seus lábios se entreabrirem quando ela exalou com urgência. Sua mão, que estava sobre a cintura começou a se mover quase que por vontade própria, percorrendo de leve as costas de Raquel. Os olhos dela deram uma longa piscadela antes de Raquel levar sua mão até onde Eric a tocava. Por um instante, ele achou que só a afastaria, mas ela simplesmente a segurou. Por um longo momento eles ficaram assim, de mãos dadas, escondidos entre aquela multidão de amigos e familiares, sem dizer uma palavra.

Ele sabia que ela devia sentir alguma coisa por ele. Não era possível estar apaixonada por Alan e ainda assim se sentir tão afetada por Eric daquela forma. E ele estava afetado por ela também. E muito. Eric queria poder estar sozinho com Raquel naquele momento. Poder tocar mais do que aquele mínimo pedaço de pele. Queria passar suas mãos pelos cabelos volumosos dela e segurá-lo enquanto beijava sua boca e depois seu pescoço. Queria poder dizer o que quisesse para ela, sem se sentir envergonhado ou com medo de ser mal interpretado, e poder passar a noite toda beijando cada parte daquele corpo pequeno e moreno.

A brincadeira já tinha começado no centro e os noivos tentavam adivinhar quem tinha dado o que somente apertando os embrulhos. Eric se surpreendeu ao ver pelo menos cinco presentes já conferidos ao lado de cada um dos noivos. Não sabia dizer há quanto tempo estava distraído com Raquel. Concluiu que não deveria ser pouco, apesar de ter perdido a noção dos minutos. E estava plenamente ciente dos seus dedos entrelaçados ao dela.

– Este foi o Eric quem deu?

Eric ouviu seu nome ser dito por Alan e passou a prestar atenção.

Ele segurava um embrulho azul que, claramente, se tratava de uma garrafa de uma bebida qualquer. Eric colocou um sorriso no rosto antes de responder: – Errou. Não trouxe nenhum presente.

Se Alan ficou sem graça com a resposta, não demonstrou. Sua irmã, por outro lado, claramente não tinha gostado da brincadeira, mas apesar da carranca que se formou em seu rosto, ela não disse nada.

– É o que dizem, cunhado não é parente, não é mesmo? – disse Dona Rose e muitos começaram a rir.

Os noivos voltaram a tentar adivinhar os presentes e Raquel largou sua mão. Eric sentiu um vazio imediatamente. Será que ela não tinha gostado por ele não ter trazido nenhum presente? *Ou será que ela tinha se zangado por ele ter deixado sem graça o Senhor Perfeição?* Eric sentiu raiva com o pensamento. No final das contas, Alan seria sempre uma pedra em seu sapato e por mais que ele provocasse algum sentimento em Raquel, era do veterinário que ela gostava de verdade. Eric afastou a outra mão, que ainda pousava sobre o braço esquerdo de Raquel, e ajeitou o corpo ao seu lado.

Ele também sabia jogar aquele joguinho.

Ainda iam conversar. Precisavam. Mas ele seria o adulto, não o adolescente vencido por seus hormônios, que não sabe pensar direito ao lado de uma mulher bonita. Mais do que nunca sabia que ele e

Raquel precisavam acertar as coisas. Quanto mais cedo a afastasse de sua vida, melhor.

Bianca pegou o embrulho colorido, que Raquel tinha trazido mais cedo, e depois de apertar um pouco a embalagem acertou que era ela quem tinha dado e também o conteúdo, um moedor de gelo. Pelo o que Eric tinha entendido, no final Raquel teria que "pagar prenda" por isso.

Quando a parte das adivinhações acabou, Raquel se afastou e foi ficar ao lado da mãe. Eric encostou-se à parede oposta, cruzando os braços sobre o peito enquanto esperava toda aquela baboseira acabar.

Todos se dispersaram e alguns já traziam nas mãos faixas coloridas, produtos de maquiagem e rolos de papel higiênico. As tais prendas começaram e apesar de todos estarem se divertindo ao assistir Bianca, Alan e alguns convidados dublarem músicas bregas, tentarem enfiar canetas amarradas em barbantes dentro de garrafas vazias e se pintarem de batom, ele não conseguia se distrair. Não tirava os olhos de Raquel, que fingia não vê-lo.

Quando chegou a vez da prenda dela, Bianca disse que Raquel teria que retirar com a boca duas maçãs que boiavam dentro de uma bacia gigante de água. É claro que ela se molhou toda durante a tentativa e, depois de quase dez minutos, finalmente conseguiu cumprir a tarefa. Todos riram muito, inclusive Raquel que, apesar de estar completamente encharcada, parecia estar feliz pela escolha da prenda. Tendo em vista o estado dos demais convidados que tiveram que caçar objetos dentro de melecas feitas de farinha de trigo, Eric concluiu que Raquel tinha mesmo dado sorte.

Ao longe, Eric a viu comentar algo ao ouvido com sua mãe e então começou a caminhar em direção à saída. Eric a seguiu. Raquel passou pelo portão da mãe de Alan e foi para a casa vizinha.

– Indo embora?

Raquel olhou para trás, ainda segurando o portão da casa de sua mãe aberto. Não pareceu ter se assustado com a presença de Eric.

– Precisamos conversar, Raquel – ele insistiu.

Ela concordou com a cabeça, mas não disse nada. Seu vestido estava completamente molhado e emoldurava seu corpo de forma provocante. Eric controlou a vontade de puxá-la para si, envolvendo-a em seus braços. Precisava se concentrar. O assunto era sério.

Raquel suspirou e seguiu em direção à casa, deixando a porta aberta depois de passar. Eric caminhou até lá.

Em mais de trinta anos que conhecia Raquel, nunca tinha entrado na casa onde ela tinha crescido. Tinha chegado no máximo até a porta.

A casa de dona Elizabeth era como tinha imaginado: sóbria. As almofadas cinzentas combinavam com o sofá da mesma cor e com os móveis escuros. O piso de madeira era extremamente limpo e brilhava na penumbra do ambiente. A casa toda cheirava a talco de neném e incenso de essência adocicada. Eric entrou devagar, pensando se deveria ou não tirar os sapatos. Resolveu não fazer isso. *Que se dane!* Dona Elizabeth não gostava dele mesmo.

Raquel, que tinha sumido pela casa, apareceu de novo na sala, agora segurando uma toalha branca nas mãos. Ela apontou o sofá à sua frente, e Eric se sentou. Em seguida, Raquel fez o mesmo, mas a cerca de meio metro de distância dele.

– Desculpa não ter atendido suas ligações.

– Você disse que precisava pensar.

– Isso.

– E pensou?

Ela parou de tentar secar o cabelo e largou a toalha sobre o braço do sofá antes de começar a falar.

– Pensei. Eric, pensei muito. Analisei tudo o que tenho feito e sentido nos últimos anos. – Suspirou ruidosamente antes de continuar. – Todo o amor que sinto por Alan e todas as situações mais absurdas que já fiz por ele.

Aquilo o incomodava. É claro que ela diria que ainda estava apaixonada por Alan, mas não precisava se declarar tão abertamente na sua frente.

Era crueldade da parte dela.

– Raquel, olhe...

– Não, por favor, me deixe acabar.

Eric exalou o ar com força e Raquel retomou a conversa.

– Pensei em tudo o que sempre fiz em nome do amor. E então, comecei a analisar esse sentimento propriamente dito. O tal amor. O que eu sempre acreditei sentir por Alan. Algo forte, mas fraternal. Alan é meu melhor amigo e comecei a perceber que o carinho que tenho por ele é uma dependência sim, mas a que uma irmã sente por um irmão e não a de uma mulher para um homem – ela parou para tomar fôlego. – E eu só consegui entender isso quando tive o sentimento real na minha frente para poder comparar. Só assim que pude enxergar a verdade do que era estar mesmo apaixonada.

Eric demorou alguns instantes para absorver o que Raquel dizia. Ela disse que amava Alan como um irmão?

– Hoje você estava abraçada com ele aqui em frente à casa da sua mãe.

– Resolvi dizer a Alan que estive apaixonada por ele pelos últimos quinze anos. Bom, pelo menos, que achei isso. E eu ainda precisava me desculpar com ele por ter tentado acabar com o casamento. Estou me sentindo péssima por isso. – A feição de Raquel ficou mais séria quando voltou a falar: – Aliás, Eric, eu não quero mais estragar o casamento de Bianca. Não posso mais fazer isso, me desculpe.

Ele estava praticamente em estado de choque.

– Você está brincando, não é?

– Desculpa. Acho que a Bianca e o Alan vão ser felizes juntos. Eles se amam. Não é certo separá-los... – Ela encarava suas mãos sobre o colo.

Eric segurou suas mãos e ela se calou. Ela queria ver Alan casado com Bianca. Alan, o cara por quem ela tinha um amor de irmã. E tudo porque ela disse que tinha conhecido um sentimento real em outra pessoa.

– No momento, a última coisa que eu quero é me preocupar com aquele casamento. Bianca que faça o que quiser. – Ela o encarava com aqueles olhos castanhos tão lindos. – O que quero entender são os seus sentimentos. Você está apaixonada?

Com relutância, ela concordou com a cabeça.

– É por mim?

Novamente, depois de alguns instantes somente encarando-o, ela concordou.

– Mas está com medo de se machucar?

Desta vez ela respondeu.

– Muito.

Eric sorriu ainda segurando as mãos de Raquel nas suas.

– E eu estou apavorado. Raquel, jamais gostei de alguém de verdade como gosto de você. E me apaixonar por uma pessoa que me conhece tanto, que sabe todos os meus defeitos, assusta como o inferno! Com você, eu não sei mentir, não consigo dizer o que não penso e isso é novo. Quero ser sincero e real com você o tempo todo e tenho receio que um dia você perceba que merece alguém melhor que eu e queira partir.

Ele soltou uma das mãos e a colocou na lateral do rosto de Raquel, entre a base de sua orelha e os lábios.

– Tenho medo, mas quero você. Quero me arriscar a sofrer, pois sei que se isso der certo, e eu farei de tudo para que dê, vai valer muito a pena.

Ela entreabriu os lábios e cerrou os olhos. Sua pele estava quente e a respiração saía apressada. Eric sentiu seu peito apertar. Ele a queria. Mais que tudo. E a queria naquele instante. Só precisava de um sinal, de um sim de Raquel para perder completamente o controle. Para se entregar por completo àquele momento e fazer com ela o que estava ansiando há tempos.

E foi naquela hora que ela o olhou com mais intensidade e disse seu nome lentamente em um ronronar rouco, muito atraente. O tom de voz mais sensual que Eric já tinha ouvido antes.

Então, com a mão em seu rosto, ele a puxou para si e a beijou.

Capítulo 21 – O quarto cheio de ursos de pelúcia como testemunhas

Os lábios eram macios e, inicialmente, tocaram-na com ternura, mal se encostando aos seus. Então ele passou a língua levemente em sua boca, e sua mão deslizou nas suas costas puxando-a ainda mais para perto. Seus lábios se separaram levemente para receber a maciez da língua de Eric e o beijo se intensificou.

Raquel ficou surpresa com a rapidez com que a luxúria a queimou. Cada pedaço que entrava em contato com a pele de Eric ardia, incendiando todas as terminações nervosas de seu corpo. As mãos dele agora corriam livremente por suas costas, braços e pescoço. Estavam tão próximos, que Raquel estava parcialmente sentada sobre a perna do loiro e podia sentir claramente o quanto aquilo o estava excitando. Literalmente.

Ele separou ligeiramente seus corpos, somente o suficiente para que ela conseguisse enxergar seus olhos. Estavam dilatados de excitação, e sua respiração saía como a dela, descompassada e em longas arfadas. As mãos encontraram o cabelo molhado de Raquel e então ele empurrou a cabeça dela para trás e beijou o comprimento de sua garganta.

Eric transformou cada nervo do seu corpo em focos de fogo enquanto voltava a beijá-la. Se alguém um dia tivesse dito que estaria agora nos braços de Eric, naquele beijo sensual, quase obsceno, jamais acreditaria. Ela queria senti-lo e tocá-lo por inteiro, em todas as partes daquele corpo firme. Eric gemeu contra sua boca. Ele passou suas mãos sob as coxas dela e a ergueu do sofá enquanto levantava-se. As pernas de Raquel envolveram a cintura dele e ela se curvou para poder alcançar sua orelha com a língua. Nesse momento, ele se arrepiou todo e soltou um palavrão baixo com uma voz rouca, levando-a à loucura.

Eric parecia à beira da mesma insanidade quando quase grunhiu ao seu ouvido: – Onde?

Raquel apontou uma porta no início do corredor e então já não estava mais enxergando nada, novamente envolta naquele beijo quente.

Ela sentiu Eric carregando-a sem dificuldades pelo caminho, e também quando ele empurrou com a perna a porta e entrou no quarto. Raquel abriu os olhos quando ele a colocou com cuidado no chão. Quando seus pés encostaram-se ao piso gelado, percebeu que estava descalça e que suas sapatilhas deviam estar jogadas pelo caminho, perdidas há tempos por causa daquele furor todo.

Raquel olhou para cima e percebeu que Eric olhava ao redor, ainda com a respiração arfante.

– Seu quarto é exatamente como eu imaginava.

Eric imaginava seu quarto na época da adolescência?! Era óbvio que sim, uma vez que ele mesmo tinha dito que era apaixonado por ela quando mais novo. Com os hormônios à flor da pele, Eric de fato devia ter pensando nela naquele quarto diversas vezes.

O local tinha paredes brancas e cortinas cor de violeta. A cama de solteiro tinha um colchão alto e macio e estava forrado com um edredom claro cheio de babados. Sobre a cabeceira tinham duas prateleiras repletas de bichos de pelúcia coloridos.

Raquel sentiu as mãos de Eric voltarem a percorrer suas costas, então fechou os olhos. Era irônico como apenas simples toques dele a faziam sentir arrepios por todo o corpo. Todinho. Devagar, ele a conduziu em direção à cama. Quando as costas dos seus joelhos encostaram na maciez do edredom, Raquel abriu os olhos e encontrou Eric a encarando de cima com ainda mais vontade do que antes. Vontade dela. Seus olhos a incendiavam enquanto a observava.

– Você é tão linda, Raquel. – Ele beijava seu pescoço enquanto falava, se deliciando do tremor que passou por ela a cada palavra proferida. – Quero saborear pedaço por pedaço do seu corpo e ouvir você gritar meu nome.

Ele a deitou na cama com cuidado e se debruçou sobre ela. Raquel gemeu em seus lábios e enterrou as mãos nos cabelos dele, inclinando sua própria cabeça para trás, com os olhos bem fechados, dando o maior acesso possível à sua boca, sua garganta. Os lábios de Eric desciam por seu corpo e sua boca beijava-lhe a clavícula, enquanto as mãos tentavam soltar seu vestido. Um arrepio percorreu a espinha de Raquel e sua cabeça pendeu para o lado.

Parecia que todas as emoções que a tinham consumido recentemente, toda a insegurança e confusão, estavam reunidas naquele beijo, naquele fogo, naquele contato íntimo. Queria sentir as mãos de Eric por todo seu corpo até que ficasse completamente insana e entorpecida de prazer.

Então, de súbito, Eric se separou dela, ficando a menos de um palmo de distância. Embora sua mão ainda a acariciasse, ele tinha interrompido o beijo e seu rosto parecia ligeiramente preocupado.

– Raquel...
– Sim... – Aqueles beijos eram entorpecentes.
– Eu não tenho camisinha aqui.
Ele só podia estar de brincadeira! Raquel terminou de separar seus corpos, tirando suas mãos da calça de Eric e afastando a mão dele do seu pescoço.
– Eu não acredito nisso! Como assim você não tem camisinha?
Eric parecia envergonhado.
– Digamos que eu não tinha a intenção de fazer tudo isso com você hoje. Não é como se tivesse me preparado.
Raquel se perguntou que homem àquela época não andava com um preservativo no bolso. Especialmente se era um mulherengo como Eric. Ele sair com uma mulher diferente por final de semana. Ele devia se proteger.
– Todo homem tem que andar com uma camisinha na carteira, Eric!
– Como assim "todo homem"? A mulher tem tanta responsabilidade quanto – ele respirou fundo,, tentando se acalmar, mas tirando como base o volume da sua calça naquele momento, a última coisa que estava era calmo. – Você não tem nenhum preservativo nessa casa?
– Essa não é mais minha casa.
– Será que sua mãe não tem nenhum perdido por aí?
Raquel riu com sarcasmo. *Impossível!* Jamais sua mãe teria uma camisinha perdida por ali. Embora, pensou, há tempos não ficava em casa. Quem poderia imaginar o que sua mãe andava aprontando depois dos bailes da Terceira Idade que costumava frequentar?
Não custava nada tentar.
– Espere aqui. Já volto – disse, enquanto ficava de pé e puxava seu vestido para cima, ajeitando-o no lugar novamente.
Mas antes que pudesse deixar o quarto, Eric a ergueu do chão de surpresa, fazendo com que suas cabeças ficassem quase na mesma altura enquanto colava novamente seus lábios, vasculhando sua boca com sua língua exigente. *Deus, o homem sabia beijar!*
– Não demore – ele ordenou, enquanto a colocava no chão de novo.
Raquel correu as mãos pelos músculos sobre o coração de Eric antes de reunir forças para sair do quarto.
Ela fechou a porta atrás de si e antes de correr para o banheiro calçou novamente as sapatilhas que estavam na sala. A última coisa que precisava era sua mãe encontrar vestígios do que estava prestes a fazer. Podia ser uma adulta, mas transar escondida na casa de sua mãe era excitante demais. Aquele pensamento só a fez querer correr ainda mais para procurar o preservativo.
O banheiro era extremamente arrumado com todos os produtos

perfeitamente separados pela ordem de aplicação: pasta de dente, fio dental e enxaguante bucal. Se tivesse alguma camisinha por ali, Raquel logo a encontraria. Vasculhou as prateleiras e o gabinete sob a pia. Nada.

Antes de desistir, Raquel foi até o quarto de Dona Elizabeth. Só podia estar mesmo muito desesperada por sexo selvagem para estar se esgueirando pelo quarto da própria mãe à procura de um preservativo. *A que ponto tinha chegado!* Mas ao se lembrar do corpo quente de Eric sobre o seu chegou à conclusão que a sua insanidade estava completamente justificada.

Eric era diferente de qualquer outro homem com quem já tivera aquele tipo de intimidade. Ele a olhava com tamanha intensidade que, por alguns momentos, ela se questionava se ele não estaria enxergando sua alma. E a forma como ele observava seu corpo era como se não encontrasse um ponto sequer que quisesse mudar. Ele a achava linda e a amava. E isso era combustível suficiente para deixá-la excitada por dias.

Isso sem contar, certamente, a forma como a tocava e a beijava. Ele tinha um fogo que a levava completamente às alturas. Ele a pegava, apertava, puxava e esfregava de uma forma tão luxuriosa que só a lembrança já era o suficiente para fazer Raquel querer seguir para o quarto e continuar com aquilo de qualquer forma.

Insana. Completamente insana!

O quarto de sua mãe era abafado e tinha um cheiro forte de talco. Ao lado da cama de casal, havia uma cômoda de mogno, onde Raquel resolveu começar a procura. Ela abriu as quatro gavetas, mas não encontrou nada além de velas e peças de roupa. Resolveu correr até o guarda-roupa e em meio ao vestuário de sua mãe encontrou muitas caixas de sapato com diversas quinquilharias que Dona Elizabeth guardava.

Quando estava quase desistindo, encontrou no fundo da gaveta de calcinhas uma caixa escura. Reconheceu a marca de uma linha de preservativos conhecida por prolongar o prazer de quem a usava. Tinham três camisinhas dentro do pacote e os dizeres na embalagem indicavam que eram de "tamanho G". Raquel quase engasgou quando leu isso. O que sua mãe fazia com aquilo guardado junto de suas calcinhas?!

Resolveu não se preocupar com isso. Precisava voltar para Eric, já fazia mais de cinco minutos que o tinha abandonado no quarto ao lado. Pegou a caixa inteira. Depois daria um jeito de repor sem que sua mãe percebesse. Foi ao encontro dele com as três camisinhas. Torcia para que pudessem usar todas elas. Eric tinha o perfil de homem que seria capaz de mantê-la ocupada a noite toda.

Rindo com o pensamento, Raquel voltou para o quarto.

Pela primeira vez se deu conta que, tirando a falta de um computador, aquele lugar não era tão diferente de seu quarto atual, a cerca de setenta quilômetros de distância dali. Ao lado da cama cheia de ursos de pelúcia estava uma penteadeira com diversos cadernos e agendas ainda da época de escola, além de porta-retratos com fotos de seus amigos e familiares. Talvez Raquel ainda continuasse a ser a mesma menina de sempre.

Percorreu com os olhos o quarto e encontrou Eric sentado de costas para a porta na beirada de sua cama, com o cabelo despenteado por causa de toda a ação que tiveram há pouco. Seu perfil era realmente um deleite, e Raquel lembrou-se do apelido que Ian usava ao se referir a ele: *deus nórdico*. Fazia jus àquela imagem.

Ao perceber sua chegada, Eric se virou e Raquel viu o que ele tinha nas mãos: um dos seus diários da época de adolescente. O objeto costumava ficar sobre a penteadeira.

– Quem te deu o direito de ler isso? É particular – disse, arrancando o diário de suas mãos.

Ele não parecia abalado com a repreensão.

– Não sabia que me odiava tanto assim.

– Não odiava, mas você costumava implicar muito comigo. Queria o quê? Que escrevesse maravilhas sobre você?

Eric se levantou e caminhou em direção à penteadeira.

– Sobre Alan você escrevia.

Raquel bufou.

– Eu achava que estava apaixonada por ele.

– Posso notar.

Ele segurava um dos porta-retratos na mão agora. Na fotografia, ela e Alan estavam com roupa de banho abraçados pelo ombro em frente a um mar azul. Ao lado, outra foto retratava a valsa de formatura do ensino médio, onde ela e Alan dançavam abraçados. Analisando com calma os porta-retratos de seu quarto, Raquel percebeu que todos tinham algo relacionado a Alan e nenhum, realmente nenhum, tinha a fotografia de Eric.

Apesar de não ter culpa, Raquel se sentiu mal por ele. No seu lugar também não gostaria daquele cenário. Mas ele sabia da verdade agora, sabia que ela estava completamente apaixonada por ele e não por Alan. Será que não podia esquecer aquela história para que pudessem continuar o que tinham interrompido há pouco? Ela agora tinha camisinhas de prazer prolongado tamanho G nas mãos.

– Eric, deixe de ser infantil. Isso é passado.

Ele fechou a cara em uma carranca na mesma hora e voltou a colocar o porta-retratos sobre a penteadeira.

– Infantil?

Talvez a escolha do adjetivo não tenha sido a ideal, mas Raquel não iria voltar atrás. Aquela briga sem sentido entre Eric e Alan precisava terminar.

– Sim, infantil. Ou vai me dizer que aquela brincadeira sobre não trazer nenhum presente para o chá-bar foi muito madura?

– E como sempre você está do lado daquele idiota.

– Não chame ele assim! Alan é uma excelente pessoa. Você não tem o direito!

Raquel o defendia não mais como uma mulher apaixonada, mas sim como uma irmã. Alan podia ter seus defeitos, mas não era uma pessoa ruim. Não merecia ser xingado daquela forma. Ainda mais pelas costas. E Raquel nunca, nunca mesmo, tinha visto Alan falar mal de Eric. Não era justo.

Eric estava ajeitando suas roupas abarrotadas.

– Você vai embora?!

Ele se ajeitou e caminhou para a porta sem falar mais nada. *Era um pesadelo!*

– Eric, você não pode sair daqui assim! – Raquel disse, mas ele já tinha partido, batendo a porta da sala ao sair.

Raquel gritou de frustração. Estava furiosa, chateada, arrependida e com tesão. Eric só tinha trazido complicações desde que resolvera voltar a aparecer na sua vida.

Capítulo 22 – O pesadelo de uma prova de vestido

[Nova postagem] [Blog Super Desapegada]

Título do post: *O fim*

[Editar em HTML]

Corpo do post:

Estou há mais de três horas rolando na cama. Apesar de ter o corpo exausto, o sono está fugindo de mim. Minha cabeça voa em pensamentos e memórias.

Preciso desabafar...

No último mês minha vida virou de ponta cabeça. E, até agora, não sei dizer se foi algo bom. Saí da dúvida, da falsa certeza, para um autoconhecimento que tem me angustiado muito. Às vezes me pego pensando se sou de fato uma boa pessoa. Um ser humano altruísta como imaginava ser. Mas, de verdade, quem realmente é?

Achei que amava um homem. Por quinze anos dediquei minha vida a essa pessoa, acreditando em migalhas de carinhos que recebia e que acabava interpretando de forma errada os seus significados. Então, quando ele resolveu se casar com uma amiga de infância, meu mundo desabou.

Foi quando decidi agir. Mas escolhi os caminhos mais tortuosos possíveis. Eu menti, enganei e agi de má fé. Convenci o irmão desta moça que aquele casamento era insano e fiz com que se aliasse a mim na tarefa de separar o casal. Depois inventei armações e esquemas, tudo para causar dúvidas na cabeça da noiva. Acabei fazendo coisas das quais não me orgulho e magoei pessoas que amo.

E qual foi o resultado?

Estou agora enrolada em uma grande confusão. Descobri que o tal "amor da minha vida" não é bem isso no final das contas, acabei salvando o casamento que devia destruir e, inclusive, daqui a algumas horas vou ajudar a noiva na prova do vestido.

Mas o pior de tudo é que estou completamente apaixonada pelo homem que deveria estar me ajudando a acabar com o casamento. Eu o amo como nunca amei antes. Mas esse homem não consegue lidar com a minha proximidade ao tal noivo e não consigo ver como fazer isso dar certo.

Confuso? Você não faz ideia.

O que quero dizer com tudo isso é que não existe uma fórmula para a felicidade quando o assunto são os caminhos do coração. Não está certo dizer "se desapegue", "siga sua vida", "não se prenda aos sentimentos". Isso tudo é uma tremenda idiotice! Especialmente quando vem de uma pessoa que você não conhece. Eu prego ideias e mantras que simplesmente não sigo na minha vida.

Não tenho o menor direito de usá-los desta forma. Acreditei que estava ajudando, mas a que custo? De uma mentira. De ideologias falsas que nem mesmo eu sigo.

Apegar-se a algo não é ruim. Ruim é acreditar na sua dependência disso. E é por esse motivo que eu decidi que este será meu último post. Estou me desapegando do blog. É o fim.

Espero que entendam.

Precisamos ser livres para fazermos nossas escolhas, sem a influência de pessoas que dizem entender os nossos problemas, quando na verdade não passam de desajustadas sem condições nenhuma de opinar ou decidir por você.

Peço desculpas por minha postura e por minhas atitudes. Mas quero que saibam que nunca tive o intuito de machucar ninguém. A intenção pode ter sido escusa, mas jamais maldosa.

Sentirei falta disso. Sentirei falta de vocês, leitores.

[Tags]

Marcadores: Fim das atividades

[Publicar postagem] [Salvar agora] [Visualizar]

Raquel clicou em "publicar" e desligou o computador na mesma hora. Não queria ler a repercussão que aquilo geraria. Não naquela hora. Talvez nunca.

Colocar todos aqueles sentimentos em palavras foi uma das coisas mais difíceis que Raquel já tinha feito na vida. Admitir que tinha tentado prejudicar uma pessoa de propósito, que se boicotou sentimentalmente por mais de quinze anos acreditando amar a pessoa errada e que, principalmente, estava desta vez apaixonada de verdade por alguém que, talvez, nunca mais iria olhá-la na cara de novo era algo muito doloroso.

Abrir mão do blog era difícil também, mas no fundo Raquel sabia que estava tomando a decisão certa. Não podia continuar com aquilo por mais tempo. Não estava certo agir daquela forma. Além disso, escrever conselhos e incentivos ao desapego sentimental só a fazia se sentir pior. Raquel tinha plena consciência de que o que tinha começado como uma forma de extravasar suas dúvidas e medos não funcionava mais. O blog estava mais fazendo mal do que bem.

Precisava parar.

Sabia disso.

Mesmo assim, chorou até a manhã seguinte na solidão do quarto onde tinha passado toda a infância, sob o edredom rosa que sua mãe tinha comprado para ela aos quinze anos de idade.

*

Pela manhã, Raquel estava com uma dor de cabeça monstruosa. Até o ato de abrir e fechar os olhos lhe causava dor. Isso sem contar sua coordenação motora abalada por causa das poucas horas de sono. Estava a ponto de cancelar com Bianca, mas sabia que não podia. Devia tanto a ela, que não podia deixar de acompanhá-la na prova do vestido de noiva.

Estava em cima da hora, então se vestiu de *jeans* e camiseta, com pressa, prendendo o cabelo em um coque no alto da cabeça. Olhando-se no espelho, concluiu que não estava nos seus melhores dias, mas aquele visual serviria bem para a tarefa que tinha a realizar.

– Meu Deus, Raquel, que cara é essa, minha filha? – Dona Elizabeth perguntou assim que entrou na cozinha.

Ela já estava impecavelmente arrumada quando Raquel se levantou àquela manhã. Não que sua mãe não se vestisse bem o tempo todo, mas, por algum motivo, ela parecia estar mais ajeitada do que nunca com um vestido florido e sapatilhas combinando com a bolsa branca que estava jogada sobre a mesa da cozinha. Mas talvez só estivesse pensando desse jeito por ter encontrado o pacote de camisinhas nas coisas dela na noite anterior. Não devia ser nada demais.

– Não consegui dormir bem. Devo estar desacostumada com a cama – mentiu. – Aonde a senhora vai toda arrumada?

Sua mãe deu um longo gole de suco de laranja antes de responder.

– Ao mercadinho. Quer algo de lá?

Raquel negou com a cabeça.

– Vou com Bianca na loja de noivas. Ela tem a prova do vestido hoje.

– Que maravilha! – O sorriso de Elizabeth se ampliou. – Sempre adorei essa parte. Tenho certeza que vai se divertir muito.

Raquel duvidava disso, mas não falou nada. Depois de empurrar algumas torradas pela garganta, pegou sua bolsa e a chave do carro alugado e saiu em direção à casa da frente.

Não tinha certeza se Eric estaria lá àquela hora. Depois que ele a deixara na noite anterior, Raquel o vira entrar na casa da frente e não sair mais de lá. Mas não tinha como saber se o veria ou não quando fosse encontrar Bianca e toda aquela expectativa estava lhe deixando nervosa.

As lembranças de algumas horas atrás ainda estavam frescas na sua mente e só de pensar em como ele tinha tocado cada parte do seu corpo já a fazia se arrepiar toda. Bateu na porta e estava pensando em como cumprimentaria Eric caso ele estivesse em casa quando esta se abriu e ela se viu encarando o loiro que na noite anterior tinha feito sons de excitação saírem das profundezas de sua garganta.

Ela sentiu-se corar na mesma hora.

– Eric.

– Raquel – ele retribuiu o cumprimento, afastando o corpo para o lado e deixando-a passar.

Enquanto caminhava para a sala de estar de Dona Rose, Raquel estava completamente ciente da proximidade de Eric. Ele a seguia a alguns passos de distância. Quase conseguia ouvir sua respiração.

– A Bianca já está pronta?

– Ela pediu para você esperar um pouco enquanto termina de se arrumar. – A voz dele estava rouca. – Quer se sentar?

– Não. Prefiro esperar em pé mesmo.

Raquel encostou-se ao balcão que dividia a sala da copa. Depois do que tinham feito no sofá de sua mãe na noite anterior, nem em sonho sentaria novamente tão perto de Eric. Ele cruzou os braços sobre o peito e encostou-se à parede oposta, ficando em frente à Raquel, a alguns metros de distância.

– Você não devia estar trabalhando na sua empresa? Com o fim do Crazy Games imagino que tenha muita coisa para resolver.

– Alberto está tomando conta de tudo esses dias.

Depois de alguns segundos constrangedores, Eric quebrou o silêncio.

– Desculpe por ontem.

Raquel sentiu um frio na barriga. Não sabia se ele estava se desculpando por ter saído depois da discussão ou por tê-la beijado.

– Não tem pelo o que se desculpar.

– Tenho sim, Raquel. – Ele deu alguns passos, ficando mais próximo dela enquanto falava. – Foi muita idiotice minha ler seu diário ontem. Eu não tinha o direito.

Ah, a desculpa era por isso.

– Realmente não tinha.

– Eu sei, mas não resisti. Especialmente depois de ver todas aquelas fotografias de Alan no seu quarto.

– Eram todas antigas, Eric.

– Sei disso também. Mas, de qualquer forma, jamais conseguiria continuar o que estávamos fazendo. – Inesperadamente, ele sorriu sem jeito. – Não naquele quarto cheio de lembranças dele.

Raquel suspirou em frustração. Toda a história era ridícula demais. Não queria que aquela discussão fosse motivo para separá-los, mas também não podia afastar Alan de sua vida por causa dos ciúmes de Eric.

– Se queremos que algum dia isso dê certo, Eric, você precisa aceitar que Alan faz parte da minha vida. Ele é meu melhor amigo. Não vou me afastar dele por sua causa. Além disso, daqui a alguns dias ele será seu cunhado. Vocês precisam se entender.

Eric inclinou a cabeça e fechou seus olhos com força. Por alguns segundos não disse nada e Raquel ficou somente observando. Eric vestia uma camiseta branca com um desenho que parecia ser de um mágico, com a frase *"You shall not pass"*. Daquela camiseta ela gostou. Vestia bem nele.

– Meu pai não acreditou nas acusações de Alan.

Raquel não sabia o que dizer. Aquele assunto era delicado, Eric não conversaria sobre isso com qualquer um.

– Como assim?

– Naquele dia. Quando ele... morreu. – Eric continuava com os olhos fechados enquanto falava. – Minha mãe disse que um pouco antes ele me defendeu quando disseram que eu tinha matado o cachorro da vizinha.

Ela sabia o quanto aquilo era importante para Eric. Nunca conhecera seu próprio pai, mas conseguia imaginar como o amigo se sentia. Carlos tinha sido o herói de Eric, seu amigo, seu exemplo. Pensar que ele tinha morrido com raiva do próprio filho devia ser doloroso demais.

Raquel deu um passo para frente e ficou a alguns centímetros de distância do loiro. Ele ainda estava com os olhos fechados, mas pela forma como seu corpo se enrijeceu, ela sabia que tinha percebido a proximidade deles. Raquel escorregou a mão sobre o rosto dele e com o polegar sentiu a barba cerrada. Eric inclinou de leve o rosto apoiando-o nela.

– Não acha que está na hora de deixar tudo isso para trás? Alan era tão jovem quando falou aquilo de você. Desde então, tanta coisa já aconteceu com vocês dois. Você vai ser tão mais feliz se tirar esse rancor de dentro de você.

Raquel descansou a mão livre sobre o peito de Eric e quando voltou a olhar para cima, viu que ele a encarava. Àquela distância, seus olhos pareciam ser de cor turquesa e brilhavam como nunca. Sua respiração ficou mais intensa quando ele passou uma das mãos pela nuca de Raquel, puxando-a para si.

Aquele beijo era diferente dos outros. Parecia mais íntimo, apesar de ser o mais casto de todos. Os lábios dele a fizeram sentir vontade de se prender a Eric e nunca mais deixar que se afastassem.

Antes que pudessem prosseguir com os carinhos, Raquel ouviu passos vindos do fundo da casa. Mesmo sem nenhum tipo de acordo anterior, eles se separaram e Raquel ajeitou sua blusa enquanto Eric limpava discretamente com as costas das mãos o resto de batom que tinha ficado em seus lábios.

– Mamãe, vamos logo. Já estamos atrasadas.

– Estou procurando minha bolsa – Dona Rose gritava ao fundo. – Você a viu?

– Está pendurada atrás da porta – Bianca respondeu enquanto entrava na sala. – Raquel! Desculpa a demora. Fiz você esperar muito?

– Não, acabei de chegar.

Bianca olhou para ela e Eric com um sorriso torto nos lábios, e Raquel se perguntou se sabia de alguma coisa. Depois ela a abraçou e a cumprimentou com dois beijos no rosto.

– Precisamos ir agora. A costureira até já ligou perguntando por que não chegamos ainda.

Assim que Dona Rose apareceu no cômodo, elas partiram. Eric se despediu das três de forma informal, e Raquel sentiu um aperto no coração. Tudo o que queria era poder ficar com ele e continuar aquela conversa e, é claro, aquele beijo.

*

A loja de vestidos de noiva e acessórios ficava no centro comercial da cidade vizinha, Santos, próxima de diversas outras lojas especializadas no assunto. No caminho, Raquel teve que palpitar sobre vários outros itens a pedido de Bianca. Só até ali, fora decidido que os enfeites de mesa seriam de lírios, que o docinho entregue no final seria pão de mel (*bem casados estava tão fora de moda*) e que os noivinhos do topo do bolo seriam de *biscuit*.

Logo que entraram na loja, uma mulher na casa dos quarenta, muito bem vestida com um *tailleur* branco, as recebeu.

– Bianca, meu amor, o que aconteceu? Você não é de se atrasar. Estávamos preocupadíssimas.

– Mil perdões, Andrea. Acabamos nos enrolando para sair de casa. Espero que não atrapalhe a sua agenda.

– De jeito nenhum! Temos todo o tempo do mundo para você. Rose, querida – disse, enquanto cumprimentava a senhora ao seu lado com beijos no rosto. – E essa eu não conheço.

– Andrea, esta é minha amiga Raquel. Raquel, esta é Andrea, dona da loja.

– Ah, meu Deus, você que é a Raquel? A Bianca fala muito de você.

Raquel se perguntou o que diabos Bianca poderia falar sobre ela enquanto a comerciante a abraçava. Ela cheirava a morangos.

– Vou pedir para trazerem algo para vocês beberem enquanto roubo a noivinha para mim um pouquinho.

Andrea e Bianca seguiram em direção ao fundo da loja. Enquanto elas se afastavam para ajustar o vestido, Raquel caminhou em direção a algumas araras à sua direita com vestidos de madrinhas e convidados. Ela tinha que admitir, aquele lugar tinha muitas roupas lindas. E caras, constatou depois de olhar as etiquetas. Quem pagaria R$ 450 em um vestido? *Não ela.*

– Já sabe que roupa vai usar no casamento, Raquel? – Dona Rose perguntou às suas costas.

Como há alguns dias ela não esperava que o casamento realmente fosse acontecer, Raquel não tinha se preocupado com a roupa que usaria na cerimônia. Na verdade, até aquele instante tinha se esquecido completamente desses detalhes. E não era somente o vestido, também não fazia ideia do sapato e joias que usaria.

– Ainda não pensei muito no assunto...

– Menina, precisa ver logo! Não pode deixar essas coisas pra cima da hora. – E antes que Raquel pudesse protestar, Dona Rose retirou uma peça do cabide e entregou para ela. – Que tal esse vestido? Tenho certeza que vai ficar ótimo!

Raquel tinha em mãos um vestido preto sem graça e extremamente bem comportado. Provavelmente aquilo tinha sido feito para uma *amish*.

– Ah, muito bonito. Mas não preciso de vestido novo, devo ter algo em casa que possa usar.

– Que isso, menina! Festa de casamento sempre requer roupa nova. – Enquanto falava, Dona Rose já tinha colocado nos braços dela pelo menos cinco vestidos. – Além disso, Bianca vai demorar um bom tempo lá dentro com a costureira. Vamos lá, experimente esses aqui.

Raquel pensou em suas possibilidades. Podia ficar e argumentar com Dona Rose o fato de não ter dinheiro para pagar aquelas roupas e ficar esperando Bianca voltar ou simplesmente ceder ao pedido e experimentar aquelas peças, sem qualquer tipo de compromisso. Escolheu a segunda opção. No final, ela sempre poderia dizer que não tinha gostado de nada e ir embora de mãos vazias.

Caminhou para o provador com nove vestidos e uma Dona Rose animadíssima ao seu lado. Raquel notou que, apesar de nunca terem sido muito íntimas, ultimamente a mãe de Bianca andava muito "amigável" com ela. Não conseguia entender o motivo.

A área com os provadores ficava ao lado dos cabides com dezenas de vestidos de noiva. A loja era muito branca, especialmente naquele trecho. Era tudo muito bonito. Cheio de brilhos, flores, fitas e rendas. Sentia-se como se estivesse em um conto de fadas.

Raquel nunca pensou muito em casar, mas ao encarar aquela variedade toda, sentiu uma pontinha de inveja de Bianca. Também queria usar uma daquelas obras-primas. Também queria se sentir especial ao entrar em uma igreja enfeitada.

Enquanto percorria com a mão livre a arara, distraída, uma peça chamou sua atenção. Era perfeito. Um dia, quando casasse (*e se casasse*), usaria um vestido exatamente como aquele. Era um tomara-que-caia simples, com o detalhe apenas do cintinho trançado, logo abaixo do busto plissado. Não tinha nada demais naquela roupa, além do fato de que Raquel já estava se imaginando dentro dela e que queria desesperadamente experimentá-lo.

Olhando ao redor e percebendo que Dona Rose já estava de volta à área de madrinhas e convidados, Raquel apanhou o vestido de noiva e, colocando-o com cuidado junto aos outros, entrou no provador.

O local destinado às provas de roupas daquela loja não era como os demais, apertados e abafados. Assim que entrou na cabine um ventilador direcional foi acionado e o espelho que cobria toda a parede foi iluminado com centenas de lâmpadas minúsculas na lateral. Era tudo tão lindo. Raquel rapidamente se despiu para colocar o vestido de noiva.

A peça escorregou com perfeição por seu corpo, como se tivesse sido feito sob medida para ela. A saia era levemente armada e ia até os pés. Ela sabia que, com um salto alto, o comprimento seria ideal. Na altura do busto, um forro reforçado modelava os seios, o que dispensaria um sutiã. E o broche de *strass* no lado esquerdo dava um toque refinado na peça simples. Raquel girou em frente ao espelho e, como em poucas vezes na vida, se sentiu lindíssima. Aquele vestido realçava seu corpo e destacava seus pontos fortes.

Estava fantasiando com um possível futuro pedido de casamento de Eric quando ouviu Dona Rose chamá-la do lado de fora.

– Raquel, Bianca está aqui com o vestido, venha ver.

– Já estou indo – respondeu enquanto se contorcia para alcançar o zíper nas suas costas.

Mas então percebeu que não conseguia abrir. *Oh-ou!* Raquel imaginou que o zíper pudesse ter emperrado em um pedaço do tecido delicado. Ela tentou puxar com cuidado, mas o dispositivo nem se moveu.

– Raquel?

– Um minuto!

Contorcendo-se, Raquel segurou um pedaço central do vestido enquanto puxava com força o zíper para baixo, mas o fecho se moveu menos de um centímetro até fazer um barulho assustador. Com medo de rasgar a roupa, ela parou. Não podia estragar um vestido de casamento. *Especialmente um que custava... R$ 1.200!*

Ela definitivamente não teria esse dinheiro. Começou a se desesperar.

– Raquel, querida, está tudo bem?

Ouviu a voz de Bianca se aproximar. Não podia deixá-la entrar na cabine. Provavelmente ela a consideraria uma pessoa patética por experimentar um vestido de noiva e, pior, por ficar presa nele.

– Está sim. Mas me deixe vê-la – pediu, colocando a cabeça para fora da cortina.

Se Raquel tinha se achado bonita no vestido, Bianca, então, tinha alcançado a perfeição. Sua roupa era luxuosa e feita de tafetá de seda. A alça era presa no pescoço e a saia armada começava logo abaixo de um drapeado na cintura. Além disso, todo vestido tinha aplicações bordadas, que davam um charme extremamente romântico ao conjunto.

– Oh, meu Deus, Bianca. Você está linda.

– Mesmo?

– Com certeza. Você está parecendo uma princesa.

Dona Rose, Andrea e suas ajudantes estavam rodeando Bianca, cobrindo-a de elogios. Ela parecia muito feliz e Raquel sorriu ao vê-la desta forma. Alan ficaria completamente fascinado ao vê-la entrar na igreja com aquela roupa. Sabia disso.

– Vocês têm certeza que esse detalhe na cintura não me deixou gorda?

– Pelo amor de Deus, é claro que não! – Andrea falou um pouco exasperada.

Bianca não parecia ter muita certeza, mas voltou a sorrir: – Mamãe, você gostou mesmo?

– Minha filha, está perfeito. E eu adorei esses bordados que fizeram nele. São tão delicados. Raquel, venha ver que coisa mais linda.

Raquel congelou.

– Estou vendo daqui. São mesmo muito bonitos.

Todos pararam de olhar para Bianca e voltaram-se para o provador. As mulheres pareceram enfim se darem conta do quão estranho era Raquel estar escondida atrás de uma cortina enquanto falava.

– Raquel, está tudo bem?

– Está sim, Dona Rose. É só que esse vestido ficou meio emperrado, mas já vou tirá-lo.

Andrea abriu um largo sorriu e caminhou a passos largos para o provador.

– Não se preocupe, minha querida, isso acontece o tempo todo.

– Pode deixar, eu consigo tirar! – Raquel gritou.

– Eu te ajudo, meu amor.

A dona da loja abriu a cortina com um puxão. Raquel queria se enfiar embaixo de uma pilha de roupas e hibernar lá para sempre, só para fugir daqueles olhares. Dona Rose parecia não estar entendendo o que estava acontecendo, Bianca estava ligeiramente incrédula e as funcionárias da loja seguravam o riso.

– Bianca não me disse que você também ia se casar. – Somente Andrea parecia blasé.

– Não. Eu não. Não vou. Não vou casar – gaguejou.

Alguns segundos de puro constrangimento se seguiram até que Bianca quebrou o silêncio.

– Raquel, você está tão linda! Venha até aqui para tirarmos uma foto juntas com nossos vestidos!

*

Depois de várias piadinhas, diversas fotografias e algumas taças de champanhe, Andrea enfim desemperrou o zíper e Raquel pôde sair do vestido de noiva. Pelo que tinha ouvido das funcionárias, aquele vexame entraria para a lista de situações engraçadas da loja. *Perfeito!* Nunca mais colocaria os pés naquele lugar novamente, disso tinha certeza.

– Andrea, preciso acertar com você as formas de pagamento – Bianca falava quando Raquel voltou do provador. – Se não se incomoda, prefiro depositar na sua conta o sinal ao invés de passar no cartão de crédito.

– O que for melhor para você, minha querida. Passa para mim o seu *e-mail*, que eu te mando o número da minha conta corrente.

– Envia para o branca.26@mail.com, o outro endereço de *e-mail* que tenho está lotado.

Um sinal soou dentro de Raquel. Aquele *e-mail* era familiar, mas ela não conseguia se lembrar de onde o conhecia.

– Pode me mandar hoje, que assim que chegar em casa já vejo e faço a transação via internet mesmo.

Raquel já tinha recebido *e-mails* de Bianca antes, mas tinha quase certeza que o endereço não era aquele.

– Não precisa ter pressa, meu amor.

– Imagina, Andrea. Tenho que resolver alguns detalhes no site onde comprei o buquê, aí já faço a transferência *on-line*.

Então se lembrou. Branca26 era a leitora do blog com quem tinha conversado há alguns dias sobre os seus problemas. Aquela internauta que tinha dado conselhos, que a ajudaram a assumir seus sentimentos por Eric. Bianca era Branca26, uma de suas leitoras mais assíduas... e que provavelmente muito em breve leria seu post sobre o encerramento do blog. Aquele post onde contava sobre suas armações, sua paixão por Alan e Eric e a prova do vestido naquela tarde. Ela sabia que somente se Bianca fosse muito burra não ligaria os pontos e associaria a Super Desapegada com Raquel. E Bianca definitivamente não era burra.

Precisava apagar aquele post. E logo.

– Bianca, você se incomoda se eu já for indo? Preciso resolver algumas coisas na casa da minha mãe.

– Estamos indo também. Deixa eu só me despedir das meninas que me ajudaram com o vestido.

– Então vou indo na frente.

Raquel estava hiperventilando, se ficasse mais tempo naquele ambiente tinha certeza que teria um colapso nervoso.

– Está tudo bem com você, minha querida? – Dona Rose perguntou preocupada.

– Tudo ótimo. Só preciso ir, de verdade.

– Mas...

– Estou com muita pressa mesmo. Desculpe – quase gritou enquanto se encaminhava para a saída.

Aquilo não podia estar acontecendo!

Bianca sabia dos seus problemas, mas não devia saber ainda que ela era a blogueira com quem tinha conversado. Caso contrário, já teria dito algo. Porém, não tinha a menor dúvida que ao ler o que tinha publicado, Bianca entenderia tudo. E, provavelmente, reagiria da pior maneira possível.

A caminho do estacionamento, Raquel ficou imaginando se o melhor a fazer não seria ter uma conversa franca com Bianca, contando tudo sobre ela e Alan, sobre sua intenção de acabar com seu casamento e até sobre seus sentimentos por Eric. Mas não tinha coragem. Raquel não queria perder a amizade de Bianca, porque, mesmo que negasse, ela era sua amiga. E caso seu relacionamento com Eric realmente desse em algo, não seria bom ter complicações com a irmã dele. Ou com a mãe dele, que, muito provavelmente, ficaria furiosa caso soubesse de toda verdade.

Raquel chegou à casa de sua mãe meia hora depois de deixar a loja e destes, pelo menos dez foram tentando tirar o carro de uma vaga muito apertada no estacionamento. Se tivesse tempo disponível, com certeza, teria tido uma conversa com o dono do estabelecimento sobre a largura dos espaços destinados aos carros no local.

Assim que parou o veículo, viu o *sedan* de Bianca estacionado na garagem em frente. *Droga!* Tinha chegado depois delas, mas, pelos seus cálculos, elas não deviam estar lá há muito tempo. Se corresse, ainda conseguiria acessar o painel de controle do seu blog e apagaria o post antes que Bianca lesse qualquer coisa.

Trancou o carro alugado às pressas e correu para o portão. Já respirava aliviada quando alcançou a maçaneta da porta principal e ela não se moveu. Estava trancada. Sua mãe tinha saído cedo para ir ao mercado e ainda não tinha voltado. O motivo das quatro horas de compras de Dona Elizabeth era um mistério para Raquel, mas tinha coisas mais importantes para pensar no momento.

Começou a sentir o desespero voltar enquanto procurava sem sucesso a chave dentro da bolsa.

Estava trancada do lado de fora da casa.

Capítulo 23 – Uma leitora do blog bem informada

Desde que Raquel deixou a casa, acompanhada de Bianca e sua mãe, Eric estava jogado no sofá, encarando o nada, perdido em pensamentos. Tentou por alguns breves instantes trabalhar em alguns códigos de jogos eletrônicos, mas o notebook largado ao seu lado era a prova de que a tentativa tinha sido completamente frustrada. Pensava nas suas ações e decisões das últimas semanas e, em especial, nas últimas horas.

Tinha quase dormido com Raquel. Na verdade, sabia que "dormir" não era bem a palavra mais apropriada para expressar o que tinham praticamente feito. Nunca antes na vida Eric quis estar com alguém como naquele momento. Ele queria beijá-la por completo, sim, mas, principalmente, também queria sentir fisicamente tudo aquilo que já ardia no seu peito há muito tempo.

Amava Raquel, não tinha dúvidas disso. Mas ela estava completamente louca se achava que ele a levaria para a cama naquele quarto repleto de retratos e lembranças de Alan. Além disso, ler todas aquelas barbaridades sobre ele no diário de Raquel também não foi um bom estimulante sexual, por assim dizer.

E o pior de tudo era que no fundo sabia que, mesmo estando ciente que Raquel tinha amado Alan por vários anos e que ele era o responsável por sua irmãzinha estar se mudando para muito longe, não sentia mais raiva dele. Eric não sabia dizer ao certo quando passou a perceber que o que existia entre ele e Alan era mais uma implicância do que verdadeiramente ressentimento. Porém, agora tinha certeza que conseguiria aturá-lo. Ele era um bom homem, apesar de arrogante, metido a inteligente e enjoativamente educado. Apesar disso tudo, estava longe de ser maldoso e, analisando com calma todos os fatos, nunca tinha feito nada realmente ruim para Eric.

Mas admitir isso para si mesmo era mais fácil do que expressar o que pensava. Era tão mais simples chamá-lo de babaca e criticar suas escolhas e profissão. Era tão natural pensar nele como uma ameba e torcer sempre para que o seu time de futebol favorito perdesse todas as partidas (mesmo não jogando contra o clube de Eric). Certos hábitos eram difíceis de serem perdidos.

Especialmente quando estavam ligados a Raquel.

Vê-la abraçada a Alan recentemente e ouvi-la defendê-lo era doloroso. Pensar na possibilidade de perdê-la, especialmente para ele, era inconcebível.

Mas então, Raquel apareceu naquela manhã na casa de Dona Rose e colocou todo o seu mundo de novo no eixo.

Assim que voltasse para a capital no dia seguinte, resolveria sua vida com ela. Marcaria um encontro de verdade, não um passeio a uma barraquinha de lanches, talvez um cinema, e depois resolveriam tudo que tinha ficado pendente entre eles nos últimos dias.

– Eric, meu filho, ajude aqui com as sacolas.

Estava tão distraído com os pensamentos, que não havia escutado o carro com Bianca e Dona Rose ser estacionado em frente à casa.

– Vocês compraram produtos de todas as lojas de noiva da cidade? – comentou quando pegou a maioria das sacolas das mãos de ambas. – Para que todas estas coisas, Bianca?

– Tem um pouco de tudo. Desde enfeites de mesa até o meu vestido de noiva. Quer ver?!

Apesar da animação de Bianca ser contagiante, Eric negou. Jamais admitiria, mas preferia reservar a emoção de ver sua irmã caçula de noiva para uma única vez.

– Bom, já que meu irmãozinho querido fez a desfeita de não querer ver meu vestido, eu vou para o quarto – Bianca falava com bom humor. – Vou pagar a Andrea e resolver o modelo do buquê. Se precisarem de mim é só chamar.

– Quer que eu leve essas sacolas para você?

– Não precisa. Obrigada.

Depois de dar um beijo no rosto do irmão, Bianca seguiu quase saltitante pelo corredor.

– Ela está mesmo feliz, não acha, mãe?

Dona Rose pareceu surpresa com o comentário, mas tentou disfarçar e largou as sacolas na bancada antes de voltar a falar.

– Está sim, filho. Na verdade nunca a vi tão feliz assim.

Eric não podia negar isso, então somente sorriu. Pela primeira vez, tinha a sensação de dever cumprido. Conseguira manter aquela família de pé. Provavelmente não tinha feito tudo da melhor maneira possível, tinha cometido erros no caminho, sabia disso, mas no fim das contas tudo estava dando certo.

Sua mãe retirou os dedos magros debaixo da água corrente da pia, onde lavava algumas frutas, e bateu suavemente na mão dele, molhando-o um pouco com o carinho.

– Você também parece feliz, meu filho. Tem alguma coisa a ver com uma certa garota sobre a qual conversamos ontem, ou é impressão minha?

Eric desconfiava que sua mãe o vira sair do chá-bar na noite anterior logo depois de Raquel e não voltar mais para a festa. Dona Rose podia ser ingênua muitas vezes, mas estava longe de ser boba... Ou cega.

– Pode ser – disse, enquanto roubava a maçã que a mãe lavara há pouco.

– E essa moça como é? Quero dizer, ela é boa para você?

– É a melhor.

O sorriso de Dona Rose se ampliou. Apesar de estar visualmente louca para entrar em detalhes, sabia que não adiantaria em nada. Eric não contaria coisa alguma. Por isso, ela se contentou com aquela conversa vaga. Sabia que sua mãe gostava de Raquel há muito tempo e, por isso, ela claramente aprovava sua escolha.

Eric inclinou a cabeça para receber um beijo na testa quando sua mãe o puxou. *Naquela casa andava todo mundo emotivo demais!* Ele riu com o pensamento.

Neste instante, a campainha tocou. Duas vezes.

– Atenda a porta para mim, querido, por favor, enquanto eu termino de lavar essas frutas e preparo algo para comermos.

Eric se perguntava se sua mãe tinha aproveitado a saída daquela manhã para questionar Raquel sobre o suposto relacionamento deles. Seria muita indiscrição por parte dela, mas era evidente que Dona Rose acharia mais fácil obter informações com a morena do que com ele. Ainda pensando sobre o assunto, Eric abriu a porta e deu de cara com Raquel.

– Sua irmã está aqui?

E assim, sem nem um "oi", Raquel entrou na sala às pressas, olhando ao redor com uma expressão de preocupação no rosto.

– Espere, o que aconteceu?

– Cadê Bianca?

– Ela está no quarto resolvendo algumas coisas...

Raquel partiu em direção ao corredor, mas Eric a segurou pelo braço antes que desse dois passos. Estava preocupado. Nunca a tinha visto tão alterada.

– Raquel, o que aconteceu? Fala comigo.

– Ela pode acabar vendo algo que eu escrevi e vai descobrir muitas coisas se eu não impedir e... – Raquel interrompeu a frase no meio e, de repente, encarou algo sobre o ombro de Eric. – Aquilo é um notebook?

Seus olhos brilhavam quando ela viu o aparelho que Eric tinha tentado usar há pouco sobre a mesinha de centro. Antes que pudesse responder, Raquel se lançou no sofá e começou a ligá-lo.

Eric a acompanhou sem entender nada. Há apenas algumas horas eles estavam ali, trocando beijos, e agora Raquel estava claramente perturbada com algo, alucinada com a presença do computador.

– O que você quer dizer com "ver algo que escreveu"? Você quer dizer na internet?

– Exatamente. Em um blog, onde contei sobre tudo o que tem acontecido entre nós, entre mim e Alan, e sobre minha intenção de acabar com o casamento. – Ela falava com muita rapidez. – Senha.

Eric puxou o aparelho e digitou os números e letras na área reservada antes de Raquel voltar a tomar para si o notebook.

– Mas não entendo. Por que você faria isso assim tão abertamente?

– Não foi abertamente. Uso um pseudônimo – ela respondeu, sem tirar os olhos da tela.

Dona Rose gritou algo da cozinha, o que só fez Raquel digitar com mais rapidez.

– Não citei nomes, mas os fatos falam por si só. Preciso apagar o que escrevi agora.

Eric não entendeu por que ela não fazia isso de casa, mas achou melhor não perguntar. Ela entrou no painel de controle de um blog colorido, que Eric não conseguiu ler o título. Raquel voltou a digitar algumas coisas freneticamente, mas então, de repente, congelou.

– Ela já leu.

– Como assim?

Raquel, ainda com os olhos vidrados, empurrou o notebook na direção de Eric e ele leu o que ela apontava. Uma pessoa com o nome Branca26 tinha escrito "Raquel, é você?" nos comentários de um post com o título "O Fim" em um blog chamado "Super Desapegada". Eric não conseguiu ler o conteúdo da mensagem, pois Raquel puxou computador de volta, colocando-o sobre a mesa.

Ela respirou fundo e esfregou os olhos demoradamente com as mãos abertas. Antes que ele pudesse dizer qualquer coisa, ouviu passos lentos vindos do corredor.

Bianca não parecia surpresa ao vê-los na sala.

– Então é verdade?

A pergunta era direcionada aos dois. Ela sabia que ambos estavam envolvidos naqueles planos de acabar com o casamento.

– Bianca, me deixe explicar – Raquel pediu, levantando-se do sofá e indo ao encontro da loira.

– Explicar o quê? Que você fingiu ser minha amiga o tempo todo enquanto se aliou ao meu irmão para acabar com o meu casamento?

– Não foi bem assim... – Raquel tentava se explicar sem sucesso.

– E a entrevista de emprego? Também foi falsa, é isso? Uma armação?

A morena ficou alguns segundos em silêncio, mas então concordou com a cabeça. Eric não fazia ideia de que entrevista de emprego estavam falando, mas concluiu que fosse algo grande pela expressão de ódio no rosto da irmã.

– Como você pôde? E tudo por estar apaixonada por meu noivo?

Quando as coisas eram colocadas daquela forma, realmente pareciam piores do que a realidade, Eric pensou. O que tinham feito não era bonito, mas era passado, um passado bem resolvido, e nada mais fazia sentido naquele momento. Precisavam sim explicar tudo.

– Eu não estava apaixonada por Alan na verdade. Só achei que estava.

– Ah, sim! E isso melhora tudo! – As palavras de Bianca escorriam rancor.

Eric resolveu se meter na conversa.

– Bianca, isso tudo foi um mal entendido. No início realmente queríamos que você e Alan se separassem, mas depois percebemos que estávamos errados.

Ela riu com histerismo.

– Confiei em vocês dois!

– Não fiz por mal, me desculpe. – Raquel segurou sua mão, mas Bianca a rechaçou.

– Não fez por mal? Você só fez mal. Tudo o que você fez foi por puro egoísmo.

– Bianca... – Eric tentou explicar, mas sua irmã o cortou no meio da frase.

– Eric pode não ter feito por mal. Afinal, ele é meu irmão e queria me proteger do que acha que vai me fazer infeliz. Mas você? – Ela falava a alguns centímetros de Raquel. Eric grudou na lateral da morena, de forma protetora. – Você só quis me magoar. Só pensou em você o tempo todo quando me dava conselhos falsos e agia como uma verdadeira amiga da onça comigo. Raquel, você é mesquinha.

– Tem razão – ela dizia, sem forças.

– É uma das mulheres mais falsas que conheci. Eu tenho nojo de você.

Raquel já não mais tentava se defender. Seu olhar era triste, como se assumisse como verdadeira cada palavra que era dita contra ela. Eric sabia que ela estava se entregando.

Ele tentou apertar seu braço de forma confiante, para mostrar que estava ao seu lado naquela história toda, mas Raquel simplesmente se afastou.

– Quero que saia daqui agora! – Bianca gritou.

Eric não conseguiu segurar mais.

– Você não tem esse direito. Sei que está chateada, e tem toda razão para isso, mas não pode gritar com a gente sem ouvir nosso lado na história.

– Por culpa de vocês eu quase acabei cancelando o casamento. Briguei com meu noivo por causa dessa armação.

– Não, você fez tudo isso porque, no fundo, estava com dúvidas sobre sua decisão. Quando estamos cem por cento certos de algo, não nos importamos com a opinião das outras pessoas.

– Você é ridículo.

– E você sempre deixou as decisões da sua vida na mão dos outros. Desde criança. Eu e nossa mãe sempre tínhamos que dar a última palavra sobre tudo, porque sempre foi insegura demais para assumir seus atos. E a consequência disso é que cada vez que algo dava errado, a culpa sempre caía sobre nós. – Eric respirou fundo, enquanto Bianca permanecia calada. – Se não fosse pela gente, você provavelmente não teria a oportunidade de ter certeza sobre o casamento e a mudança.

– Agora vai me dizer que vocês estão certos e eu tenho que ser grata, é isso?

Ele sabia que não estava sendo justo com Bianca. Apesar de, no final, a intenção ter sido a melhor, quase tinha acabado com os sonhos da irmã.

– Por favor, me desculpe. Eu e Raquel não tivemos a intenção de magoar nem a você, nem ao Alan. Por favor, acredite.

– Vai se ferrar! – Bianca lançou um olhar frio em sua direção e quase cuspiu as palavras.

Eric tentou segurá-la, mas ela já tinha partido de novo de volta para o quarto, batendo a porta com força ao entrar.

Até algumas semanas atrás, Eric não se arrependeria de nada do que tinha feito. Na verdade, quando se aliou a Raquel, tinha absoluta certeza de que estava fazendo o que era certo e, por isso, as consequências justificariam seus atos. Mas, no momento, sabia que estava errado e se sentia muito mal por ter magoado Bianca. Ela não merecia tudo aquilo.

Preferia que ela nunca soubesse daqueles planos, mas não tinha mais como voltar atrás. Era momento de assumir seus atos. Só esperava que ela pudesse perdoá-los com o tempo.

Então, ele se virou para ver como Raquel estava, mas a sala estava fazia novamente. Ela tinha sumido.

Capítulo 24 – Aquele com muito Gerald Butler

– Ela não está bem.

– Devíamos levá-la ao médico?

– Será depressão?

– Ela não está deprimida, Gabriela. Agitada desse jeito deve ser outra coisa.

Raquel fingia não ouvir o que os amigos falavam sobre ela a alguns passos de distância. Nos últimos dias, Raquel vinha se dedicando exclusivamente ao trabalho. Tinha deixado sua cidade natal logo depois da discussão com Bianca e, desde então, não tinha conversado nem com ela, nem com Alan e muito menos com Eric. Mas não era como se ele não tivesse procurado por ela. Eric ligava diariamente, mas, com o término da licença médica da assessora de imprensa responsável pela imagem da empresa dele, Raquel tinha arranjado a desculpa perfeita para sumir do caminho.

Ela se sentia extremamente culpada por tudo o que acontecera. Bianca tinha razão, Eric agiu com boas intenções, mas ela não. O motivo de Raquel sempre fora egoísta, mesquinho. Tinha magoado de propósito Bianca e, até aquele instante, não sentira arrependimento de verdade. Não entendia como podia ter agido daquela forma.

Como Eric poderia continuar apaixonado por ela quando realmente percebesse a mulher que ela tinha se transformado? Uma mulher que mentia e armava contra inocentes. Estava completamente confusa e cheia de dúvidas. E se um dia ela armasse algo contra Eric? E se, pensando somente em si própria, mentisse e magoasse Eric ou algum membro de sua família novamente?

Mas, Raquel sabia, o principal motivo de estar fugindo de Eric era vergonha.

Sentia vergonha do que tinha feito. Não queria olhar para ele. Pelo menos, não naquele momento.

E ainda tinha que arrumar um jeito de se desculpar com Bianca. Raquel sabia que no seu lugar, ela provavelmente não a perdoaria jamais. Esperava que Bianca fosse mais compassiva que ela própria. Talvez o tempo e o distanciamento fossem o suficiente. Ela contava com isso.

Raquel tirou algumas folhas que emperravam a impressora e voltou para o computador. Tinha muita coisa para resolver. Especialmente porque, devido ao seu desempenho considerado exemplar na cobertura do Crazy Games, a agência tinha assinado contrato com mais quatro empresas ligadas à tecnologia. E todas faziam questão de ter Raquel como assessora de imprensa.

Sorte no jogo, azar no amor...

– Raquel, meu amor, você está bem?

– Estou ótima – respondeu para Ian, sem tirar os olhos do relatório mensal que digitava.

– Tem certeza?

– Absoluta.

Os dois ficaram em silêncio por alguns instantes e Raquel não resistiu em dar uma olhadinha na direção deles.

– O que é?

– Você está agindo diferente desde que voltou da casa de sua mãe há alguns dias. O que houve?

– Nada, Ian. E não estou agindo diferente coisa nenhuma. Isso é coisa da cabeça de vocês.

– Amiga, você gritou com um jornalista pelo telefone agora pouco – Gabriela disse com cuidado, como se quisesse evitar ser a próxima vítima.

Raquel tinha mesmo discutido com o jornalista de um jornal impresso. Mas, em sua defesa, ela só tinha feito isso quando ele pediu para ela enviar as informações da matéria por e-mail, mesmo depois de ela ter ficado quase dez minutos explicando todo o assunto via telefone.

– Ele estava me fazendo perder tempo – respondeu em tom de autodefesa.

– Raquel, essa não é você. – Ian dizia enquanto sentava-se em uma cadeira giratória ao seu lado. – Está assim por causa do casamento desse domingo?

O casamento de Bianca e Alan aconteceria dali a dois dias, mas Raquel definitivamente não iria. Primeiro porque a noiva a odiava, segundo porque... *Bom, era basicamente isso*. Bianca provavelmente a barraria na entrada. E com toda razão.

– Não tem nada a ver com o casamento. – O que não era totalmente mentira, Raquel pensou.

– Eu não acredito em você, mas tudo bem. Se não quer contar, nós te respeitamos.

Ian era um grande amigo. Era tão fácil lidar com ele. Raquel o amava e respeitava muito, mas sempre pensou como sua vida seria mais feliz se ela fizesse o tipo dele. A vida não era justa às vezes.

– Bom, que tal irmos a um barzinho hoje à noite? – Gabriela disse toda animada.

Tudo o que Raquel queria era se trancar no apartamento, vestir seu pijama rasgado e ouvir Adele no "modo repete" até dormir.

– Desculpa, gente, não vai dar.

– Se não está a fim de sair então vamos até o seu apartamento. – Ian se levantou e caminhou até Gabriela, como se o assunto já estivesse resolvido. – Vamos fazer maratona de filmes com o Gerald Butler.

Para Ian, tudo era motivo para Gerald Butler.

– Nem pensar! Você fica repetindo a mesma cena de "300" várias vezes!

– Ah, Gabriela, como se você também não apreciasse aquele abdômen maravilhoso enquanto ele grita "Isso é Esparta!". Poupe-me!

Raquel tentou argumentar, dizer que não poderia participar daquela sessãozinha de cinema, mas os dois amigos já tinham partido. E, pensando melhor, talvez fosse daquilo mesmo do que precisasse: momentos de descontração com amigos verdadeiros que não estavam de nenhuma forma ligados à área perturbada de sua vida.

Voltando-se para os seus afazeres, Raquel não notou a hora passar. Ela preferia dessa forma, assim não voltaria seus pensamentos para um certo loiro e sua família. Quase ligou para Eric quando terminou o relatório com a recepção do público do Crazy Games. Mesmo não sendo mais a responsável pela comunicação da empresa, ainda precisava prestar contas do serviço que tinha realizado. Mas, antes que discasse para o seu número do celular, acabou ligando para a sala de seu sócio, Alberto.

Conversaram cerca de dez minutos sobre o evento e o retorno que ele estava dando para a empresa. Raquel ficou feliz, pois sabia que isso seria ótimo para os negócios de Eric. Depois, quando Raquel perguntou por pura educação como estava, Alberto começou a contar que estava namorando. De acordo com ele, o relacionamento estava somente no início, mas Alberto tinha certeza que a moça, Natasha, era o amor da sua vida. Além de ser, como ele disse, uma loira maravilhosa. Eles tinham se conhecido em um bar outro dia quando ela o ficou "secando" por horas. Raquel não acreditou muito naquela história, mas ficou feliz por ele.

Alberto não comentou nada sobre ela e Eric, então Raquel presumiu que eles não tinham conversado ainda sobre os últimos acontecimentos. *Menos mau.* Raquel sabia que era melhor desta maneira já que ainda tinha alguns assuntos profissionais para tratar com eles.

Desligou o telefone no exato momento em que sua chefe entrava na sala.

– Raquel, querida, preciso de um favor seu.

Depois de produzir acima da média nos dois últimos dias, Raquel não sabia o que mais poderia fazer por Mônica. Mas acabou por responder educadamente.

– Então, estou reestruturando toda a equipe. Quero dar a oportunidade para todos poderem trabalhar em áreas diversificadas – ela falava com cara de "coleguinha". – Por isso quero passar todas as contas da área cultural para você, o que acha?

Se tinha algo no que a agência era especialista era com clientes ligados à cultura. Grandes galerias de arte, empresas de cinema, teatro e ainda projetos artísticos promovidos por multinacionais. Raquel sabia que, no total, deveria ser mais de vinte contas. Atualmente cinco assessoras dividiam esse serviço com muito sacrifício e agora Mônica entregaria tudo para Raquel. Era humanamente impossível cuidar daquilo sozinha.

– É uma grande oportunidade – disse depois de uma piscadela.

Raquel não aguentou mais.

– Não, não é uma grande oportunidade, Mônica. Isso é exploração e sua redistribuição é uma droga! – Não sabia de onde estava vindo aquela coragem, mas continuou: – Aqui na agência existem diversos profissionais que passam o dia inteiro olhando *e-mails* particulares e batendo papo no telefone enquanto existem outros, como eu, que se matam para fazer esse negócio dar certo. E não há nenhum tipo de reconhecimento.

– O que quer dizer?

Ela saberia apontar aqueles que Mônica perseguia na agência. E Raquel era de longe sua vítima preferida. Isso porque ela sabia que Raquel jamais se negaria a fazer nada, e faria sempre tudo com qualidade. Mesmo que isso resultasse em horas de sono mal dormidas, finais de semana de plantão e mais e mais trabalho.

– Que eu cansei de ser a explorada. Nem ganho tão bem para isso. – Estava literalmente tremendo de tanta raiva. – E eu me demito!

Aquilo pegou sua chefe de surpresa.

– Como assim se demitir? Está falando sério?

– Estou sim. Quem sabe eu até abra uma assessoria de imprensa.

Todos na agência sabiam que Raquel era a profissional mais competente e, por isso, a mais querida por seus clientes. Ela tinha certeza que qualquer assessorado a seguiria para onde quer que fosse. E Mônica não era boba, ela também sabia disso.

– Não seja precipitada. Deixe-me terminar – ela pigarreou antes de voltar a falar. – Estava prestes a lhe oferecer um aumento salarial também. Que tal doze por cento?

– Trinta.

– Quinze.

– Não aceito menos de trinta.

Mônica exalou com força. A cara de coleguinha tinha ido embora faz tempo.

– Está bem, está bem. Trinta...

– E vale refeição.

– Tudo bem, trinta por cento de aumento e vale transporte. Mas não posso oferecer mais do que isso.

– E quero meus clientes de volta. Eu me dei bem com tecnologia. Não acho que cultura seja a minha área no momento.

Mônica estava visivelmente mordendo os lábios para não gritar, mas manteve sua compostura. Estava em posição de desvantagem.

– Pensando bem, acho melhor mesmo. Vamos fazer assim, então.

Raquel sorriu satisfeita. Tinha vencido uma batalha que lutava há anos. Apesar de sempre ter pensado em de fato montar seu próprio negócio, aquilo era seu plano B. Uma meta que merecia ser avaliada com mais cuidado no futuro. Mas se tinha certeza de algo era que a partir daquele momento, Mônica passaria a tratá-la com mais respeito.

Enquanto a assistia sair em silêncio de sua sala, pensou novamente que estava tendo muita sorte no jogo. Já no amor a história era outra.

*

A noite de filmes no apartamento de Raquel resultou em horas de muita conversa fiada, fofocas, risadas, críticas à Mônica e doses de tequila. *Muitas* doses de tequila, na verdade, de uma garrafa que estava perdida no seu armário, presenteada a Raquel há uns dois aniversários passados.

O assunto que Raquel mais desejava evitar aparecia esporadicamente entre os amigos, especialmente quando Ian queria exemplificar alguma referência à beleza masculina.

– É sério, o DJ era liiindo! – Falava já com a voz parcialmente arrastada pelo consumo de álcool. – Não era tão bonito quanto o Gerald, mas estava entre ele e o deus nórdico da Raquel.

O comentário gerou uma explosão de risos.

– Ele não é meu. E pare de chamá-lo assim!

Depois de pelo menos quinze comentários semelhantes, o amigo parou de citá-lo como "sendo de Raquel", mas ainda chamava Eric de deus nórdico. Mas aquilo, estranhamente, não a incomodava tanto, uma vez que o elogio parecia bem perto da realidade.

Assim que saiu do trabalho há algumas horas, Raquel desligou o celular. Apesar de não querer correr o risco de atender alguma ligação de Eric, ficou desapontada ao não encontrá-lo na portaria da agência à sua espera. Ainda não estava pronta para conversar com ele, mas sentia sua falta.

Com o fim de "P.S. Eu Te Amo" na tevê, Ian partiu para o banheiro e anunciou que na sequência ele e Gabriela iam embora.

– Tem certeza que vocês não querem dormir aqui hoje? – Raquel perguntou à amiga quando se viram sozinhas na sala. – Ponho rapidinho uns colchões aqui pra vocês.

– Imagina. Não precisa. Está cedo, ainda tem metrô. Chegamos logo em casa.

Ela sabia que para Ian, de fato, não haveria problema nenhum. Ele morava sozinho há séculos. Já Gabriela, alguns anos mais nova que eles, ainda morava com os pais e sempre tinha complicações quando ficava até mais tarde na rua. Raquel sabia que Gabriela estava arriscando ouvir bons sermões somente para deixar uma amiga mais animada com sessãozinha de filmes.

– Gabi, obrigada por hoje – dizia envergonhada, enquanto recolhia as tigelas com restos de pipoca do chão. – Você não precisava estar aqui, mas fico muito feliz que esteja.

– Amigas são para essas coisas, ué!

Raquel olhou para ela e não conseguiu conter as lágrimas. Andava muito emotiva ultimamente. *Ou talvez só fosse a tequila.* Abraçou Gabriela em silêncio antes de voltar a ajeitar a sala sem maiores comentários de nenhuma das partes. Raquel sabia que tinha amigos excelentes, merecendo ou não.

Ian apareceu logo em seguida e, depois de quase quinze minutos de despedida, eles foram embora. Sozinha no apartamento, tudo parecia muito vazio e solitário. Raquel terminou de colocar as almofadas no lugar e se jogou no chão da sala.

Sua vida tinha mudado completamente no último mês. Tinha descoberto que não amava Alan, abandonara seu blog, brigara com Bianca, encontrara camisinhas nas coisas de sua mãe solteira há séculos, tinha ganhado reconhecimento profissional e estava completamente apaixonada por Eric. A única coisa que faltava, ela sabia, era aprender a ser mais corajosa.

Penny veio rebolando da cozinha e se esfregou carinhosamente nas pernas de sua dona antes de pular em seu colo. Raquel simplesmente adorava essa fase da gata. Ela parecia perceber seus momentos mais depressivos e sempre ficava carinhosa neles. Quando dirigia de volta para casa depois da discussão com Bianca, tudo o que Raquel mais queria era ficar abraçadinha com sua gatinha que, tinha certeza, perceberia sua tristeza. E, sem desapontá-la, assim que Raquel a buscou do hotel de animais, a felina foi direto para seus braços ronronando como um filhote. E, desde então, Penny estava desta forma com ela. Sua companheirinha.

Naquele instante, Raquel ouviu passos na escadaria, seguidos por duas batidas fortes em sua porta. Antes que pudesse abrir, acreditando ser Gabriela e Ian novamente, Eric começou a falar do lado de fora.

– Raquel, abra a porta, por favor. Sou eu, Eric.

Ela congelou no chão e procurou até mesmo respirar devagar para não fazer barulho. Pensava que, quem sabe, se ele achasse que não tinha ninguém, iria embora.

– Abra a porta. Precisamos conversar. – A voz de Eric era suave. O coração de Raquel se apertou ao ouvi-lo. – Vamos lá, me deixe entrar. Eu sei que está em casa, seus amigos me disseram agora pouco.

Traidores!

– Você não precisa fugir dos problemas, Raquel. Estou contigo. Você não está mais sozinha.

Com Penny fielmente nos seus braços, arrastou-se até a porta encostando-se a ela ainda em silêncio, enquanto escutava com atenção as palavras de Eric do outro lado.

– Eu li seu blog. – *Ah, não!* – Achei fantástico! Não concordo com suas palavras no post final. Não acho que foi egoísta nem nada. Pelo contrário. Você dividiu com todas aquelas pessoas tudo o que aprendia e dava a oportunidade para elas desabafarem com você. Sabe como se chama isso? Amizade. E isso só tem feito bem para você.

Raquel o imaginava encostado naquela madeira a centímetros dela.

– Você adiou suas decisões e fugiu dos problemas durante muito tempo. Você acha que agir dessa forma te evitou problemas, mas não é verdade. Raquel, você é corajosa. Precisa enxergar isso em você. É uma das mulheres mais determinadas e maravilhosas que eu já conheci. – Ele suspirou ruidosamente antes de voltar a falar. – Por favor, não me afaste da sua vida.

Pela segunda vez naquela noite, Raquel sentiu as lágrimas escorrerem por seu rosto. Amava Eric. Queria-o em sua vida. Mas tinha medo. Tinha vergonha. Tinha arrependimento. Estava fugindo, sabia disso. E tudo o que precisava fazer naquele momento era se levantar, abrir a porta e trazer Eric para sua vida.

Mas não conseguia.

Chorou com mais força, tomando cuidado para que seus soluços não saíssem tão audíveis a ponto de serem ouvidos do lado de fora do apartamento. Penny enroscou-se mais na sua camiseta.

Eric não disse nada, mas Raquel ouviu um barulho ao seu lado quando ele passou um envelope branco sob a porta. Depois disso, ela escutou os passos dele enquanto ia embora escadaria abaixo.

Depois de mais alguns instantes sem se mover, Raquel levantou-se e abriu a porta com cuidado. Nenhum sinal de Eric. Trancou novamente o apartamento e pegou o envelope do chão. Sentia seu coração bater mais forte enquanto sentava-se no sofá ainda com a gata no colo e o papel em mãos.

No envelope havia o convite para o casamento de Bianca e Alan endereçado a "Raquel Alencar". Além disso, em um sulfite separado, Eric tinha imprimido alguns trechos selecionados do blog Super Desapegada. Passagens muito específicas, que ela se lembrava bem.

Eram recados para ela, Raquel sabia.

Com os olhos marejados, leu cada uma das frases com muito cuidado.

"Você cresce, amadurece, muda e melhora. Então não pode continuar a cometer os mesmos erros".

"É bem capaz de você tropeçar na felicidade e deixá-la passar sem nem notar".

"Quero ver quem é que tem coragem de levantar a cabeça depois de um fracasso e correr atrás do que quer. De assumir seus erros e utilizá-los como aprendizado na tarefa de fazer 'o diferente'".

"A única pessoa que pode fazer sua felicidade acontecer é você mesmo! Temos que ter em mente que nascemos para vencer".

"Nunca tive o intuito de machucar ninguém".

"Quero um final feliz".

Capítulo 25 – Bate-papo em uma luxuosa limusine

Como não podia dirigir com seu sapato de salto de onze centímetros, Raquel estava descalça. O vestido vermelho longo que usava, quando sentada, alcançava a sola de seu pé. Não estava sendo fácil conduzir assim. Sabia que só não tinha rasgado a roupa durante uma ou outra brecada por pura sorte. E, para piorar, ainda estava muito atrasada.

O casamento teria início às quatorze horas na igreja Nossa Senhora Aparecida. A mesma que tinha frequentado quando criança e onde tinha feito crisma na adolescência. Conhecia o caminho até lá como a palma da mão, o que facilitava para uma motorista tão inexperiente como ela.

Já passava das 13h30 e Raquel não estava nem perto da praça onde a igreja era localizada. Se não se apressasse, não conseguiria falar com a noiva antes do início do casamento. E precisava conversar com Bianca logo.

Raquel passara o sábado inteiro lendo e relendo a carta que Eric tinha passado sob a porta. Cada palavra escrita mexia com ela de uma forma muito especial e não só porque estavam ligadas aos problemas que enfrentava no momento, mas porque tinham sido aconselhadas por ela mesma. *Como não ouvir a si própria?*

Há anos Raquel tentava escapar dos problemas. Não tinha se declarado para Alan por medo da rejeição. Obedecera cegamente sua chefe pela segurança do emprego. Ouvia quando sua mãe dizia que devia se casar por respeito. E excluíra Eric de sua vida por vergonha. Mas esta não era a melhor abordagem e Raquel sabia disso. Aconselhava centenas de leitoras com problemas semelhantes diariamente. Não adiantava nada fugir. Os problemas precisavam ser encarados de frente, caso contrário viravam fantasmas que capazes de assombrá-lo para sempre. E era dessa forma que Raquel enxergava agora. Seus conselhos tinham sido eficazes. Se não para os outros, *para ela mesma.*

E o primeiro passo para uma mudança radical em sua vida era se desculpar verdadeiramente com Bianca.

Raquel estava cansada de se martirizar por cada erro que cometia. Era humana, errava. E erraria muito mais ainda ao longo dos anos.

Mas, ela sabia, aprender a se desculpar após se arrepender de coração era o início do amadurecimento. Os erros ensinavam. Eles faziam parte da tarefa "crescer".

Chegando ao local da cerimônia, Raquel só encontrou vagas de estacionamento que exigiam alto conhecimento na realização de balizas. Acabou deixando o carro alugado em um espaço simples, a duas quadras de distância. Quando voltou para ao local, viu uma grande limusine branca parar e uma música romântica começar a tocar dentro da igreja.

Droga!

Raquel correu o mais rápido que aqueles sapatos permitiram e alcançou a porta do passageiro antes que o condutor terminasse de abrir.

Bianca parecia assustada quando a viu. Também, pudera, Raquel tinha consciência que seu cabelo devia estar todo embaraçado, além de ter o corpo coberto de suor pela corrida que realizara há pouco.

– Preciso falar com você.

– Agora?!

– Sim, agora.

O motorista parecia confuso, como se perguntasse se devia ou não afastar a provável maníaca que atrapalhava o casamento. Mas Bianca, depois de vários segundos pensativa, acenou para o condutor, que acabou se afastando o suficiente para que Raquel pudesse entrar na limusine.

– Desculpe toda essa confusão – ela falou, enquanto fechava a porta ao seu lado.

– Estava chegando no horário mesmo. Precisava de um atraso de qualquer forma. – Bianca quase parecia a mulher meiga de antes, Raquel pensou. Quase.

– Eu precisava conversar com você antes de entrar na igreja. Sabe, me desculpar de verdade.

– Não precisa...

– Preciso sim. Ouça, fui um monstro, te enganei e fingi mesmo que era sua amiga quando na verdade te odiava. – Bianca endireitou o corpo no banco e Raquel segurou sua mão antes de continuar a falar. – Eu te odiava, ou achava que sim, porque você era exatamente tudo o que eu gostaria de ser. Era linda, educada, simpática, tinha bom coração e, para piorar tudo, ia se casar com o homem que eu acreditava amar.

Raquel estava com medo que ela a interrompesse, gritasse e a afastasse dali, mas Bianca simplesmente ficou em silêncio. Ouvindo com atenção tudo o que dizia. Isso deu força para que continuasse.

– Eu pirei. Confesso. Tentei acabar com o casamento, mas, com o tempo, percebi que estava tudo errado. E quando digo isso, me refiro aos meus sentimentos por você. Bianca, não te odeio, nunca odiei.

Gosto muito de você e te ver arrasada aquele dia no meu apartamento me fez perceber que jamais seria feliz sabendo que você e Alan não estariam mais juntos. Vocês são perfeitos demais como um casal. – Suspirou com força antes de voltar a falar: – E quando brigamos aquele dia na casa da sua mãe, tudo o que eu pensava era que estava perdendo uma amiga. E tudo por minha culpa.

Na noite anterior, Raquel tinha tentado, sem sucesso, ensaiar tudo o que iria dizer a Bianca. Mas, analisando o que falava naquele momento, Raquel sabia que cada palavra saía naturalmente, direto do seu coração. Sentia mesmo muita falta de Bianca e queria que tudo voltasse a ser como antes.

– De verdade, sei que não mereço, mas, por favor, me desculpe.

Bianca ainda permitia que Raquel segurasse sua mão, mas não havia mais nenhum indício de que estivesse de fato tendo seu coração amolecido. Sabia que não seria fácil, mas, no fundo, Raquel esperava que a loira a compreendesse de alguma maneira. Raquel ouviu um barulho ao seu lado e viu através do vidro fumê Dona Rose e o motorista tentando abrir a porta da limusine. Ao fundo, Eric descia às pressas a escadaria da igreja, acompanhado por alguns convidados bem arrumados. Seu tempo estava acabando.

Então, sentiu um vazio nas suas mãos quando Bianca se afastou de leve, puxando seu braço. Raquel ficou triste na mesma hora. Não tinha conseguido. Estava pensando como sairia do carro sem precisar dar explicações para a pequena multidão que agora se aglomerava do lado de fora do carro quando Bianca levou a mão na altura da orelha, afastando para trás o brilhoso cabelo loiro.

Ela usava um par de brincos artesanais, com uma pintura bonita de flores brancas contornadas por algo que parecia ser fibra vegetal. Eram peças muito delicadas. Um dos trabalhos mais lindos que Raquel já tinha visto.

– Eu queria te mostrar naquele dia durante a prova do vestido, mas tanta coisa acabou acontecendo – Bianca dizia com um sorriso envergonhado no rosto. – Pensei muito no que você me disse sobre o meu lado profissional ser afetado com a minha mudança para o Pantanal. Aí comecei a planejar o que poderia fazer de diferente com a matéria prima disponível. Acontece que eu descobri muita coisa, desde acessórios artesanais com palha, couro, fios de buriti, até trabalhos com estamparias. A região pantaneira tem uma variedade muito grande e uma riqueza cultural imensa. Comecei a inventar alguns trabalhos nestas últimas semanas e você acredita que estou com diversas encomendas já? Parece que o mercado da moda gosta de coisas exóticas, afinal.

Raquel não sabia o que dizer. Bianca tinha encontrado uma forma de aliar sua vida pessoal com sua profissão. E estava dando certo. Ela parecia radiante com a ideia e Raquel ficou feliz com isso.

– É um trabalho lindo. Você tem muito talento.

– Obrigada. Quero ver se deixo o ateliê pronto antes de todos vocês nos visitarem na casa nova.

Sentindo as lágrimas começarem a escorrer, Raquel passou a mão sobre o rosto na tentativa de secá-las antes que toda sua maquiagem fosse arruinada.

– Bianca, me desculpe...

– Não preciso. – Ela a cortou no meio da frase, voltando a segurar sua mão. – Já te perdoei antes mesmo de entrar toda descabelada nessa limusine. – Ela sorriu mais abertamente e Raquel fez o mesmo. – Você se tornou muito importante para mim, para Alan e desconfio que para Eric também. Senti tanto sua falta.

– Eu também.

E era verdade, sabia. Elas se abraçaram com força e Raquel tomou cuidado para que suas lágrimas misturadas ao rímel não sujassem o vestido branco. Aquela sensação era muito boa. Sentia-se querida, acolhida e, principalmente, perdoada. Por Bianca e por si mesma.

Elas estavam quase às gargalhadas de felicidade quando se afastaram. Raquel limpou o rosto enquanto Bianca alisava o vestido. Dona Rose estava visivelmente alterada do lado de fora, provavelmente imaginando se a filha estava tendo dúvidas sobre o casamento ao demorar tanto para sair da limusine.

Raquel abriu a porta depois de desejar boa sorte a Bianca e foi praticamente engolida pelos convidados do lado de fora. Ela ouviu a noiva explicando que estava tudo bem e algumas pessoas comentando que precisavam se apressar, pois todos estavam esperando. Não conseguiu falar com Eric no meio daquela confusão, mas sentiu seu coração bater mais forte quando viu que ele sorria para ela.

Raquel subiu apressadamente as escadas e entrou na igreja pela porta secundária. Caminhou até a lateral do altar sendo seguida pelos olhos atentos de Alan. Ele parecia aliviado ao vê-la.

– Agora sim não falta mais ninguém – ele sussurrou no seu ouvido quando Raquel o abraçou às pressas, antes de ela assumir o lugar ao lado da mãe do noivo.

O casamento aconteceu com perfeição.

Para Raquel, Bianca parecia uma princesa naquele vestido e Alan, sem dúvidas, era o seu príncipe encantado. Eles ficaram de mãos dadas e sorriam o tempo todo, principalmente enquanto faziam seus votos de amor eterno. Ela nunca tinha visto o amigo tão feliz e decidiu que aquela sim seria sua expressão de Alan preferida, aquela que ele fazia quando encara Bianca apaixonadamente. Ele ficava lindo daquela forma.

Em sua oração silenciosa, Raquel desejou aos céus que aquele casamento fosse muito abençoado e que Bianca e Alan fossem muito felizes. Eles mereciam.

Raquel tentou não chorar novamente, mas não aguentou a emoção quando o padre disse “Eu vos declaro marido e mulher” e se debulhou em lágrimas, assim como as mães dos noivos.

No caminho para a festa de casamento, Raquel deu carona para sua mãe e seu acompanhante, José, o dono do mercadinho perto da casa dela. Ele era um homem na casa dos sessenta anos e parecia ser muito calado, ou talvez só estivesse constrangido na sua presença. Enquanto dirigia, Raquel tentava não pensar se ele seria o dono daquelas camisinhas tamanho G que ela tinha encontrado na casa da mãe.

– Achei o casamento muito bonito – Dona Elizabeth comentou de repente.

Raquel ficou à espera de um “mas” que não veio. Sua mãe estava simplesmente elogiando a cerimônia, sem nenhum tipo de crítica embutida.

– Também achei tudo perfeito. E Alan e Bianca pareciam muito felizes, não?

– Muito mesmo. E fico feliz que tudo tenha dado certo. Passei estes últimos dias ajudando Rose com os preparativos. Ela estava uma pilha de nervos de dar dó.

Raquel concordou com um aceno enquanto tentava fazer uma ultrapassagem. Sua mãe voltou a falar após alguns instantes de silêncio.

– Ela tem falado muito de você ultimamente.

– Quem?

– Rose.

Ah, não. Raquel concluiu que Bianca devia ter comentado com sua mãe sobre as armações para acabar com o casamento.

– E o que ela tem dito? – Raquel tentou disfarçar o nervosismo.

– Ela pergunta como andam as coisas com você, pergunta se eu sei de algum namorado seu.

Raquel achava aquilo muito estranho, mas preferiu não comentar. Tinha outras coisas para se preocupar. Especialmente porque sabia que sua mãe, no mínimo, devia ter aproveitado a oportunidade para desabafar com a vizinha o quanto Raquel estava lhe dando desgosto por ser uma “solteirona”.

– E o que a senhora respondeu?

– Que você anda muito ocupada para pensar nessas coisas no momento. Comentei como sua carreira é promissora e o quanto ser jornalista ocupa seu tempo. E que namorará quando achar o rapaz certo.

Raquel quase tirou o carro da pista devido à surpresa pela resposta da mãe. Dona Elizabeth não estava reclamando, nem exigindo netos o mais rápido possível.

– Nossa, mamãe, nunca ouvi a senhora falando assim.

– Pelo amor de Deus, Raquel. Desse jeito até parece que eu sou uma mãe horrível – ela puxou o ar com força como fazia quando estava nervosa e Raquel sorriu com a imagem.

– É claro que não é uma mãe horrível. É maravilhosa.

Dona Elizabeth sorriu e voltou a falar.

– Mas ela, na verdade, estava me sondando porque acha que você e o filho dela têm alguma coisa. Rose disse que vocês formam um belo casal.

– Quem? Eu e Eric? De... De onde ela tirou essa ideia?

– Disse que conversou com Eric esses dias e parece que ele está gostando de alguém. Ela suspeita de você.

Não intencionalmente, os lábios de Raquel se curvaram em um sorriso mais largo que o anterior ao ouvir que Eric tinha dito para a mãe que estava apaixonado.

– E o que a senhora acha disso?

– Ah, minha filha, eu acho que vocês são bem grandinhos para saberem o que querem. Caso estejam mesmo se gostando, ou se curtindo, como a sua geração costuma dizer, que sejam felizes.

– Gosta do Eric agora? – Tentou mostrar indiferença na pergunta, mas pelo olhar de sua mãe provavelmente não tinha conseguido.

– Ainda acho que ele era uma má influência quando jovem. Mas ele cresceu e agora não me parece ser um mau rapaz.

Aquela aprovação, mesmo velada, deixou Raquel feliz. Era bom saber que sua mãe gostaria daquele suposto relacionamento com Eric. Antes de trocar a marcha, Raquel desviou a mão do câmbio e segurou carinhosamente o braço de sua mãe. Com o canto dos olhos, viu Dona Elizabeth sorrir antes de dar tapinhas de leve na mão da filha.

Alguns minutos depois "José do mercadinho" apontou para um *buffet* a alguns metros. O local alugado pelos noivos era muito bonito e já na porta um quadro gigante com uma foto produzida do casal enfeitava a entrada dos convidados. Raquel ficou muito agradecida pelo local ter estacionamento próprio. Ela desceu do carro, entregou as chaves para o *valet* e seguiu com sua mãe e José para o salão.

A festa estava acontecendo em um local amplo, todo enfeitado com lírios brancos, assim como a igreja. Ao fundo, uma banda já apresentava ao vivo algumas canções e, ao lado do pequeno palco fora montado um minibar, onde os garçons serviam drinques coloridos aos convidados.

– Olhe você, minha filha!

Raquel olhou na direção onde sua mãe apontava e viu um telão que passava diversas fotografias dos noivos com amigos e parentes. A foto que estava exposta no momento era uma dela com Bianca, ambas vestidas de noiva. A fotografia tinha sido tirada durante a prova de roupas há alguns dias. Apesar de visivelmente envergonhada, Raquel pensou que afinal não tinha ficado tão ridícula vestida daquela forma como pensava.

– Você ficou linda de noiva.

Raquel ouviu Eric comentar no seu ouvido antes de se virar e se ver encarando aqueles lindos olhos azuis.

– Dona Elizabeth. – Eric cumprimentou educadamente. – Será que posso roubar Raquel um pouco?

Ela concordou com um aceno de leve e saiu puxando seu acompanhante pelo braço depois de dar um beijo no rosto da filha.

– Ela e o dono do mercadinho, hum? Minha mãe me contou que Dona Elizabeth anda bem apaixonada por ele. Quem diria?

– Não eu, com certeza.

Eric riu e estendeu o braço de forma cavalheira. Era um pedido para dançar e Raquel aceitou na mesma hora. Enquanto eles caminhavam até a pista de dança, Raquel pensou em como ele estava bonito vestido de paletó preto, calça risca de giz, camisa branca, colete e gravata cinza. Ela pensou que apesar de ter passado a preferi-lo com aquelas camisetas *nerds*, Eric estava de tirar o fôlego naquele visual mais formal.

Quando chegaram perto do palco, ele colocou uma de suas mãos na cintura de Raquel e, com a outra segurou uma mão dela. Sem perder o contato com seus olhos claros, ela encostou-se ao corpo dele quando começaram a se mover no ritmo da música romântica que tocava. Raquel queria saber o nome da canção só para poder baixar da internet quando chegasse em casa mais tarde, mas não conseguiu descobrir. Parecia ser a Alicia Keys cantando, e ela falava algo sobre como as pessoas desejavam riquezas quando na verdade o amor é o que valia a pena. Depois de alguns segundos desistiu de tentar descobrir o nome da música e só curtiu a melodia. Era linda.

– Então você encontrou minha carta?

– O convite para o casamento e os trechos de um certo blog? Sim, encontrei.

Eric riu.

– O blog era muito bom.

– Era?

– Sim. Infelizmente a blogueira encerrou a carreira.

– Bom, pelo o que eu fiquei sabendo, parece que ela vai voltar. Provavelmente um pouco diferente, mas deve voltar.

– Que bom. Ela é realmente ótima.

A voz de Eric estava levemente rouca e ele falava bem próximo de Raquel, tanto que ela sabia que, caso se esticasse um pouco, seus lábios poderiam perfeitamente se encostar. E Raquel estava com saudade do beijo de Eric e do jeito como ele fazia seu coração acelerar somente com um toque. Queria poder estar sozinha com ele naquele momento para que pudesse amá-lo de corpo e alma e decorar cada pedaço daquele *seu* deus nórdico.

A música continuava a tocar ao fundo. Melodiosa. Sedutora. Convidativa. Apaixonante.

– Obrigada por ter aparecido em casa aquele dia.

– Obrigado por vir hoje.

Eric a apertou mais fortemente contra seu corpo e Raquel fechou os olhos. Era muito bom estar nos braços dele, sentir seu perfume masculino, notar que a mão dele subia e descia de leve sobre suas costas desnudas pelo vestido, ouvir sua respiração forte. Para Raquel, era certo estar daquela forma, abraçada a ele. Era certo tê-lo em sua vida. Não queria e, principalmente, não podia afastá-lo mais. Eric era parte integrante de todas as áreas de sua vida: pessoal, profissional e amorosa.

Ele soltou uma das mãos e com ela puxou o queixo de Raquel, fazendo-a voltar a olhá-lo.

– Eu te amo.

Como era bom ouvir aquilo dele. O amor de Eric era caloroso e a preenchia. Raquel se perguntava como tinha conseguido viver até aquele instante sem tê-lo assim, tão junto dela, dizendo que a amava.

– Eu também te amo.

Queria isso todo dia. Toda hora. Para sempre.

– Eu preciso de você, Raquel – Eric continuava falando com a mesma intensidade. – Quero você comigo e estarei sempre ao seu lado. Só, por favor, não fuja mais de mim.

– Nunca.

– Promete?

– Sim. Já me apeguei a você.

Ele sorriu o sorriso mais lindo do mundo.

– E isso é bom?

Por um segundo, Raquel analisou o quanto era agradável amar Eric e ser amada em troca. Nunca esteve tão feliz sendo tão apegada a um sentimento. Provavelmente porque nunca tinha sido verdadeiro como era aquele.

– Sim, me apegar a você é bom demais – respondeu enquanto passava os braços pela nuca dele e puxava-o para um beijo cheio de ternura, paixão e promessas.

Epílogo

[Nova postagem] [Blog Falando sobre desapego]

Título do post: O que o amor me ensinou

[Editar em HTML]

Corpo do post:

Ah, como é bom amar. Parece clichê, meloso até, mas é verdade.

É uma delícia ter alguém com quem dividir os acontecimentos do seu dia, para conversar aleatoriedades, para cuidar. Descobri que ter medo de me apaixonar foi o único motivo que me afastou deste sentimento.

E o melhor é que, por ser verdadeiro, ele respeita meu espaço. Não deixei de ser eu mesma só porque agora tenho meu coração ocupado. Ainda penso por mim e faço as coisas ao meu gosto. A diferença é que minhas vontades se tornaram mais complexas, uma vez que passei a compartilhar minha vida.

Desapeguei das coisas que me faziam mal e a principal delas foi a autocrítica. Não via o quão boa eu era e sempre pensava o pior de mim. Dei um basta nisso e passei a me apegar ao que me faz bem: o amor próprio.

Senti que posso conseguir o que quero.

E contar com um ombro amigo, com um porto seguro para realizar meus sonhos não me deixou mais fraca como costumava pensar. Pelo contrário, hoje me sinto mais forte que nunca. O amor verdadeiro me deu confiança. Segurança nos meus atos.

Aprender a acreditar em mim mesma foi algo que o amor me ensinou.

Sou uma pessoa melhor agora.

Desejo o mesmo para você.

[Tags]

Marcadores: Amor, Desapego, Sentimentos, Sonhos

[Publicar postagem] [Salvar agora] [Visualizar]

Agradecimentos

Tudo começa com uma ideia, imagens soltas de cenas perdidas de uma história. Então todo o enredo passa a tomar forma e é só segui-la que o livro nasce. E desde esse início até o instante de efetivamente escrever "fim" foram longos dezesseis meses de muitas dúvidas, medos, alegrias e esperanças. Isso sem contar o processo de revisão, edição e produção depois. E nesse período contei com a ajuda de tanta gente, das formas mais distintas possíveis de trabalho, que jamais poderia deixar de agradecê-las.

Ao meu amigo Michel Palermo, primeiro leitor deste livro. Obrigada por ter sido o crítico mais paciente que existe, sempre me ajudando a identificar o que funcionava e o que precisava ser trabalhado na história.

Sou também muito grata às minhas primas Aline Nascimento e Juliana Ferreira, que também possuem a paixão pela leitura, por toparem ler meu livro e serem as primeiras pessoas a se apaixonarem pelo Eric (depois de mim, claro!).

À minha amiga/irmã Vivian Albuquerque por todo o carinho e incentivo de sempre. E, claro, por ser uma das minhas escritoras preferidas. Ainda vamos longe, amiga, você vai ver!

Às queridas Graziela Nayoara, Virginia Graciela, Lucivânia Façanha (minha "Ada" amada) e Cristine Ferreira pelos comentários, toques, críticas construtivas e palavras de apoio. Todo o meu carinho para vocês, meninas.

A toda equipe da Editora Draco, em especial ao Erick Sama e à querida Karen Alvares, pela confiança e dedicação com meu livro. Não tenho palavras para expressar todo carinho que tenho por vocês.

Ao melhor pai do mundo (o meu!) pelos livros e quadrinhos comprados na minha infância, sempre me incentivando nesse mundo mágico da literatura. Essa minha mania de ler o tempo todo é culpa dele! E, finalmente, à minha mãe, por me mostrar que correr atrás dos nossos sonhos é tão essencial quanto respirar.

Este livro foi impresso em papel pólen bold na
Printing & Internet Solution S/A em julho de 2015.